청춘 돼지는 첫사랑 소녀의 꿈을 꾸지 않는다

카모시다 하지메 지음

미조구치 케이지 일러스트

이승원 옮김

디자인 키무라 디자인 랩

상냥함에 도달하기 위해,
저는 오늘을 살아가고 있어요.
어제의 저보다, 오늘의 제가 좀 더
상냥한 인간이었으면 좋겠다고
생각하며 살고 있어요.

청춘 돼지는
첫사랑 소녀의
꿈을 꾸지 않는다

카모시다 하지메 지음
미조구치 케이지 일러스트
이승원 옮김

눈이 소복소복 쌓이고 있다.

제1장

텅 빈 회색 풍경

1

아즈사가와 사쿠타는 의사가 하는 말을 단 한 마디도 이해하지 못했다.

"최선을 다했습니다만…… 유감입니다."

말이 들리지 않은 것은 아니다. 수술실에서 나온 40대 중반의 남성 의사는 명확한 어조로 말을 했으며, 그의 낮은 목소리는 정적에 감싸인 한밤중의 병원 복도에 희미하게 울려 퍼졌다.

"방금, 뭐라고……."

쉰 목소리가 들렸다. 그것은 사쿠타가 확인을 위해 무의식적으로 입에 담은 말이었다.

하지만 진한 청색 수술복을 입은 그 의사는 대답하지 않았다. 그럴 만도 했다. 의사가 말을 건넨 사람은 사쿠타가 아니었던 것이다.

그 사람은 머리카락이 긴 40대 여성이다. 값비싸 보이는 정장을 입은 그녀의 얼굴은 사쿠타가 잘 아는 인물과 닮았다. 같은 고등학교에 다니는 한 살 연상의 선배. 사쿠타의 연인. 소중한 사람이자, 소중히 하고 싶은 사람. 이름은 시쿠라지마 마이.

정확하게는 마이가 이 자리에 있는 정장 차림의 여성을 닮은 것이다. 의사에게 설명을 듣고 있는 그녀는 마이의 친 어머니다. 사쿠타는 그녀를 만난 적이 있다. 딱 한 번 보고 그녀의 얼굴은 외운 것은 두 사람이 서로를 많이 닮았기 때문이다.

"딸아이는…… 마이는, 정말……."

마이의 어머니는 의사의 반응을 확인하듯 띄엄띄엄 말을 이었다.

"병원으로 옮겨졌을 때는 이미 손쓰기에 늦은 상황이었습니다."

그 의사는 그렇게 말하더니, 마이의 어머니를 향해 깊이 고개를 숙였다.

사쿠타는 저 의사가 무슨 말을 하는 것인지 이해가 안 되었다. 일본어로 말하고 있다는 것은 알겠지만, 의미를 알 수가 없었다. 이해하는 것을, 인정하는 것을, 몸과 마음이 거절하고 있었다.

점점 모든 소리가 멀어져가더니, 귓속이 잡음으로 가득 찼다. 의사는 아직 무슨 말을 하고 있지만, 그 음성이, 그 소리가, 의미를 지닌 말로서 사쿠타의 고막에 전해지지 않았다.

귀울림만이 계속 들렸다. 사쿠타는 이런 세계 안에서 현기증을 느끼고 있었다. 평행감각을 잃었는지, 어디가 앞이고 어디가 뒤인지 알 수 없었다. 이 현기증을 견디기 위해서는, 정면의 단 한곳만을 주시할 수밖에 없었다.

바로 그때, 사쿠타의 볼에서 열기를 띤 통증이 생겨났다.

그리고 그 뒤를 이어, 찰싹 하는 소리가 들린 느낌이 들었다.

"마이를 살려내!"

비명과 함께 사쿠타에게 쏟아진 것은 증오가 어린 격렬한 감정이었다. 상대방의 눈동자는 울고 있었다. 눈물은 단 한 방울도 흘리지 않는데도, 사쿠타의 눈에는 울고 있는 것처럼 보였다.

그리고 퍽, 퍽 하는 둔탁한 소리가 연달아 복도에 울려 퍼졌다. 사쿠타는 그제야 방금 따귀를 맞았다는 사실을 이해했다.

"마이를…… 살려내!!!"

또 둔탁한 소리가 울려 퍼졌다.

사쿠타는 피할 기력도 없었기에, 그저 맞고만 있었다.

"진정하시고, 그만하십시오."

의사와 간호사가 마이의 어머니를 사쿠타에게서 떼어냈다.

"살려내! 살려내란 말이야!"

연이어 터져 나오는 한탄의 목소리가 칼날처럼 사쿠타의 마음에 꽂혔다. 그러자 이상하게도 입안에서 피 맛이 감돌았다. 그것은 기분 탓이 아니었다. 따귀를 맞았을 때 입술이 찢어진 것이다.

정신을 차리고 보니, 간호사가 「치료해드릴게요.」 하고 말하며 사쿠타의 어깨를 밀었다. 지금은 자리를 피하는 편이 좋을 것이라는 의미가 담긴 행동이었다.

그 간호사의 배려를 거절할 기력도 없었던 사쿠타는 몽유병에 걸린 사람처럼 간호사의 뒤를 쫓아갈 수밖에 없었다.

"마이를 살려내…… 살려내란 말이야아아아아!"

딸을 잃은 어머니의 통곡을 들으면서…….

치료를 받은 후, 사쿠타는 혼자서 외래환자의 대합실에 있었다.

"……."

그는 다섯줄로 놓인 의자 중 가장 앞에 놓인 의자의 구석에 앉아 있었다.

전기는 이미 꺼졌으며, 비상구를 알리는 녹색 안내판 불빛만이 고개를 숙인 사쿠타를 비추고 있었다.

낮에는 진찰을 기다리는 환자들이 예비 의자도 가득 채울 만큼 혼잡한 장소지만, 진료 시간이 끝난 지금은 한밤중의 학교처럼 조용했다.

그런 정적 속에서, 발소리 하나가 들렸다.

급하게 복도를 뛰고 있었다.

거칠어진 숨소리도 들렸다.

그 소리의 주인은 사쿠타 쪽을 향해 다가오고 있었다.

머리카락이 흐트러질 대로 흐트러진 소녀가 모습을 드러냈다. 양쪽 사이드로 모아 묶은 금발이 흔들리고 있었다.

그녀는 사쿠타가 잘 아는 소녀…… 토요하마 노도카다.

아이돌로서 활동 중인 그녀는 오늘 크리스마스 라이브에 출연했었을 터. 행사장에서 서둘러 오느라 화장도 지우지 않은 것 같았다. 코트 안에는 화려한 무대 의상을 입고 있었다.

노도카는 고개를 든 사쿠타를 발견했다.

"사쿠타……?!"

발소리가 멎었다. 노도카의 굳은 표정이 불안으로 물들어 가고 있었다. 사쿠타를 향하고 있는 눈동자에는 애절한 감정이 어려 있었다. 그런 그녀는 불안, 그리고 불안 이상의 기대감에 휩싸여 있었다.

사쿠타는 그런 감정을 눈치챘기에, 노도카와 시선이 마주치자마자 고개를 돌렸다. 그녀의 기대에 부응할 수 없다. 그렇기에, 고개를 돌릴 수밖에 없었다.

"……."

"사쿠타……?"

노도카는 쉰 목소리로 그렇게 말했다.

"……."

사쿠타는 아무 말도 하지 않았다. 아니, 할 수가 없었다.

"저기, 사쿠타……?"

노도카는 사쿠타의 어깨를 잡았다.

"저기, 무슨 말이라도 해봐!"

노도카는 더욱 거칠게 그의 어깨를 앞뒤로 흔들어댔다.

"왜! 왜 아무 말도 하지 않는 거야?!"

"……."

"응? 응?"

사쿠타는 끝까지 아무 말도 할 수 없었다. 하지만 그 침묵이야말로 노도카에게 있어 명확한 대답이 되었으리라.

"……아니지?"

노도카의 목소리가 떨렸다.

"거짓말, 그럴 리가……."

"……."

"아니라고 말해!"

"……."

노도카의 마음이 사쿠타의 침묵 때문에 흔들리고 있었다.

"의사가, 말했어."

사쿠타는 말라비틀어진 목으로, 쥐어짜내듯 말을 했다.

"의사가…… 병원으로 옮겨졌을 때는, 이미 손쓰기에는 늦었다고……."

듣고도 이해가 되지 않는 말이었다. 지금도 이해가 되지 않았다. 이해를 못한 채, 사쿠타는 들었던 말을 앵무새처럼 입에 담았다.

"……그만해."

공기가 빠져나간 것처럼 목소리가 잦아들었다.

"의사가…… 그렇게 말했어."

"그만해!"

"대체…… 대체…… 무슨 소리를, 하는 건지 모르겠더라고……."

"진짜로 언니가 맞는 거야?!"

노도카는 사쿠타의 두 어깨에 손을 얹더니, 앞뒤로 흔들었다.

"……."

"다른 사람인 거지?"

"……."

"그렇지?! 사쿠타!"

"……."

"다른 사람이라고…… 그렇다고…… 그렇다고 말해!!!!!"

사쿠타가 고개를 들어보니, 노도카가 울고 있었다. 얼굴을 엉망으로 찡그린 채 울고 있었다.

"그 때…… 나를 「사쿠타」라고 불렀어."

"……."

노도카가 코를 훌쩍였다.

"그리고, 나는 지면에 쓰러졌고……."

"……."

"근처에 마이 씨가 쓰러져 있었는데……."

사쿠타는 공허한 목소리로 말을 이었다. 머릿속이 돌아가지를 않았다. 생각 자체를 할 수가 없었다. 그래서 머릿속에 떠오르는 대로, 고장이 난 스피커처럼…… 뭐가 어떻게 된 건지 모른 채, 사쿠타는 그저 자신이 봤던 광경을 말로 설명했다.

"눈이."

"……."

"새빨갰어."

"……."

한밤중의 병원에는 사쿠타의 말을 방해하는 것이 단 하나도 존재하지 않았다.

"마이 씨의 주위에 있는 눈만, 새빨갛더라고……."

제아무리 느릿느릿하게 말한들, 더듬거리면서 말한들, 그 누구도 재촉하지 않았다.

노도카는 울면서 사쿠타의 말을 듣고만 있었다.

"마이 씨의 주위만……."

"……."

"말을 걸어도, 대답을 안 해……."

"……."

"마이 씨, 아무 말도 안 하는 거야……. 몇 번이나 이름을 불렀는데도 말이야."

그 순간의 공포가, 사쿠타의 몸을 떨리게 만들었다. 춥지도 않은데 몸이 얼어붙었다.

"응급차가 왔는데도, 병원으로 옮겨질 때도, 마이 씨는 아무 말도 안 했어……. 꼼짝도 안 했어……. 숨도, 쉬지 않는 것 같았어……."

그렇기에, 사쿠타는 한시라도 빨리 병원에 도착하게 해달라고 기도했다. 하염없이, 기도했다. 병원에 도착하면, 의사가 구해줄 거라고 생각했다. 그때는 그렇게 믿고 있었다. 믿고 있었던 것이다. 한 점의 의심도 하지 않으며…….

"왜……."

노도카의 입에서 작디작은 목소리가 흘러나왔다.

"……."

"왜……."

"……."

"왜, 사쿠타가 지켜주지 않은 건데!"

노도카는 눈물에 젖은 눈동자로, 사쿠타를 노려보았다.

"왜 사쿠타가 언니를 지켜주지 않은 거냐구!"

"……."

"왜…… 왜……."

"내가……."

"왜, 언니를 행복하게 해주지 않은 거야!"

"윽?!"

사쿠타가 입에 담으려 했던 말이, 노도카의 절규에 갈가리 찢겨버린 것처럼 사라졌다. 머릿속이 새하얗게 되더니,

사쿠타는 자신이 방금 무슨 말을 하려고 했는지도 생각이 나지 않았다.

"왜…… 왜……."

노도카는 울면서 바닥에 주저앉았다. 서있을 힘도 몸에 남아있지 않은 것이다.

바닥에 쓰러질 뻔한 노도카는 사쿠타의 무릎을 잡고 버텼다.

"왜……."

노도카는 사쿠타의 무릎을 때렸다.

"왜……."

말아 쥔 주먹으로 때렸다.

"왜…… 왜…… 어째서야!"

몇 번이나, 몇 번이나……. 고통은 느껴지지 않았다. 노도카의 손에는 힘이 거의 들어있지 않았다. 그리고 주먹을 휘두를 때마다 그 얼마 안 되는 힘조차 빠져나갔다.

"왜…… 왜……."

목소리도 점점 잦아들더니, 이제 거의 들리지 않았다.

"미안해. 차라리 내가……."

사쿠타가 입에 담으려했던 말은 소리가 되기 전에 그의 마음속에서 사라졌다. 희미하게 남아있던 이성이 그 말을 막은 것이다.

—내가 죽었어야 했어.

그 말을 하는 건 쉽다.

하지만 사쿠타는 그 말을 할 수가 없었다.

그 말을 해선 안 된다며 몸이 거부반응을 일으킨 것이다.

사쿠타가 지금 이 자리에 있는 것은 마이 덕분이다.

사쿠타에게 현재가 존재하는 것은 마이 덕분이다.

사쿠타의 목숨은 마이가 준 것이다.

그러니, 사쿠타는 자신이 죽었어야 했다는 말을 입에 담을 수 없다.

사쿠타는 입을 다물더니, 이 아픈 감정이 가실 때까지 버티려는 것처럼 어금니를 깨물었다. 설령 이 감정에 끝이 존재하지 않는 걸 알지라도……. 이미 구원받을 길이 없다는 걸 알지라도…….

그저, 시간이 흐르기만 기다릴 수밖에 없다.

사쿠타가 할 수 있는 것은, 그게 전부였다.

그것만은, 알고 있었다.

어느 길로 걸어왔는지, 전혀 생각이 나지 않았다.

언제 병원을 나섰는지도, 기억나지 않았다.

그래도 사쿠타는 아침 해가 떠오르기 전에 자신이 사는 맨션에 돌아왔다. 호주머니에서 꺼낸 열쇠로 현관문을 열었다.

"……다녀왔습니다……."

사쿠타가 습관적으로 입에 담은 그 말은 메말라 있었다.

그런 목소리가 조용한 실내에 울려 퍼졌다.

"……."

대답하는 이는 없었다. 함께 살고 있는 여동생, 카에데는 조부모님의 집에 묵으러 갔기에 현재 이 집에 없었다.

"……."

그래도 사쿠타는 신발을 벗으면서 누군가의 대답을 기다렸다. 기대하고 있었다. 동생인 카에데 이외에도 약 한 달 전부터 이 집에서 지낸 인물이 있는 것이다. 몸은 그녀의 존재에 완전히 익숙해져 있었다.

"……."

하지만 아무리 기다려도 「어서 오세요」라는 말이 들리지 않았다. 슬리퍼를 신은 누군가의 발소리가 들리지도 않았다. 아무도 사쿠타를 마중하기 위해 현관으로 오지 않았다.

구김 없는 그 미소는, 이 자리에 존재하지 않았다.

"……그래. 그럴 거야……."

사쿠타는 그제야 눈치챘다.

원래라면 사쿠타가 교통사고에 휘말렸을 것이다. 그 사고로 인해 뇌사 판정을 받은 사쿠타는 어린 쇼코에게 장기를 기증하게 된다. 심장 이식 수술. 어른 쇼코가 되는 미래로 가기 위해 필요한 차표. 하지만 사쿠타는 이렇게 살아남았다.

잃어버린 것은 마이의 미래만이 아니다. 어린 쇼코도 이식 수술을 받지 못하게 되었으며, 그 결과 그녀의 미래인 어른 쇼코도 사라지고 만 것이다.

"……."

가슴에 생긴 구멍이 더욱 커졌다. 사쿠타의 마음을 허무함이 좀먹어 들어갔다.

"……젠장."

사쿠타는 숨이 막힌 나머지 현관에 주저앉았다. 가슴에 손을 댄 순간, 사쿠타는 위화감을 느꼈다.

"……어?"

뭔가가 달랐다. 손에서 느껴지는 감촉이 어제까지와 달랐다. 피부의 느낌 또한 명백하게 달랐다.

"……."

의문을 느낀 사쿠타는 셔츠의 목 부분을 손가락으로 벌려서 자신의 가슴 언저리를 살펴보았다.

"……윽!"

그 순간, 몸이 굳어버렸다. 눈에 익지 않은 광경 때문에 당황스러운 감정을 느꼈다. 그것이 탁류가 되어 온몸을 휘감았다.

"……역시, 그렇게 된 거냐."

사쿠타는 마음 한편으로 납득했다. 가슴에 존재하던 무언가가 사라진 것이다.

오른쪽 어깨에서 왼쪽 옆구리까지 나있던 세 줄기 흉터.

그것이 깨끗하게 사라졌다.

나았거나, 흉터가 옅어진 것이 아니다. 처음부터 상처가 없었던 것처럼, 피부에는 희미한 흔적도 남아있지 않았다. 살색 피부만이 존재했다…….

몸의 변화를 자신의 눈으로 확인한 순간, 사쿠타의 마음속에 희미하게 남아있던 희망마저 뿌리째 사라졌다.

상처가 사라지면서, 어른 쇼코가 진짜로 사라졌다는 것을 실감하고 말았다. 어린 쇼코가 이식 수술을 받게 될 가능성은 아직 존재할지도 모른다. 하지만 사쿠타의 심장을 이식받은 어른 쇼코는 이제 존재하지 않는다. 사쿠타를 몇 번이나 구해줬던 그 쇼코는 이제 없다. 이 세계에도, 미래에도 존재하지 않는 것이다. 사라져버린 가슴의 상처가 그 사실을 알려줬다. 사쿠타라는 존재 그 자체가 그 사실을 증명하고 있는 것이다.

"전부……."

전부 지키지 못했다. 전부 사라지고 말았다.

"……이건, 꿈일 거야."

사쿠타의 입에서 그런 말이 흘러나왔다.

눈에 비치는 것이, 귀에 들리는 것이, 피부로 느껴지는 것이, 뇌가 이해한 사실이…… 그 모든 것에 현실감이 없었다. 실감이 나지 않았다. 믿기지 않았다.

그렇기 때문에, 꿈이라고 생각하고 싶었다. 꿈이 아니면 이상하다고 생각했다. 도망칠 곳 없는 현실은 꿈으로 여길 수밖에 없는 것이다.

내일 아침, 눈을 떠보면 전부 없었던 일이 되어있으리라. 그래야만 앞뒤가 맞다.

지금의 사쿠타는 그 생각이 더 현실적인 것처럼 느껴졌다.

2

정신을 차리고 보니 서쪽 하늘이 붉게 물들어 있었다. 희미하게 얼굴을 내민 태양을, 차갑고 어두운 밤이 집어삼키려 하고 있었다.

붉은색과 검은색이 복잡하게 뒤엉킨 그러데이션과 콘트라스트. 멍하니 창밖을 쳐다보던 사쿠타의 눈에는 창밖의 경치가 종말을 맞이한 세상처럼 보였다.

"뭐, 그래도 괜찮아……."

오래간만에 입 밖으로 낸 소리를 통해, 사쿠타는 자기 자신이라는 존재를 자각했다. 방금까지 뭘 하고 있었는지 기억이 나지 않았다. 자고 있었는지, 깨어 있었는지도 모르겠다. 집에 돌아온 이후부터의 기억이 없었다.

바닥에 앉아있는 사쿠타의 다리 위에 누군가가 올라왔다. 얼룩 고양이인 나스노였다. 사쿠타는 폭신폭신한 털과 따뜻한 체온을 느꼈다. 나스노와 맞닿은 피부만이 현실로 되돌아갔다.

시선을 마주하자, 나스노가 작게 울음소리를 냈다.

밥을 달라는 것 같았다. 곰곰이 생각해보니, 나스노는 어제부터 아무 것도 먹지 않았을 것이다.

사쿠타는 몸을 일으키려다 비틀거렸다. 반사적으로 코타츠를 잡아서 넘어지지는 않았다. 쭉 같은 자세로 있었더니 온몸의 관절이 굳은 것 같았다.

몸에 힘이 들어가지 않았다. 그러고 보니 사쿠타 또한 나스노와 마찬가지로 어제부터 아무 것도 먹지 않았다. 수분 보급을 충분히 해주지 않은 탓에, 사쿠타는 몸에서 열이라도 나는 것처럼 노곤했다.

코타츠에서 손을 떼며 천천히 몸을 일으킨 사쿠타는 발치에 있는 나스노의 요구를 들어주기 위해 부엌 안쪽으로 향했다.

아래쪽 선반에서 고양이용 사료를 꺼내서 나스노에게 밥을 줄 때 쓰는 그릇에 부어줬다. 평소보다 많이 부어주자, 사쿠타에게 붙어있던 나스노가 부리나케 사료를 먹기 시작했다.

사쿠타는 그런 나스노의 등에 손을 댔다. 폭신폭신한 털이 만져지더니, 손바닥을 통해 나스노의 체온이 느껴졌다. 하지만 그게 전부였다. 지금은 나스노의 감촉도, 온기도 기분 좋게 느껴지지 않았다.

사쿠타의 마음은 단 1밀리미터도 움직이지 않았다.

가슴 안쪽이 텅 비더니, 아무 것도 느껴지지 않았다.

공허함만이 멍하니 존재했다. 사쿠타는 그 감각조차 자신이 느끼고 있는 것인지 알 수가 없었다.

한동안 나스노의 등을 쓰다듬고 있을 때, 현관 쪽에서 소리가 들린 느낌이 들었다. 그리고 인터폰이 울렸다.

하지만 몸이 반응을 하지 않았다. 그런 사쿠타를 대신하듯, 식사를 중단한 나스노가 그 소리에 반응하며 고개를 들었다.

"……문, 열려있어."

누군가의 목소리가 먼 곳에서 들려왔다. 아니, 먼 곳은 아닐지도 모른다. 그런 판단조차 할 수가 없었다. 그리고 자신이 그런 상태라는 사실을 전혀 개의치 않았다.

"쿠니미, 아무리 그래도 멋대로 들어가는 건……."

"사쿠타! 안에 있지? 들어간다."

그 목소리에 이어, 발소리가 다가왔다. 거친 발소리와 함께 자그마한 발소리가 들려왔다. 두 발소리가 짧은 복도 쪽에서 들려오더니, 곧 누군가가 거실에 들어왔다.

"사쿠타."

"아즈사가와……."

나스노의 옆에 앉아있는 사쿠타를 본 그들은 거의 동시에 그렇게 말했다. 둘 다 귀에 익은 목소리인 듯한 느낌이 들었다.

사쿠타는 멍하니 고개를 들었다. 그러자 한 쌍의 남녀가 눈에 들어왔다. 키가 큰 남자는 쿠니미 유마, 그리고 체구가 작고 안경을 쓴 여자는 후타바 리오다.

두 사람 다 사쿠타의 친한 친구다.

유마는 사쿠타를 보자마자 안도한 듯한 표정을 지었다. 하지만 곧 슬픈 표정을 지었다. 그의 얼굴은 안타까움에 물들었다.

"왜 그래?"

사쿠타는 얼이 나간 목소리로 그렇게 물었다.

"……뉴스를 통해 그 사건을 알았어."

리오가 대답했다.

"걱정이 되어서 몇 번이나 전화를 했었어."

유마가 뒤이어 말했다.

"그랬구나."

집전화기를 보니, 부재중통화 램프에 빨간색 불이 들어와 있었다. 녹음된 메시지가 있다는 걸 가리키는 표시다.

손님에게 반응했던 나스노는 곧 아무 일도 없었다는 듯이 식사를 계속했다. 사쿠타는 몸을 일으키더니, 전화기 쪽으로 이동했다.

사쿠타는 붉게 반짝이고 있는 버튼을 향해 손가락을 뻗었다.

—네 통의 메시지가 있습니다.

전화기에서는 사무적인 어조의 목소리가 흘러나왔다.

오늘 아침, 오전 7시 3분에 온 첫 메시지는 따로 살고 있는 사쿠타의 아버지에게서 온 것이다. 아버지는 담담한 어조로 마이가 사고를 당했다는 걸 뉴스를 보고 알았으며, 사쿠타가 걱정된다고 말했다. 때때로 여동생인 카에데의 목소리도 들렸다. 「아빠, 바꿔줘」 하고 몇 번이나 말했다.

그런 카에데의 목소리가 흘러나왔다.

『오빠, 사실이 아니지? 그렇지? ……마이 씨가 설마…….』

가에데의 목소리는 눈물에 젖어 있었다. 아직 그 사고를 받아들이지 못하는 것 같았다. 하지만 말을 하면서 점점 감정을 받아들이게 된 건지, 결국 무슨 말을 하는 건지 알 수 없을 만큼 엉엉 울어댔다. 코를 훌쩍이며 오열을 토했다. 어리광쟁이처럼 울기만 했다.

잠시 후 또 아버지의 목소리가 들렸다.

『사쿠타, 이 메시지를 확인하면 연락을 다오. 꼭 연락을 하거라. 기다리고 있으마.』

그 말을 끝으로 메시지가 중단됐다. 아버지는 끝까지 「괜찮으냐?」 하고 묻지 않았다. 괜찮을 리가 없기에, 아버지는 그런 당연한 질문을 하지 않은 것이다.

두 번째 메시지는 오전 10시 11분에 리오에게서 온 것이다.

『아즈사가와, 지금 어디 있어? 쿠니미도 걱정하고 있어. 나중에 집으로 찾아갈게.』

그녀는 감정을 억누른 듯한 목소리로 그렇게 말했다.

세 번째 메시지는 그 직후…… 유마에게서 온 것이다.

『사쿠타? 후타바가 연락을 했겠지만, 아무튼 너희 집으로 찾아갈게. 무슨 일 있으면, 아니, 없더라도 연락을 줘.』

네 번째 메시지는 오후 2시 32분에 왔다.

스피커에서 흘러나온 것은 귀에 익은 목소리였다. 같은 학교에 다니는 1학년 후배이자 같은 곳에서 아르바이트를 하는 코가 토모에다.

『나, 코가야. 저기, 선배……. 무슨 말이라도 좀 해봐. 나 같은 건 도움이 안 될지도 모르지만…… 그래도 목소리를 들려줘.』

점점 감정을 억누를 수가 없는 듯한 토모에의 목소리에서는 사쿠타를 걱정하는 마음으로 가득 차 있었다. 울음을 필사적으로 참고 있는 게 목소리에서도 느껴졌다.

"또 전화할게……. 내키면 받아줘."

토모에는 마지막으로 코를 훌쩍이며 그렇게 말하자, 메시지가 끝났다.

—모든 메시지를 재생했습니다.

메시지 재생이 끝나자, 거실 안에서는 다시 쥐죽은 듯한 정적이 흘렀다.

사쿠타는 멍하니 쳐다보고 있던 전화기의 버튼을 눌렀다. 메시지는 네 개 뿐이었지만, 전화 이력은 더 있었다. 총 열 개였다. 절반은 아버지한테서 온 전화였다. 그리고 남은 것은 리오와 유마에게서 온 전화였다.

"걱정 끼쳤네. 미안해."

머릿속으로 생각을 해보고 그렇게 말한 것은 아니다. 마음이 움직인 것도 아니다. 상황에 반응해서 멋대로 입에서 나온 말이다.

유마는 그 말을 듣더니 사쿠타의 팔을 움켜잡았다.

"얼간이 같은 소리 그만해. 자, 가자."

유마는 사쿠타를 현관 쪽으로 끌고 가려 했다.

"대체 어디에……."

"사건 현장의 사진과 동영상이 SNS에 돌아다녀."

리오가 사쿠타의 의문에 답했다.

"아즈사가와가 찍힌 것도 있어……."

"그렇구나."

입으로는 납득을 했지만, 머리로는 이해하지 못했다. 무슨 말을 듣더라도 마음이 아무런 감정도 느끼지 못했고, 생각 자체를 하려 하지 않았다.

"사쿠라지마 선배…… 애인과 데이트를 하다 사고를 당한 게 아니냐는 소문이 돌고 있어. 사쿠타를 범인 취급하는 녀석들도 있다고."

침통한 표정을 짓고 있는 유마의 얼굴에는 짜증이 어려 있었다.

"아즈사가와는 한동안 우리 집에서 지내. 아마 곧 기자들이 여기로 몰려올 거야."

"……알았어."

이번에도 사쿠타는 리오의 제안을 똑바로 이해하고 그런 대답을 한 게 아니다.

거부할 에너지가 없는 것뿐이다.

상대의 의견을 이해하고 부정할 생각도, 기력도, 사쿠타에게는 없었다.

그래서 가장 편한 수단을 택했다. 상대의 뜻에 순순히 따르는 것이다.

"하지만 카에데와 코가에게 연락을 해야……."

흐릿하게 남아있던 사쿠타의 의식은 그런 생각에 도달했다.

"코가 양에게는 내가 연락할게."

유마는 그렇게 말하면서 스마트폰을 귀에 댔다. 곧 전화가 연결되었는지 「아, 코가 양. 나, 쿠니미인데…… 지금 사쿠타의 집에 와있어. 걱정하지 마. 사쿠타는 여기 있어. 응……」 하고 말했다.

그러는 사이, 리오는 나스노를 이동용 우리에 집어넣었다. 선반에서 사료 봉투도 꺼내더니, 나스노의 접시와 함께 챙겼다.

그런 후…….

"네 방에 들어갈게."

리오는 그렇게 말하더니, 사쿠타가 대답을 하기도 전에 그의 방에 들어갔다. 그리고 1, 2분 후에 거실로 돌아온 리오는 사쿠타가 갈아입을 옷이 들어있는 가방을 들고 있었다.

여름방학 때 이 집에서 지냈던 리오는 어디에 무엇이 있는지 파악하고 있는 것 같았다.

"가족에게는 이동하면서 연락하자."

토모에와 연락을 마친 유마가 스마트폰을 호주머니에 넣었다. 그리고 나스노가 들어있는 우리와 고양이용 용품들이 들어있는 비닐봉투를 들더니…….

"자, 가자고."

……하고 사쿠타에게 말하며 현관으로 향했다. 사쿠타는 꼭두각시처럼 유마를 따라가기만 했다.

신발을 신고 있을 때, 집안을 살펴본 리오가 뒤따라왔다. 사쿠타는 그런 리오에게 현관 열쇠를 맡긴 후, 유마와 함께 집을 나섰다.

이미 하늘은 어두웠다.

또 밤이 찾아온 것이다.

3

리오의 집에 떠밀려온 온 당일에…….

"부모님은 새해가 되어야 돌아오실 테니까 안심해."

……하고 리오는 말했다. 그리고 그 후로 며칠이 지났는데도, 리오의 부모님은 돌아오지 않았다.

대학병원에 근무하는 아버지는 병원 근처의 맨션에서 생활하고 있으며, 해외 브랜드를 취급하는 해외 의류 브랜드 숍을 경영하는 어머니는 상품을 사들이기 위해 유럽을 횡단중이라고 리오는 말했다.

덕분에 사쿠타는 리오의 집에 있으면서도 남을 신경 쓰지 않으며 멍하니 지낼 수 있었다.

유일하게 한 것은 아버지와 카에데에게 전화로 연락을 한 것이다. 사쿠타는 자신이 무사하다는 것을 전한 후, 지금은 집 주위가 시끌벅적하니 카에데는 한동안 조부모님의 집에서 지내는 편이 좋을 거라고, 옆에 있던 리오가 알려주는 대로 말했다.

그러자 아버지와 카에데는 최종적으로 납득을 해줬다.

유마와 리오가 우려한 것처럼, 사쿠타가 맨션을 나선 다음날에는 취재진의 차가 맨션 앞에 몇 대나 세워져 있다고 한다. 유마가 확인을 하러 다녀오더니 그렇게 말했다.

"이래서야 새해가 된 후에도 한동안 계속되겠네."

유마는 사쿠타를 보러 와서 그렇게 말했다.

사쿠타는 넓은 거실 한편에서 마치 남 일인 것처럼 그 말을 듣고 있었다. 창가에 깔린 카펫에 앉은 채, 멍하니 창밖을 쳐다보면서 말이다. 그때도, 그 이후에도, 리오의 집에 온 후로 사쿠타는 항상 그 자리에 앉아있었다. 변함없이 그러고 있었다.

언제 잠들고, 언제 깨어났는지도 자각하지 못했다. 어쩌면 한 번도 잠을 자지 않았을지도 모른다. 그저 멍하니, 별것 아닌 일에 몸이 무의식적으로 반응하기만 했다. 희미하게 남아있던 생각과 의식을 통해 자기 자신을 되찾을 뿐이다. 자신이 아즈사가와 사쿠타라는 인간이라는 사실을, 그 짧은 시간동안 떠올리는 것이다.

그럴 때 이외에는 항상 꿈속에 있는 듯한 느낌이 들었다. 누군가가 만들어놓은 세계 속에서, 다들 주어진 역할을 충실히 수행하고만 있는데, 사쿠타만 농땡이를 부리고 있는 것 같은 느낌이 들었다.

이 세상이 진짜라는 느낌이 들지 않았다. 이런 세계가 진짜일 리가 없는 것이다…….

리오는 그런 사쿠타를 위로하지 않았다. 기운을 내라는 말도 하지 않았다. 그저 별것 아닌 말만 건넬 뿐이었다.

—아즈사가와, 점심에는 뭘 먹을래?

—목욕물 받아뒀으니까 먼저 씻어.

—잠시 눈 좀 붙여.

—내일은 날씨가 맑대.

사쿠타가 대답을 하든, 하지 않든, 리오의 태도에는 변함이 없었다. 싫은 내색 한 번 하지 않으면서, 사쿠타의 힘이 되어주려 했다.

가장 힘든 역할도, 리오는 맡아줬다.

27일 밤에 있었던 일이다. 저녁 식사를 마친 후…….

"오늘…… 친족들끼리 장례식을 치렀대."

리오는 침통한 표정을 지으며 그렇게 말했다.

"내일은 시내 장례식장에서 영결식을 한다는 것 같아."

"……."

사쿠타는 대답하지 않았다. 그저 그의 어깨가 희미하게 움찔하기만 했다.

"학교에서 버스를 준비해준다는 연락을 받았어."

"……."

"쿠니미와 갔다 올게."

"……."

"……아즈사가와는 어떻게 할래?"

짧은 침묵에는 리오의 머뭇거림이 은연중에 어려 있었다. 하지만 사쿠타에게 필요한 일이라고 생각하기에, 리오는 잠자코 있는 것이 아니라 억지로라도 이 사실을 전하려 했다.

"나는…… 됐어."

오래간만에 입에서 나온 그 말은 마치 남이 중얼거린 것만 같았다. 기계적인 음성처럼 감정이 어려 있지 않았다.

"그편이 나을 거야. 연예계 관계자도 잔뜩 올 테고, 카메라도 있을 테니까 말이야."

사쿠타는 그런 것 때문에 「됐다」고 말한 것이 아니다. 리오도 알고 있으리라. 알고 있으면서도, 모르는 것처럼 다른 이유를 입에 담았다. 핵심을 언급하지 않은 것이다.

"하지만 아즈사가와……."

리오는 무슨 말을 하려다 삼켰다.

"……아무 것도 아냐."

"……."

"……."

그리고 리오는 한동안 아무 말 없이 사쿠타의 곁에 있었다.

12월 28일. 마이의 영결식 당일 아침에는 날씨가 흐렸다. 옅은 구름이 층층이 쌓여서 햇빛을 차단하고 있었다.

오후에 리오를 데리러 온 유마는 교복을 입고 있었다. 방에서 나온 리오 또한 교복을 입고 있었다. 두 사람 다 눈에 익은 복장이었다. 하지만 위화감이 느껴졌다. 그것은 지금이 겨울방학이라는 사실을 사쿠타가 지금 상태에서도 자각하고 있기 때문일까.

리오는 집을 나서기 전에…….

"저기, 아즈사가와……."

……하고 말했다.

"……."

하지만 리오는 결국 아무 말도 하지 못했다. 어젯밤과 마찬가지였다. 다른 점은 리오가 머뭇거리면서도 다시 입을 열려 했다는 점이다.

"……아즈사가와."

바로 그때, 사쿠타는 그 말을 막듯 입을 열었다.

"조심해서 다녀와."

사쿠타는 배웅의 말을 입에 담았다. 그는 귀를 틀어막는 심정으로 그 말을 입 밖으로 토했다.

"그래."

유마는 짤막하게 대답하더니, 리오와 함께 걸음을 옮겼다. 사쿠타는 멀어져가는 두 사람의 등을 쳐다보며 희미하게 안도했다.

두 사람이 시야에서 사라지자, 사쿠타는 현관을 닫았다. 집안으로 들어간 사쿠타는 또 창가에 앉았다.

"……."

사쿠타는 리오가 무슨 말을 하려던 것인지 짐작이 되었다. 서서히 마음이 움직이기 시작했다. 시간이 경과되면서, 그 마음은 사쿠타를 현실 세계로 데려오려 했다. 그렇기에, 리오가 하려다 말았던 말이 무엇인지도 알 수 있었다.

—제대로 작별 인사를 하는 편이 좋을 거야.

아마 리오는 그런 말을 할 생각이었으리라.

그 말을 떠올린 순간, 머릿속에서 불길한 소리가 났다. 뭔가가 머릿속에서 삐걱거리고 있었다. 그리고 온몸이 그것에 반응했다. 몸 안의 혈액이 탁해진 듯한 착각이 들었다. 숨이 막히더니, 가슴속을 좀먹는 불실한 감각이 사쿠타를 덮쳤다.

사쿠타는 그 감각에 저항하듯 말을 토했다.

"싫단 말이야……!"

자기 자신을 지키기 위해 외쳤다.

"싫다고!"

올바른 무언가를 부정하기 위해, 사쿠타는 밀어닥쳐 오는 감정을 억지로 밀어냈다. 몸을 굽히며 자기 자신을 지키려 했다. 단단한 껍질 속에 틀어박히려는 듯이 몸을 동그랗게 말았다.

어깨도, 등도, 목도, 무릎도, 동그랗게 말았다. 손가락도 말아 쥐었다. 너무 세게 말아 쥔 바람에 주먹이 아팠다. 손바닥에 박힌 손톱이 붉은 상처를 자아냈다.

그렇게 해서, 밀어닥쳐오는 감정을 흘려보내려 했다. 이 감정의 격류가 잦아들 때까지 버티고 또 버텼다. 몇 십 분이나…… 한 시간 넘게 그러고 있었을지도 모른다.

목에서는 목소리가 아니라 신음만이 흘러나왔다.

"역시, 내가……."

사고를 당해서 죽었어야 했다. 사쿠타가 이으려했던 말은 느닷없이 들려온 누군가의 목소리에 막혀 잦아들었다.

『여기는 시내의 장례식장입니다…….』

목소리가 크지는 않았다. 조용한 도서관에서 이야기를 나누는 듯한 작은 목소리였다.

그 말은 거실에 있는 커다란 텔레비전에서 흘러나오고 있었다. 나스노가 테이블 위에 놓인 리모컨을 장난감처럼 가지고 놀고 있었다.

"뭐하는 거야……."

사쿠타는 나스노에게서 리모컨을 빼앗았다. 텔레비전을 끄기 위해 녹색 버튼에 손가락을 댔다. 하지만 사쿠타는 그 버튼을 누르지 않았다. 아니, 누를 수 없었다.

사쿠타가 지금 가장 만나고 싶은 사람이, 텔레비전 화면에 나오고 있었기에…….

『오후부터 비가 내리기 시작한 가운데, 사쿠라지마 마이 양의 영결식이 치러지고 있습니다.』

여성 아나운서가 낮은 목소리로 중계를 하는 가운데, 카메라는 영정 사진을 들고 있는 마이의 어머니를 비췄다. 그 사진이 바로 사쿠타의 눈에 들어온 마이의 모습이었다…….

정면에 놓인 헌화대에는 이미 수많은 꽃이 놓여 있었다. 사쿠타가 이름을 알지 못하는 새하얀 꽃이다.

곧 카메라는 영결식장 전체를 비췄다. 넓은 영결식장은 사람들로 가득 차 있었으며, 그들은 질서정연하게 줄지어 서있었다. 얼추 수천 명은 될 것 같았다.

헌화대 앞에는 상복 차림의 남성이 서있었다. 사쿠타도 알 만큼 유명한 영화감독이다.

그는 떨리는 목소리로 조문을 읽기 시작했다.

『사쿠라지마 마이 양. 아니, 마이 양. 이제 이렇게 불러도 자네는 웃으면서 나를 돌아봐주지 않겠군. 다음 촬영을 고대하겠다면서 헤어지고 얼마 지나지 않았는데, 이런 식으로 재회를 하게 되어 정말 안타깝기 그지없다네……. 지금 생각해보니 자네가 여섯 살일 때, 처음으로 만났었지……. 그렇게 어릴 때도 어엿한 배우다운 모습을 보여줬던 자네를 나는 평생 잊지 못할 거네…….』

그는 때때로 말을 멈췄다. 북받쳐 오르는 눈물 때문에 말을 이을 수가 없는 것 같았다. 이미 환갑이 넘은 남성이 눈물 때문에 목이 쉬었다. 조문을 다 읽을 즈음에는 닭똥 같은 눈물을 뚝뚝 흘리고 있었다. 작별 인사를 하고 싶지 않다. 그 마음이 표정에서 여실히 드러나고 있었다.

그 영화감독만이 아니었다.

영결식장 전체가 뜻밖의 작별에 대한 당황과 슬픔으로 가득 차 있었다. 그곳에 위로의 감정은 존재하지 않았다. 그런 공기가 화면 너머에서 전해져왔다.

다음으로 조문을 읽은 사람은 마이가 아역 시절에 그녀의 어머니 역할로서 함께 아침 연속 드라마에 출연했던 베테랑 여배우였다. 마이크 앞에 선 그녀는 이미 엉엉 울고 있었기에 제대로 조문을 읽을 수가 없었다.

바로 그때, 다른 출연자들이 다가가서 여배우를 부축했다. 다들 눈물을 흘리면서 마이에게 작별의 말을 건네고 있었다.

사쿠타는 영화라도 보는 듯한 심정으로 그 광경을 지켜보고 있었다.

전부 스크린 속에서 벌어진 일이며, 자신과는 상관없다고 필사적으로 생각하려 했다.

한동안 영결식 장면을 중계하던 텔레비전의 화면이 바뀌었다. 그리고 와이드쇼의 스튜디오가 화면에 나왔다.

모니터를 통해 영결식 현장을 보고 있는 이는 40대 남성 MC였다. 옆에는 어시스턴트인 여성 아나운서가 있고, 해설을 맡은 문화계 인물과 전직 정치가도 아무 말 없이 침묵을 지키고 있었다.

곧 MC인 남성이 대표로 짧게 한숨을 내쉬었다. 카메라가 눈가에 맺힌 눈물을 포착했다. 그는 천천히 숨을 들이마시더니, 다시 카메라를 쳐다보며 입을 열었다.

『이미 많은 분들이 알고 계시겠습니다만, 나흘 전인 12월 24일에 아역 시절부터 연예계에서 활약을 해온 여배우 사쿠라지마 마이 씨가 열여덟 살이라는 꽃 같은 나이에 교통사고로 숨을 거뒀습니다.』

그 뒤를 이어, 옆에 있던 여성 아나운서가 입을 열었다.

『사쿠라지마 마이 씨는 아침 연속 드라마 『코코노에』로 이름을 알렸으며, 뛰어난 연기력을 평가받아 그 후에도 수많은 영화와 드라마에 출연했다는 사실은 여러분도 잘 알고 계실 거라 생각합니다.』

『그야말로 국민적 존재였으니까요.』

해설자인 남성이 그렇게 말하자, 어시스턴트인 여성 아나운서가 「예」 하고 말하며 몇 번이나 고개를 끄덕였다. 사쿠타는 그제야 그 여성 아나운서가 자신과 면식이 있는 난죠 후미카라는 사실을 눈치챘다. 그녀는 평소 밝은 색 복장을 선호했지만, 오늘은 진한 감색 정장을 입고 있었다.

『방금 전해드린 영결식 영상을 보시면 아실 수 있듯, 고인은 많은 업계 관계자와 팬에게 사랑받아왔습니다.』

『맞습니다. 사실 저는 다른 방송에서 사고 전날과 전전날에 마이 씨가 최근에 찍은 영화의 촬영 현장이었던 이시카와 현의 카나자와를 돌아다녔죠…….』

후미카의 뒤를 이어 입을 연 남성 MC는 부자연스럽게 고개를 들면서 눈을 깜빡였다. 그리고 눈가에 손을 대며 필사적으로 무언가를 참았다. 후미카가 눈짓을 보내자, 「괜찮습니다」 하고 작은 목소리로 말하며, 겨우 감정을 추슬렀다.

『실례했습니다……. 정말 좋은 애였던지라…… 오늘은 방송 일정을 변경해, 그 타방송의 영상을 이 자리에서 보여드릴까 합니다. 지금까지 사쿠라지마 마이 씨가 해온 활약상과 함께 시청자 여러분에게 전달하겠습니다.』

남성 MC가 시작 신호를 보내자, 화면이 갑자기 어두워졌다.

그 화면에 떠오른 영상은 『사쿠라지마 마이』라는 존재를 이 세상에 알린 아침 연속 드라마의 명장면이었다. 방금 웃고 있는 이는 아직 여섯 살이었던 마이다. 약간 조숙한 여자아이가 어른들 못지않은 존재감을 뽐내며 열연하고 있었다. 건방지지만 미워할 수가 없다. 그런 친숙한 매력이 화면 너머에서 전해져왔다.

아역 시절 인터뷰 때는 초등학생답지 않은 차분한 태도로 어른들의 질문에 대답하고 있었다. 상대방이 『전국의 어머니가 자기 딸로 삼고 싶은 아역 배우 랭킹』에서 압도적인 1위를 한 감상을 묻자, 마이는 「그럼 나쁜 짓은 절대 못하겠네요」 하고 농담하듯 대답해서 어른들이 포복절도하게 했다.

다음 영상에서는 분위기가 달라졌다.

몇 년이 흘러, 마이는 중학생이 되었다. 외모는 어른스러워졌으며, 아역 시절의 앳된 이미지는 존재하지 않았다.

그리고 사쿠타도 본 적이 있는 호러 영화의 영상이 나왔다. 마이는 덧없는 분위기를 지닌 미스터리한 소녀를 인상적으로 연기하고 있었다. 감독은 메이킹 영상에서 「저 애는 눈만으로 웃을 수 있어」 하고 마이를 평가했다.

그 말을 증명하듯, 마이는 등장 신에서의 눈 연기만으로 관객들을 완벽하게 매료시켰다. 그리고 마이는 이 작품을 통해 또 한 번 엄청난 인기를 끌었다.

아직 사쿠타와 만나기 전의 마이. 사쿠타에게 있어, 연예인 『사쿠라지마 마이』였던 시절의 마이다.

그 외에도 중학생 시절부터 패션잡지의 모델로 활동하게

되었으며, 처음으로 낸 사진집이 날개 돋친 듯이 팔렸다는 게 영상 안에서 다뤄졌다.

올해 들어 다시 활동을 재개했다.

활동을 재개한 마이는 드라마, 영화, CF, 모델 등, 다방면에서 예전 이상으로 활약할 거라고 사람들은 믿어 의심치 않았다.

그런 내레이션이 일단락되더니, 며칠 전에 촬영된 마이의 영상이 방송에 나왔다. 로케이션 촬영지인 이시카와 현에 있는 마이는 카나자와에서 교류를 나눴던 지역민과 재회를 기뻐하고 있었다.

"어머나, 마이 양. 이렇게 빨리 다시 만날 줄은 몰랐어."

마이를 맞이한 이는 찻집을 운영하는 풍채 좋은 아주머니였다. 사람 좋아 보이는 미소가 인상적이었다.

"저도 그래요. 영화 공개에 맞춰 좀 그리운 느낌이 들 즈음에 다시 찾게 될 줄 알았는데…… 촬영이 끝나고 아직 한 달도 채 지나지 않았네요."

마이는 남성 MC에게 들으라는 듯이 심술궂은 어조로 그렇게 말했다.

"죄송합니다. 마이 양의 스케줄이 빌 때가 지금 뿐일지도 모른다고 해서, 방송 스태프들이 허둥지둥 이 기획을 짜게 됐거든요."

은근슬쩍 방송 스태프들에게 책임을 전가한 남성 MC는 마이와 함께 찻집에 들어갔다.

평소 같으면 이런 이동 장면은 생략하겠지만, 이번에는 그대로 쓰였다. 어느 자리에 앉을지 상의하는 모습도 나왔다. 마이의 솔직한 모습이 방송에 나왔다. 솔직한 미소가 입가에 어려 있었다.

드디어 자리를 정한 두 사람은 마주보고 앉았다.

"촬영을 하면서 이곳을 자주 찾았나요?"

"아마 일주일에 세 번은 왔을 거예요."

"그렇게 자주 말입니까?"

"감독님이 단 걸 좋아하셔서 말이죠. 이 가게의 녹차 안미츠[#1]가 마음에 드신 것 같은데, 혼자 가기 좀 그렇다고 항상 저한테 같이 가자고 하지 뭐예요. 저를 따라서 온 걸로 꾸미려는 것 같더라고요."

마이는 즐거운 듯이 웃었다.

"덕분에 감독님에게 실컷 얻어먹었죠."

"이야기를 나누는 사이에, 주문한 게 나온 것 같군요."

아까 그 아주머니가 마이와 남성 MC 앞에 녹차 안미츠를 놓았다. 마이 앞에 있는 것은 일반 사이즈지만, 남성 MC 앞에 있는 것은 라면 그릇만 했다.

"그건 감독님이 좋아했던 특곱배기예요."

#1 안미츠(餡蜜) 삶은 완두콩에 팥죽을 넣어서 먹는 달콤한 식품.

마이는 당황한 남성 MC에게 장난기 섞인 목소리로 그렇게 말했다. 두 사람은 스푼으로 음식을 먹으면서 계속 이야기를 나눴다.

"복귀 이후로 반년이 지났습니다만, 활동 중지 전과 다르다 싶은 점은 없습니까?"

"예전에 비해 일 하나하나를 더 즐기게 된 것 같아요."

"혹시 예전에는 즐겁지 않았던 겁니까?"

"그런 의미에서 한 말이 아니에요. 알면서 말한 거죠? 예전에는 일을 즐길 여유가 없었어요. 일 하나하나에 최선을 다하는 것만으로도 벅찼거든요."

마이는 말을 잠시 멈추더니, 생각에 잠겼다.

"이미 공소시효가 지났다고 생각하지만, 그런 식으로 여유가 없었던 바람에 당시 제 매니저였던 어머니와도 매일같이 싸웠죠. 지금은 고맙게 생각하지만 말이에요. 어머니 덕분에 많은 일들을 맡을 수 있었고…… 많은 분들과 만날 기회가 생겼으니까요."

"어머님께는 이미 말씀드렸나요?"

"직접 전하기 힘드니까, 이 부분은 꼭 방송에 내보내주세요."

마이는 일부러 카메라 쪽을 쳐다보며 그렇게 말했다.

"그 점에 대해서는 디렉터와 상의해보기로 하고…… 예전에는 여유가 없었다는 이야기를 방금 들었습니다만……."

"예."

"그럼 지금은 마음에 여유가 있어서 일을 즐길 수 있는 겁니까?"

"……."

남성 MC가 확인을 하는 듯한 말투로 그렇게 말하자, 마이는 눈을 가늘게 떴다. 그러자 남성 MC는 슬그머니 고개를 돌렸다.

그리고 그가 시치미를 떼는 표정을 짓자…….

"역시, 곁에서 버팀목이 되어주는 사람이 있으니 그런 게 아니냐는 이야기를 하려는 거죠?"

마이는 정곡을 찌르는 질문을 던졌다.

"얼마 전에 소란을 피워 정말 죄송해요."

마이는 정중히 고개를 숙였다. 연인이 존재한다는 사실이 알려지면서 스캔들이 터진 일에 대해 언급하는 것이다. 그 일은 와이드쇼에서도 크게 다뤄졌다.

"저희도 그게 일이니까요. 이해해줄 거죠?"

"예. 저도 전혀 개의치 않아요."

마이는 장난기 섞인 거짓 미소를 지으면서 그렇게 말했다.

평소 같으면 이 이야기는 이걸로 끝낼 것이다. 마이의 박력에 압도당한 나머지, 과감한 질문을 던지지 못하리라.

그래도 이 남성 MC는…….

"그런 상대가 생기니 심경에 변화가 생기던가요?"

……하고 과감한 질문을 던졌다.

꽤 간이 큰 사람 같았다.

"솔직히 말하자면, 그쪽으로는 여유가 눈곱만큼도 없어요."

마이가 대충 얼버무릴 줄 알았지만, 의외로 본심 같은 말을 입에 담았다.

"그게 무슨 뜻이죠?"

"말 그대로예요. 기자회견 때도 말했다시피, 이런 건 처음이라서…… 여러모로 자신이 없어요."

"어? 하지만 마이 씨라면 상대방 남성 정도는 마음대로 휘두를 수 있지 않나요?"

"대체 저를 어떤 애라고 생각하시는 거죠?"

"그야 연기력도 뛰어나고, 실제로 만나보니 텔레비전에서 볼 때보다 아름다우니까요. 그 소문자자한 애인 분도 자연스럽게 마이 씨에게 잡혀 살고 있지 않을까 하는 것이 저를 비롯한 세간의 인식일 거라고 생각합니다."

"뭐, 제가 잡고 사는 건 맞아요."

"역시 그렇군요."

"하지만 제가 더 그를 좋아할 거예요."

마이는 너무나도 자연스럽게 그 말을 입에 담더니, 얼굴을 살짝 붉혔다.

"예?"

남성 MC는 놀랐는지 입안에 있던 차를 뿜을 뻔했다. 어찌어찌 참기는 했지만, 사레가 들리고 말았다.

자리에서 일어난 마이가 맞은편으로 가서 그의 등을 문질러줬다. 그가 겨우 진정하자, 마이는 뭔가가 생각난 것처럼 카메라 쪽을 쳐다보았다.

"아, 이 부분도 꼭 써주세요."

마이는 빙긋 웃으며 그렇게 말했다. 아마 카메라맨 뒤편에 디렉터가 있는 것이리라.

미소 짓고 있는 마이가 화면에 비쳤다.

한 점의 거짓도 존재하지 않는 일상에서 미소 짓고 있는 마이의 얼굴이 화면에 나왔다.

그 장면을 끝으로, 영상은 끝났다.

화면이 새하얀 색으로 물들었다.

—고인의 명복을 빕니다.

그런 자막이 나온 후, 화면에서 빛이 사라졌다.

꺼진 텔레비전이나 별반 다르지 않을 만큼 화면이 어두웠다.

그 액정 패널에 울고 있는 누군가의 얼굴이 비쳤다.

방송 출연자가 아니다.

광고가 나오고 있는 것도 아니다.

화면은 여전히 어두웠다.

하지만 잘 아는 얼굴이 비치고 있었다.

잘 아는 게 당연했다.

그것은 텔레비전 앞에 앉아있는 사쿠타의 얼굴이니까…….

두 눈에서 흘러나온 눈물이 볼을 타고 흘러내렸다.

눈물은 소리 없이 계속 넘쳐 흐르고 있었다.

사고 직후, 병원에서 수술 결과를 들었을 때는 눈물이 나지 않았다. 마이의 어머니에게 뺨을 맞았을 때도, 노도카의 한탄을 들었을 때도, 단 한 방울의 눈물도 나지 않았다. 외톨이가 되었을 때도, 사쿠타는 울지 않았다. 아니, 울 수 없었다.

그 후로 나흘이 흐르고서야, 비로소 마음속에 무언가가 울려 퍼졌다.

따라잡은 것이다.

평소와 다름없는 마이의 모습이, 사쿠타에게 가르쳐줬다. 그것이 두 번 다시 돌아오지 않을, 그 무엇과도 바꿀 수 없는 것이라는 사실을 사쿠타에게 알려줬다.

그래서, 직시하지 않으려 하는 자신의 감정을 눈치챈 것이다.

—최선을 다했습니다만…… 유감입니다.

실은 의사에게 그 말을 들었을 때부터 이미 알고 있었다. 그때부터 사쿠타의 마음속에 존재했던 것. 이미 눈치챘던 폭력적인 감정.

그것의 이름은 알고 있다.

사쿠타는 알고 있다.

누구나 알고 있다.

인간이라면 누구라도 알고 있다.

그것은 바로 슬픔이라 불리는 감정이다.

그것이, 지금, 천천히 자리에서 일어나더니, 사쿠타를 막아서려 했다.

쳐다보지 않으려 했던 그 감정이, 사쿠타를 삼키기 위해 손을 뻗고 있었다.

그래서, 사쿠타는 고함을 질렀다.

"다가오지 마!"

사쿠타는 허둥지둥 몸을 일으키더니, 고개를 돌렸다. 귀를 막으며 아무 것도 듣지 않으려 했다. 그것만으로도 부족했기에, 사쿠타는 카펫을 박차며 내달렸다. 거실을 나가더니, 복도를 내달렸다. 금방이라도 넘어질 것처럼 휘청거리면서 신발을 신더니, 현관 밖으로 뛰쳐나갔다.

슬픔과 마주할 수는 없다. 그 녀석의 존재를 인정할 수는 없다. 맞서도 안 된다.

그랬다간 마이의 죽음을 인정하고 말 것이다. 슬픔을 부정함으로써, 사쿠타는 마이가 사고를 당했다는 사실을 부정하려 했다. 그녀의 죽음을 거부하려 한 것이다.

그래서, 있는 힘껏 뛰었다.

리오의 집밖에 존재하는 주택가를 전력으로 내달렸다.

도로 구석에는 눈덩어리가 아직 쌓여 있었다.

그날 내렸던 눈.

그 존재가 사고가 일어난 순간의 기억을 되살리면서, 사쿠타의 가슴을 격렬하게 뒤흔들었다.

말로 형용할 수 없는 울부짖음이 사쿠타의 입에서 터져 나왔다.

사쿠타는 눈물을 닦더니, 슬픔을 떨쳐내려는 것처럼 하염없이 내달렸다.

숨이 턱까지 차든…….

폐가 비명을 지르든…….

발이 뒤엉히든…….

사쿠타는 힘껏 내달렸다.

슬픔에게 따라잡히면 그것으로 끝이다.

따라잡히면, 그 순간 마이를 완전히 잃고 만다.

그런 착각이 사쿠타를 이렇게 내달리게 만들었다.

자신이 마이의 죽음을 받아들이지 않는 한, 그녀는 살아 있다.

그렇게 생각하고 싶었다.

그러기를 바랐다.

환상에 매달리는 것 이외에는, 아무런 방법도 없었다. 사쿠타에게 남은 방법은 그것뿐이었다. 그래서 그런 부질없는 환상에 매달렸던 것이다.

하지만, 그게 환상에 불과하다는 사실은 알고 있다.

알고 있기에, 필사적으로 부정해야만 했다.

알고 있기에, 사쿠타는 도망친 것이다.

사쿠타는 모래에 발이 걸려 넘어졌다. 몸은 모래사장이 부드럽게 받아줬다.

어디를 어떻게 달렸는지 생각이 나지 않았다. 하지만 익숙한 파도 소리가 들렸다. 익숙한 바다 냄새가 났다. 익숙한 바닷바람이 느껴졌다.

사쿠타가 눈을 뜨자, 시치리가하마 해변이 눈앞에 펼쳐져 있었다.

마이와 함께 걸었던 적이 있는 모래사장이다. 사쿠타에게 있어 일상적인 풍경이자, 추억으로 가득 차 있는 장소이기도 했다.

"……."

참고 있던 눈물이 또 터져 나왔다.

도망쳐야만 하는데, 이제 일어설 기력이 없었다. 체력도 없었다. 허억허억, 하고 거친 숨결만 계속 토했다. 가슴을 진정시킬 수가 없었다.

비참하고, 한심하며, 슬프기 그지없었다.

"……구해줘."

사쿠타가 쥐어짜낸 것은 그 무엇으로도 감추지 않은 솔직한 감정이었다.

"누구라도 좋으니까……."

추위 때문에 몸이 떨렸다. 12월 말인 이 계절의 바닷바람은 차가웠다. 사쿠타는 실내복 삼아 학교 체육복을 입고 있었다. 그렇게 얇은 옷차림으로 집에서 뛰쳐나온 사쿠타의 몸을 차가운 바람이 강타했다.

"마이 씨를 구해줘!"

하지만, 사쿠타는 추위를 개의치 않으며 바다를 향해 고함을 질렀다.

"부탁이야!!"

사쿠타는 소망했다.

"구해줘!"

진심어린 감정을 토해냈다.

"마이 씨를 구해줘……. 제발 구해줘……. 부탁이야. 부탁이라고……."

하지만 아무도 대답하지 않았다. 대답해줄 리가 없다.

"구해줘……. 구해줘……. 부탁이야…… 부탁이라고!"

알고 있지만, 이 소망을 입 밖으로 토할 수밖에 없었다.

그게, 현재 사쿠타가 할 수 있는 유일한 일인 것이다…….

"뭐든…… 뭐든 다 할게! 그러니까! 마이 씨를 돌려줘!"

사쿠타를 따라잡은 슬픔이 그를 엄습했다. 사쿠타가 어둡디 어두운 소용돌이에 끌려들어갔다. 마음이 무너져 내리려 했다.

결국 전부 잃고 말았다. 사쿠타는 자기 자신이 무너져가는 것을 느끼고 있었다.

남은 것은 찌꺼기뿐이다.

희망의 빛은 보이지 않는다.

절망밖에 보이지 않는다.

그 절망조차, 점점 보이지 않았다.

하지만 바로 그때, 소리가 들렸다.

모래를 밟는 발소리였다.

그 발소리는 서서히 다가오더니, 사쿠타의 앞에서 멎었다.

"일어서세요, 사쿠타 군."

상냥한 목소리가 들려왔다.

"……."

처음에는 고막을 흔드는 그 음색이 믿기지 않았다.

"마이 씨를 구하는 건, 사쿠타 군의 역할이잖아요."

그럴 리가 없다고 생각했다.

"제 말이 맞죠?"

그럴 리가 없다. 말도 안 된다.

하지만, 사쿠타의 무의식은 솔직했다. 그리고 고개를 들 힘도 없었던 사쿠타가 고개를 들었다.

그러자 낙낙한 품의 옷이 눈에 들어왔다.

그리고 상냥한 미소가 사쿠타를 향하고 있었다.

"왜……."

사쿠타의 메마른 목소리가 바닷바람에 휩쓸려 사라졌다.

"왜, 쇼코 씨가 여기 있는 거야?"

영문을 모르겠다. 영문을 모르겠지만, 몸이 떨리기 시작했다. 추위 때문이 아니다. 분해서 그러는 것도 아니다. 눈앞에 어른 쇼코가 있다. 그 명백한 사실이 사쿠타의 온몸을 환희에 떨게 만들었다. 멎은 줄 알았던 눈물이 또 흘러내렸다.

“그래. 사쿠타 군은 아직 모르는 구나.”

“대체, 무슨 일이…….”

어른 쇼코가 병을 극복하기 위해서는 심장 이식 수술을 받아야만 한다. 하지만 기증자가 될 사쿠타는 사고를 당하지 않았다. 그 탓에 쇼코의 미래는 닫혀버리고 말았는데…… 사쿠타의 눈앞에 쇼코가 있다. 존재하는 것이다.

“제 여기에는…….”

쇼코는 양손을 자신의 가슴에 댔다. 그리고 소중한 무언가를 감싸듯 상냥한 눈길을 띠었다.

“마이 씨의 심장이 있어요.”

“읏?!”

“사람들에게 알려지진 않았지만, 그 날…… 사고를 당한 마이 씨는 우연히도 제 기증자가 되어줬어요.”

“마이 씨가…….”

“예.”

“마이 씨도 의사 표시 카드를…….”

“예.”

쇼코는 살며시 고개를 끄덕였다.

“그, 그렇다면 미래가 변했…….”

원래 쇼코는 사쿠타의 심장을 이식받게 되어 있었다.

"……."

쇼코는 대답하지 않았다. 대답할 수 없는 거라는 생각이 들었다. 지금 이 자리에 있는 이는 마이의 심장을 이식받은 쇼코다. 그렇다면, 지금까지 사쿠타가 만났던, 그의 심장을 이식받은 쇼코와는 다른 인생을 살아온 쇼코인 것이다.

사쿠타가 알고 있는 쇼코라고 생각해도 되는 걸까? 하지만 그걸 확인하기 전에, 쇼코는 당치도 않은 말을 했다.

"자, 마이 씨를 구하러 가죠."

"……대, 대체 어디에……?"

"물론, 과거에 가야죠."

"그게 가능할 리가……."

없다고 사쿠타가 말하기도 전에…….

"사쿠타 군의 눈앞에 있는 사람은 누구죠?"

쇼코가 이상하다는 듯이 웃는 것도 당연했다. 쇼코가 방금 말한 것처럼, 그녀라는 존재 자체가 과거에 가는 것이 불가능하다는 사실을 부정하고 있었다. 쇼코라는 존재야말로, 쇼코의 말을 긍정하는 증거인 것이다.

"괜찮아요. 저만 믿으세요."

쇼코는 끝내주는 장난이 떠올랐다는 듯한 표정을 지으며 사쿠타를 향해 손을 내밀었다.

그러자 사쿠타는 고개를 내저었다.

그는 혼자서 몸을 일으켰다.

"이래야 사쿠타 군이죠."

사쿠타는 눈물을 닦았다.

"그럼 따라오세요."

쇼코는 그런 사쿠타를 보더니, 만족스럽다는 듯이 미소를 지으며 걸음을 내디뎠다.

4

사쿠타는 느닷없이 나타난 쇼코에게 물어볼 게 있었다.

분명 있었다.

하지만, 입에서는 아무 말도 나오지 않았다.

"……."

사쿠타는 아무 말 없이 앞장서서 걷고 있는 쇼코의 등을 지그시 응시했다.

시치리가하마 해변을 몇 분 동안 걸으며 바닷가에서 벗어난 쇼코는 계단을 올라갔다. 아무 말 없이 따라가다 보니, 해안선을 따라 달리는 국도 134호선에 도착했다.

두 사람은 버튼식 횡단보도에서 잠시 동안 기다렸다. 후지사와 방면에서도, 카마쿠라 방면에서도, 비슷한 숫자의 차가 달려오더니, 사쿠타와 쇼코의 앞을 지나갔다.

신호기가 빨간색에서 파란색으로 바뀌었다. 쇼코가 앞장

서서 걷고, 사쿠타는 그녀의 뒤를 쫓았다. 두 사람은 세 걸음 정도 떨어져서 걷고 있었다.

"편의점에 들러도 될까요?"

그렇게 말한 쇼코는 이미 점포 쪽으로 향하고 있었다. 사쿠타가 밖에서 1분 정도 기다리자, 쇼코가 비닐 봉투를 들고 밖으로 나왔다.

그 후, 두 사람은 완만한 언덕을 올라가더니 기차 노선이 하나뿐인 건널목을 지났다.

"여기에요."

쇼코는 눈앞에 있는 커다란 건물을 쳐다보았다.

"……."

덩달아 멈춰선 사쿠타도 그 건물을 쳐다보았다. 사쿠타는 그 건물이 눈에 익었다.

사쿠타와 쇼코가 서있는 곳은 사쿠타가 다니는 학교…… 현립 미네가하라 고등학교의 교문 앞인 것이다.

"영차……."

쇼코는 멍하니 서있는 사쿠타를 힐끔 쳐다본 후, 온몸으로 밀어서 교문을 열었다.

그녀는 사람 한 명이 지나다닐 만큼만 교문을 열더니…….

"그럼 가볼까요."

……하고 말하며 거리낌 없이 부지 안으로 들어갔다.

"……."

사쿠타는 그런 쇼코를 제지하지 않더니, 결국 그녀의 뒤를 따르며 학교 안으로 들어갔다.

"걱정할 필요 없어요."

"……."

"오늘은 마이 씨의 영결식 날이잖아요. ……학교에는 아무도 없어요."

쇼코는 사쿠타가 묻지도 않은 말에 척척 대답했다.

"설령 다른 사람에게 들키더라도 사쿠타는 이곳의 학생이고, 저는 졸업생이니까 딱히 문제는 없을 거예요."

쇼코는 자신만만한 목소리로 그렇게 말했다.

그 말로 볼 때, 쇼코는 미네가하라 고교로 진학한 것 같았다. 이 학교에 입학하고, 언젠가 졸업한 것 같았다. 하지만 그것은 아직 일어나지 않은 미래의 일이다.

변명 삼아 그런 소리를 한다면, 괜히 더 의심을 살 게 뻔했다.

쇼코도 그건 알겠지만, 그녀의 당당한 발걸음에서는 망설임이 느껴지지 않았다. 그녀는 앞만 쳐다보며 교내의 어딘가로 향하고 있었다. 그녀가 어디로 향하는 건지는 모르겠지만, 목적지가 건물 안이라는 것은 곧 눈치챘다.

운동장을 지난 쇼코는 물리실험실의 창문을 열더니, 건물 안으로 침입했다. 일전에 리오가 가르쳐줬던, 잠금장치가 고장 난 창문을 통해서 말이다.

두 사람은 신발을 벗어서 손에 든 후, 아무도 없는 복도를 나아갔다.

복도는 어둑어둑했다.

밖에서 스며들어오는 가로등 불빛, 그리고 화재 경보용 비상벨의 붉은 램프가 어둠 속에서 빛나고 있었다.

왠지 불길하면서도 비현실적인 광경이었다. 매일 지나다니는 학교의 복도가 왠지 낯설게 느껴졌다. 이곳에 오는 동안 계속 앞장서서 걷고 있는 쇼코의 등이 그 감각에 박차를 가하고 있었다.

아직도 꿈속에 있는 느낌이 들었다.

눈앞에 있는 쇼코의 존재 자체가 믿기지 않았다.

하지만 사쿠타는 머릿속 한편으로 이것이 현실이라는 걸 이해하고 있었다.

마음이 뒤처진 탓에 인식과 감정이 어긋나고 있었다. 거리로 치면 세 걸음 정도 어긋나고 있었다. 현재 사쿠타와 쇼코 사이에 존재하는 거리와 같았다.

그 거리를 좁히려고 마음먹으면 얼마든지 좁힐 수 있다. 천천히 나아가고 있는 쇼코의 옆에 서는 것은 어렵지 않다.

하지만 사쿠타는 그러지 않았다. 그럴 수 없었다.

"……."

눈을 뗀 사이에, 쇼코가 사라질 것 같은 불안이 마음속에 존재했다.

그렇기 때문에, 사쿠타는 쇼코의 뒤편에서 그녀와 발걸음을 맞춰 걷고 있었다. 계속 걷고 있었다.

사쿠타는 자신들이 어디로 향하고 있는지 모른다. 동화에 나오는 피리 소리에 이끌린 어린이처럼, 사쿠타는 그저 쇼코를 따라가고 있었다.

하지만 그런 상황도 오래가지 않았다.

사쿠타는 걸음을 멈췄다. 사쿠타의 의지에 따라 멈춰선 것 같지만, 실은 그렇지 않았다.

앞장서서 걷고 있는 쇼코가 걸음을 멈춘 것이다. 그래서 사쿠타도 걸음을 멈췄다.

"사쿠타 군."

쇼코는 불만 섞인 표정을 지으며 사쿠타를 돌아보았다.

"왜요?"

"왜 제 뒤편에서 걷고 있는 거죠?"

"쇼코 씨가 따라오라고 했잖아요."

쇼코는 사쿠타의 말을 듣더니 땅이 꺼져라 한숨을 내쉬었다.

"평소의 사쿠타 군이 그렇게 말했으면 농담으로 치부했겠지만, 진심으로 한 말이죠?"

쇼코는 눈으로 「정신 좀 차리세요」 하고 말하며 사쿠타를 상냥하게 꾸짖었다.

"아직 꿈을 꾸고 있는 것만 같아요."

사쿠타는 변명을 늘어놓듯 그렇게 중얼거렸다.

"……."

"쇼코 씨는, 진짜로 여기에 있는 거죠?"

자신의 눈에 비친 쇼코를 의심하는 것은 아니다. 믿지 않는 것도 아니다. 그저, 안심을 할 수가 없었다. 불현듯 사라져버리는 것은 아닐까 하는 불안을 떨쳐낼 수가 없었다. 그런 막연한 불안이 가슴 속에서 꿈틀거렸다. 소중한 것이 손가락 사이로 흘러내리는 듯한 현실을 알고 있기에……. 상실의 공포가 사쿠타를 겁쟁이로 만들었다.

"제가 환상이나 신기루처럼 보이나요?"

"……예."

"알았어요."

대체 뭘 알았다는 걸까. 사쿠타는 알 수가 없었다.

"자아."

쇼코는 그렇게 말하면서 두 팔을 펼쳤다.

"제가 여기에 있다는 걸 확인해보세요."

"……."

아무 말 없이 쇼코를 향해 한걸음씩 다가간 사쿠타는 자연스럽게 그녀를 끌어안았다.

"읏!"

쇼코는 깜짝 놀란 것 같았다. 하지만 사쿠타는 그런 쇼코에게 반응할 여유가 없었다. 가슴을 통해 쇼코라는 존재가 느껴졌다. 두 팔을 통해 그녀의 호리호리한 몸이 느껴졌다.

허리뿐만 아니라, 등도 가녀렸다. 손으로 만지면 사라져버리는 신기루와는 달랐다. 무게에서 비롯된 확연한 존재감과 충실감이 느껴졌다. 한 번 끌어안았더니 두 번 다시 놓고 싶지 않을 정도였다.

"농담을 진담으로 받아들이면 안 돼요."

쇼코는 사쿠타의 품속에서 약간 숨이 막힌다는 말투로 그렇게 중얼거렸다.

"나는 농담을 받아줄 수 없는 상태예요."

사쿠타는 뒤늦게 쇼코의 체온을 느꼈다. 부드러운 피부도, 따뜻한 온기도 느껴졌다. 규칙적으로 뛰고 있는 심장의 고동도 느껴졌다……. 마이에게서 이어받은, 생명의 고동이다.

"농담이 안 통한다고요? 사쿠타 군 답지 않네요."

"나는 원래 이런 녀석이에요."

"그래선 곤란해요."

"……."

"사쿠타 군은 이제부터 뭘 할 거죠?"

쇼코는 진지한 어조로 사쿠타에게 물었다.

"마이 씨를 구하러……."

"틀렸어요."

쇼코는 사쿠타가 말을 끝까지 잇기도 전에 딱 잘라서 그렇게 말했다.

"뭐가 틀렸다는 거죠?"

사쿠타는 틀렸다는 말을 듣더니, 반사적으로 몸에 힘을 줬다.

"정말, 사쿠타 군. 더 끌어안았다면 바람피우려는 걸로 간주할 거예요."

쇼코가 어린애를 꾸짖는 말투로 그렇게 말하자, 사쿠타는 팔에 들어간 힘을 빼더니, 쇼코에게서 떨어지듯 한 걸음 물러섰다.

"뭐가 틀렸다는 거죠?"

그리고 사쿠타는 삐친 어린애 같은 표정으로 다시 한 번 물었다.

아무 것도 틀리지 않았다. 마이를 구한다. 그 목적을 달성하기 위해, 완수하기 위해, 사쿠타는 쇼코를 따라온 것이다.

"틀렸어요. 완전 꽝이라고요."

"그럼 정답이 뭔데요?"

사쿠타의 목소리에 희미한 열기가 어렸다. 죽어있던 감정이 원래 모습을 되찾아가고 있는 걸지도 모른다. 살아있는 감정이 자신의 몸에 잠들어있다는 사실에, 사쿠타는 적지 않게 놀랐다. 하지만, 그런 감정에 잠겨있을 때가 아니다.

"사쿠타 군은 말이죠."

"……."

"이제부터, 사랑하는 사람을 만나러 가는 거예요."

"……윽!"

"사랑하는 사람을, 행복하게 해주러 가는 거예요."

"……."

아무 말도 할 수 없었다. 경악이라는 감정 또한 금방 사라졌다. 남아있는 것은, 스펀지가 물을 빨아들이듯 서서히 온몸을 물들여가는 어떤 생각이었다.

"농담도 통하지 않는 사쿠타 군이 마이 씨를 행복하게 해줄 수 있을까요?"

"……."

사쿠타가 침묵을 지킬 수밖에 없었던 것은, 쇼코의 말에 정곡이 찔렸기 때문이다.

마이를 구한다고 하는 행위의 진정한 의미. 사쿠타가 진정으로 하고 싶은 일. 마이의 목숨을 구한다고 전부 끝나지는 않는다. 그 이후에, 사쿠타가 하고 싶은 일을, 쇼코는 어린애도 이해할 만한 말로 사쿠타에게 가르쳐줬다.

그러기 위해서는 한때의 초조함에 사로잡혀 있을 수 없다. 불안에 휘둘릴 때가 아니다. 중요한 것은 바로 마음에 여유를 가지는 것이다. 무슨 일이 일어나도 괜찮도록, 마음을 굳게 먹는 것이다.

말만큼 간단한 것은 아니다. 전혀 간단하지 않다. 하지만 무리다, 할 수 없다, 같은 말을 할 수는 없다. 그 간단하지 않은 일을, 항상 미소 지으며 해왔던 인물을 사쿠타는 알고 있는 것이다.

그 사람이 바로 지금 눈앞에 있는 쇼코다.

쇼코는 제아무리 험난한 일일지라도 얼마든지 해낼 수 있다는 걸 증명했다. 사쿠타는 몇 번이나 쇼코의 보듬어주는 듯한 미소에 구원받았다. 이번도 마찬가지다.

그걸 알기에, 사쿠타는 못한다고 말할 수가 없었고, 말할 생각도 없었다.

"쇼코 씨는 정말 대단해요."

사쿠타는 쇼코의 마음에 보답하기 위해, 감사의 뜻을 담아 웃으려 했다. 하지만 제대로 웃을 수가 없었다. 며칠 사이에 볼이 콘크리트처럼 단단하게 굳어버렸다.

쇼코는 그 모습을 보더니, 재미있다는 듯이 웃음을 흘리면서…….

"아슬아슬하게 합격한 걸로 쳐줄게요."

……하고 말했다.

"물러 터졌네요."

"저는 사쿠타 군에게는 물러요. 설마 몰랐어요?"

"알아요. 처음 만났을 때부터 그랬잖아요."

쇼코는 그 말을 듣더니 애매한 미소를 지었다. 사쿠타가 입에 담은 『쇼코』는 지금 이 자리에 있는 『쇼코』와는 다른 미래를 살았던 별개의 존재이리라. 사쿠타는 쇼코의 반응을 보고 미래가 바뀌었다는 걸 또 실감했다. 마이가 없는 미래가 앞으로 펼쳐질 거라는 사실을 통감했다. 하지만 그

아픔이 원동력이 되기도 했다.

"그런데, 대체 얼마나 더 가야 하는 거예요?"

"도착했어요."

쇼코가 그렇게 말하며 올려다본 것은 『양호실』이라고 적힌 플레이트였다.

양호실에도 당연히 사람이 없었다.

형광등이 꺼진 실내에는 국도 134호선을 달리는 자동차의 불빛, 그리고 주위에 있는 가로등과 주택에서 흘러나오는 빛과 희미한 달빛만이 존재했다.

"양호실에는 왜 온 거예요?"

사쿠타는 양호실에 들어가자마자 탐험이라도 하듯 안을 둘러보고 있는 쇼코에게 물었다. 그녀는 약품이 놓인 유리 선반을 쳐다보고 있었다.

"이제부터 저희가 할 일에는 침대가 필요하거든요."

"……."

"아, 야한 상상을 했나요?"

쇼코는 침대 가장자리로 이동하더니, 장난스러운 표정을 지으며 사쿠타를 쳐다보았다.

"아뇨. 지금은 그럴 기분이 아니거든요."

"너무하네요."

사쿠타가 마음이 어리지 않은 목소리로 그렇게 말하자,

쇼코는 침대에 걸터앉았다. 그리고 침대 옆에 있는 테이블에 편의점에서 사온 페트병과 음료수 캔을 올려놓더니, 비닐 봉투에서 꺼낸 종이 컵 두 개에 음료수를 따랐다.

그리고 양호실 한가운데에 멍하니 서있는 사쿠타를 향해 손짓을 하더니, 침대를 손으로 두드렸다. 여기에 앉으라는 것 같았다.

“설마 침대가 타임머신인 건 아니죠?”

사쿠타는 순순히 쇼코의 옆에 앉으며 그렇게 말했다.

“이제 좀 평소의 사쿠타 군 같아졌네요.”

쇼코는 왠지 즐거운 듯이 웃었다.

“하지만 유감스럽게도 타임머신은 아니에요.”

쇼코는 종이컵을 내밀었다. 한참을 뛰고, 목 놓아 울었던 탓에 사쿠타는 목이 말랐다. 그는 컵을 받자마자 안에 들어있던 음료를 단숨에 들이켰다. 그 순간, 매실 맛과 함께 익숙하지 않은 열기가 식도를 자극했다.

“윽!? 쇼코 씨, 이건…….”

“어른을 위한 매실 소다예요.”

쇼코는 얼버무리듯 웃으며 그렇게 말하더니, 텅 빈 캔을 편의점 비닐 봉투에 집어넣었다. 사쿠타는 추궁할 마음이 생기지 않았다. 이미 마셔버린 데다, 쇼코가 사소한 장난을 친 거라고 생각하기로 했다. 사쿠타에게는 해야만 하는 일이 있다. 쇼코에게서 들어야만 하는 게 있다. 마음도 조금 진정되었다. 슬슬 본론에 들어가야만 할 것이다.

"어떻게 해야 과거에 갈 수 있죠?"

뭘 하든 간에, 우선 이 문제를 해결해야만 한다. 과거에 가지 않으면 마이를 구할 수도, 행복하게 해줄 수도 없다.

"과거는 항상 곁에 있어요."

"……."

"아마 이쯤이나 저쯤에…… 있을걸요?"

쇼코는 자신의 주위를 손가락으로 가리키며 애매한 소리를 했다. 하지만 사쿠타는 일전에 리오에게서 비슷한 이야기를 들은 적이 있기에, 지적할 마음이 들지 않았다.

"하지만 평소에는 눈에 보이지 않고, 손으로 만질 수도 없어요."

"쇼코 씨는 얼마든지 볼 수 있고, 만질 수도 있잖아요."

쇼코는 사쿠타의 지적을 못들은 척 하면서 말을 이었다.

"평소에는 『지금』을 인식하는 것만으로도 벅차고, 사람들은 이쯤이나 저쯤에 과거나 미래가 존재한다는 걸 모르거든요."

"……."

"있는 줄도 모르는 걸 보는 건 어려워요."

하지만 쇼코는 그 어려운 일을 해냈다. 그것도 몇 번이나…….

"하지만 사쿠타 군은 이제 알고 있죠? 이쯤이나 저쯤에 과거나 미래가 있다는 것도, 제가 미래에서 왔다는 것도 말이에요."

그렇다. 알고 있다. 전부 알고 있다. 하지만 안다고 해서 시간여행이 가능하지는 않을 것이다. 그럼 그 사실을 알기만 하면 누구나 시간여행을 할 수 있는 거나 다름없으니까 말이다.

"그래도 그건 쇼코 씨만 가능한 것 아닌가요? 사춘기 증후군에 의해서요."

그 모든 것은 이 전제가 성립하기에 가능한 것이다.

미래를 부정함으로써, 아이러니하게도 먼저 미래에 도달한 쇼코의 사춘기 증후군. 어른이 되지 않기를 바라는 마음이, 눈에 보이는 세계의 속도를 느리게 만들었다. 하지만 상대적으로 본다면 빠르게 움직이는 쪽의 시간이 더디게 흐르기 때문에, 결과적으로 『어른이 되고 싶지 않은 쇼코』는 『어른이 되고 싶은 쇼코』보다 빨리 어른이 된 것이다.

"아마 그럴 거라고 생각해요. 하지만 그렇게 본다면, 제가 여기에 있는 게 이상하지 않나요?"

"이상하다고요?"

"어린 제가 사춘기 증후군에 걸린 건 미래를 향한 불안 때문이에요. 심장 이식 수술을 받지 못하면, 어른이 될 수 없는 몸을 지녔으니까요."

사쿠타를 응시하는 쇼코의 눈동자는 뭔가를 말하고 있었다.

"혹시 이 시대의 쇼코 씨…… 즉, 마키노하라 양은 이미 이식 수술을 받았나요?"

그렇다면 방금 쇼코가 말한 것처럼 이 자리에 미래의 그녀가 있는 것은 이상했다.

"예. 받았어요."

쇼코는 눈짓으로 긍정했다. 사쿠타를 안심시키려는 것처럼, 천천히…….

"수술을 받고 제가 눈을 뜬 건 12월 27일 아침이었어요."

"……."

날짜를 확인할 필요는 없다. 오늘은 그 다음날인 12월 28일이다. 그리고 이미 저녁이 되었다. 즉, 어린 쇼코가 안고 있던 미래를 향한 불안은 심장 이식 수술의 성공을 통해 해소되었을 것이다. 그렇다면 사춘기 증후군이 발병할 이유 자체가 쇼코에게서 사라졌다고 봐야할 것이다.

"그럼 왜 쇼코 씨가 여기 있는 거죠?"

어른 쇼코가 사춘기 증후군을 일으키지 않는 한, 어른 쇼코는 존재할 수 없다. 하지만 그녀는 지금 이 자리에 존재한다.

"아마 그건 저와 사쿠타 군이 존재하는 『지금』이 『미래』이기 때문일 거예요."

"……."

사쿠타는 그 말의 의미를 바로 이해하지 못했다.

"지금 저와 사쿠타 군이 있는 곳은 『미래』예요."

쇼코는 또 한 번 그 말을 입에 담았다. 『미래』라는 말을…….

"이렇게 저와 사쿠타 군이 이야기를 나누고 있는 순간은 『현재』가 아니에요."

"그럴 리가……."

"그리고, 이런 상황을 만든 사람은 바로 사쿠타 군이에요."

쇼코는 이해를 못하는 사쿠타에게 당치도 않은 말을 했다.

"……쇼코 씨, 무슨 소리를……."

질 나쁜 농담이라고 생각했다. 하지만 쇼코의 진지한 표정에는 눈곱만큼의 장난기도 존재하지 않았다. 그녀는 사쿠타를 지그시 쳐다보며 말을 이었다.

"짐작 가는 데는 없나요?"

"있을 리가……."

없다, 고 사쿠타를 말할 작정이었다. 단호하게 말할 수 있을 거라고 생각했다. 하지만 그러지 못한 것은 마음 한편으로 뭔가를 눈치챘기 때문일지도 모른다.

"어린 저와 마찬가지로, 사쿠타 군 또한 미래를 거부한 적은 없나요?"

짐작 가는 데라면 딱 하나 있다. 쇼코는 이야기의 화두를 그 방향으로 인도했다.

그리고 그 방향으로 나아가자, 답을 찾을 수 있었다.

깊디깊은…….

마음의 심연.

그곳을 유심히 쳐다보자, 그 형태가 선명해졌다.

그렇다.

미래를 거부한 적이라면…… 있다.

강렬하게 거부했다.

바로 그때다…….

어른 쇼코에게, 자신의 심장이 이식되어있다는 사실을 안 순간…….

마이가 그 사실을 알게 되고…….

—사쿠타가 나와 함께 하는 미래를 선택해줬으면 해.

……라는 말을 들은 순간…….

—항상 내 곁에 있어줘.

……하고 말하며, 역 플랫폼에서 울음을 터뜨렸을 때도 그렇다.

—살고 싶어.

이러지도 저러지도 못하는 감정의 격랑을 쇼코에게 밝혔을 때도 그렇다.

운명을 가르는 12월 24일이 영원히 오지 않았으면 좋겠다고 사쿠타는 생각했다. 대답을 내놓아야만 한다고 생각하는 한편, 그 이상으로 부풀어 오른 부정적인 감정과도 사쿠타는 싸우고 있었다. 선택을 하고 싶지 않다며 발버둥치는 감정과 마주하려 했고, 마주했다고 생각했지만…… 역시, 마주하지 않았던 것이다.

그리고 그 순간, 쇼코와 똑같은 사춘기 증후군이 사쿠타에게 발병했다면…….

"……."

"짐작 가는 데가 있나 보네요."

"……."

대답하지 못한 것은, 자신을 솔직하게 드러내는 것을 미세하게 남은 이성이 거부했기 때문이다.

"인정하고 싶지 않다는 건 알지만, 인정해야만 해요. 사쿠타 군의 내면에 존재하는, 미래를 거부한 약해빠진 자신을……."

"쇼코 씨."

"그 약한 자신을 믿는 것이야말로, 지금이 『미래』라는 걸 인정하는 첫 걸음이에요. 여기가 『미래』라면, 사쿠타 군은 『현재』에 가는 것도 가능하겠죠. 마이 씨를 구하는 것도 가능할 거예요."

"……."

사쿠타는 아무 말 없이 심호흡을 했다.

그리고 텅 빈 종이컵 안을 쳐다보았다.

약해빠진 자신을 인정한다.

머릿속으로 그 말을 중얼거린 순간, 사쿠타는 숨도 제대로 못 쉴 만큼 웃어댔다.

"사쿠타 군?"

"그 정도는 식은 죽 먹기예요."

허세를 부리는 것도, 거짓말이나 농담을 하는 것도 아니다. 사쿠타는 진심으로 그렇게 생각했다. 그런 자신을 찾아낼 수가 있었다. 종이 컵 바닥에 들러붙어 있는 듯한 자기 자신을 상상할 수 있었다.

"그런 상황에서 내가 멀쩡할 리가 없어요. 이미 이상해진 거라면, 충분히 납득이 돼요."

사쿠타로서는 그 편이 현실적이었다. 당시의 자신이, 자신이 생각하는 것보다 훨씬 멀쩡했다고 생각하니까……. 실은 멀쩡하지 않았다는 말을 들으니, 왠지 안심이 되었다.

"사쿠타 군의 그런 면은 정말 대단하다고 생각해요."

"쇼코 씨에게는 그런 소리를 듣고 싶지 않네요."

사쿠타는 슬며시 웃었다.

"하지만, 『현재』에는 대체 어떻게 가죠?"

"사쿠타 군의 내면에 존재하는 상식이, 지금 보고 있는 것을 『현재』라고 믿고 있어요. 그래선 이쯤이나 저쯤에 존재하는 별개의 시간에 갈 수 없죠."

"그럼…… 비상식적인 인간이 되라는 건가요?"

"『지금』을 인식하려 하는 상식적인 사고방식을, 사쿠타 군이 떨쳐내면 돼요."

"왠지 후타바가 할 법한 말이네요."

"당연하죠. 전부 후타바 씨한테서 들은 말이니까요."

쇼코는 가슴을 펴면서 잘난 척 하듯 그렇게 말했다.

"미래의 후타바 씨가 가설을 세워줬어요."

"그 녀석, 미래에서도 사춘기 증후군에 관한 상담 상대가 되어주고 있군요."

그 사실이 왠지 웃겼다. 웃기고, 기뻤다.

"그럼 그 상식적인 사고방식이라는 걸 어떻게 떨쳐내죠?"

흔히 상식적인 사고방식이라 부르는 것들은 무의식적으로, 자각 없이 몸에 붙어 있다. 그런 것들을 마음먹기만으로 비트는 것은 쉽지 않으리라. 게다가 자신의 주위에 과거나 미래가 있다고 믿는 것은 상식적으로 생각해봐도 어렵다. 아니, 불가능하다는 생각만 들었다.

"정답은 처음에 말해줬잖아요."

쇼코는 직접 생각해보라는 듯이 짓궂은 표정을 지으며 그렇게 말했다. 처음이라는 건 아마 이 양호실에 들어왔을 때를 말하는 것이리라. 그 이전에는 그런 이야기를 한 적이 없다.

쇼코가 양호실에 들어와서 뭐라고 말했는지 잠시 동안 생각해봤다.

"……."

아직 뜻대로 돌아가지 않는 뇌가 떠올린 것은 쇼코가 농담처럼 한 말이었다.

"……혹시 삼을 자는 건가요?"

"정답이에요. 사람은 꿈속에서만 상식을 버릴 수 있거든요."

"그래서 양호실에 온 거군요."

사쿠타는 자신이 걸터앉아있는 침대를 쳐다보았다. 학교 안에서 침대가 있는 곳은 양호실뿐이다.

"하지만 쇼코 씨."

"『하지만』이라는 말은 금지예요."

쇼코는 검지를 세우면서 주의를 주듯 그렇게 말했다.

하지만 사쿠타는 고개를 저으면서 말을 이었다.

"설령 내가 과거에 가더라도……."

사쿠타가 마이를 구한다면, 쇼코의 미래가 사라질 가능성이 컸다. 사쿠타를 대신해 마이가 장기 기증자가 된 것은 천문학적인 우연일 것이다. 사쿠타가 마이를 사고에서 구하고, 자신 또한 무사한 미래에, 과연 쇼코는 존재할 것인가.

사쿠타는 말을 이으려 했지만, 그러지 못했다. 아니, 할 수 없었다. 쇼코가 왼손으로 사쿠타의 볼을 꼬집은 것이다.

"『설령』이라는 말도 금지예요."

"……."

"약한 소리를 하면 어떻게 해요."

쇼코는 꾸짖는 듯한 말투로 그렇게 말했다. 입술 또한 살짝 내밀고 있었다. 하지만 사쿠타의 시선은 다른 곳을 향하고 있었다. 사쿠타의 볼을 향해 뻗은 왼손 약지에는 빛을 뿜는 무언가가 존재했다. 단순한 디자인의 은색 반지였다. 그게 눈에 들어오자, 사쿠타의 머릿속은 그 반지에 대한 생각으로 가득 찼다.

"아……."

사쿠타의 시선을 눈치챈 쇼코는 그의 볼에서 왼손을 뗐다. 그리고 오른손으로 왼손을 감싸듯 손가락에 낀 반지를 만졌다. 반지를 빙글빙글 돌리면서 감촉을 확인했다.

지금까지 사쿠타의 앞에 나타났던 어른 쇼코는 반지를 끼지 않았다. 하지만 사쿠타가 살아있는 미래에서 온 쇼코는 반지를 끼고 있었다. 사쿠타가 그 의미를 모를 리가 없었다. 그리고 당연하다면 당연한 거지만, 현재가 변하면 미래가 변한다. 이 자리에 있는 쇼코에게, 사쿠타의 심장이 아니라 마이의 심장이 이식된 것처럼…….

"그 반지……."

"염원했던 학생결혼을 해버렸어요."

쇼코는 부끄러움을 감추려는 것처럼 배시시 웃었다. 그 미소에서 쇼코의 행복한 심정이, 봄 햇살 같은 따뜻함이 전해져 왔다. 하지만 사쿠타는 쇼코의 표정 속에 존재하는 한 줄기 쓸쓸함을 찾아냈다.

"사쿠타 군, 저는 말이죠."

쇼코는 온화한 표정을 짓더니, 먼 곳에 있는 바다를 쳐다보았다.

"사랑하는 사람이 행복해졌으면 해요. 항상 웃고 있었으면 해요. 설령, 그 미소가 저를 향하지 않더라도 말이죠."

"……쇼코 씨."

사쿠타가 이름을 부르자, 쇼코는 그를 쳐다보며 빙긋 웃었다.

"저는 정말 끈질겨요."

"……."

"사쿠타 군이 행복해질 때까지, 저는 그 어떤 미래에서라도, 몇 번이든 사쿠타 군을 도우러 올 거예요."

장난기 섞인 미소의 이면에 존재하는 쇼코의 확고한 결의가 느껴졌다. 그 강렬한 결의가 말과 태도에서 넘쳐 나오고 있었다.

"그러니 이제 그만 포기하고, 순순히 행복해지세요."

정말 너무한 말이었다. 하지만 그와 동시에 정말 『쇼코 씨』 다운 말이었다.

"……."

"……."

짧은 침묵을, 134호선을 달리는 자동차 소리가 메웠다. 평소 이 학교에서 생활할 때는 전혀 신경 쓰이지 않았지만, 다른 소리가 없기 때문인지 그 소리만이 사쿠타의 의식을 쫓아다녔다.

"쇼코 씨."

사쿠타는 결의를 가슴에 품으며 그 이름을 입에 담았다.

"예, 사쿠타 군."

쇼코는 잠시 뜸을 들인 다음 대답했다. 그렇기에 사쿠타는 주저 없이 대답했다.
"나는 마이 씨를 행복하게 해줄 거예요."
사쿠타는 자연스러운 어조로 쇼코에게 그렇게 말했다.
"예. 사쿠타 군이라면 할 수 있어요."
"……."
"사쿠타 군만이 할 수 있어요."
"그러니, 나는 쇼코 씨에게 해야만 하는 말이 있어요."
"……."
쇼코는 그 말을 듣더니, 아무 말 없이 고개를 좌우로 저었다. 말하지 않아도 된다고 눈동자로 말하고 있었다. 하지만 사쿠타는 그 배려를 받아들일 수 없었다.
쇼코의 말을 듣고 자각한 것.
그 의미를 이해하고 결심한 것.
그것들을 당사자인 쇼코에게 전해야만 한다.
과거에 돌아가더라도, 되감기는 것은 시간뿐이다. 마이가 사고를 당하는 것을 막을 수 있을지도 모르지만, 그랬다간 쇼코에게 심장을 제공해줄 기증자가 사라지고 만다.
마이를 행복하게 해주기 위해서는 사쿠타도 사고를 당해서는 안 된다. 마이를 잃고 깨달았다. 소중한 사람을 잃는 것이 얼마나 슬픈 일인지를…….
이런 마음을 마이가 느끼게 할 수는 없다.
그러니, 사쿠타는 이 말을 해야만 한다.

"나는, 쇼코 씨가 살아줬으면 해."

사쿠타의 차분한 목소리가 양호실에 울려 퍼졌다.

"마키노하라 양이, 심장 이식 수술을 받을 수 있기를 진심으로 바라고 있어."

"예."

"기도하고 있어."

한 마디, 한 마디, 또박또박…….

"소망하고 있어."

자신의 마음을 똑똑히 전했다.

"알아요."

"하지만, 나는 의사가 아니야."

"……."

"특별한 힘도 없어."

"……."

"평범한 고교생에 불과해."

"평범한 고교생보다 훨씬 뻔뻔하잖아요."

사쿠타는 쇼코의 말을 듣고 미소를 지었다. 두 사람은 서로를 배려하는 듯한 미소를 지었다. 사쿠타는 그 미소를 입가에서 지우더니, 마음속에 있는 모든 생각을 형태로 담듯 소중한 말을 입에 담았다.

"나는, 마이 씨 한 명을 행복하게 해주는 걸로 벅차."

"……."

"그 한 사람도, 제대로 행복하게 해주지 못했어……."

사쿠타는 마음속에서 샘솟아 오르는 감정 때문에 말문이 막혔다. 눈물이 날 것만 같았다. 하지만 쇼코 앞에서 울어서는 안 된다고 생각해 필사적으로 참았다. 고개를 치켜들더니, 울음기가 가시기만 기다렸다. 그렇게 10초가 흐른 후…….

"그러니까……."

사쿠타는 다시 입을 열었다.

"그러니까, 쇼코 씨."

"예."

"나는 쇼코 씨에게 아무 것도 해줄 수 없어."

사쿠타는 쇼코를 똑바로 쳐다보며 마지막 그 말을 입에 담았다.

그것이, 사쿠타가 선택한 길이다.

누군가는 이기적인 선택이라고 말할지도 모른다.

누군가가 잘못된 선택이라며 비판할지도 모른다.

인간으로서 어떻게 그럴 수 있냐며, 매도할지도 모른다.

설령 그런 소리를 듣더라도, 사쿠타는 괜찮다고 생각했다.

이기적이고, 잘못됐으며, 비인간적이라도 괜찮다. 뭐든 괜찮다.

마이가 행복해질 수만 있다면, 사쿠타는 뭐든 다 할 것이다.

"사쿠타 군은 그러면 돼요."

쇼코 씨는 평소처럼 미소를 지었다. 하지만 평소와 다른 점이 하나 있었다. 그 완벽한 미소를, 눈물의 강이 적시고 있는 것이다.

"……쇼코 씨?"

"어머……?"

사쿠타의 반응을 보고야 눈치챈 건지…….

"나…… 왜……."

쇼코는 그렇게 중얼거리면서 손가락으로 눈물을 훔쳤다.

"이미 결심을 했는데……."

"……."

"사쿠타 군의 말을 듣고…… 몸이 놀랐나 보네요."

멎지 않는 눈물 때문에 당황하면서도, 쇼코는 그런 변명을 늘어놓았다. 사쿠타가 신경 쓰지 않도록 「괜찮아요」 하고 몇 번이나 말했다. 쇼코의 표정은 슬픔에 물들어 있지 않았다. 눈물이 좀처럼 멎지 않아서 약간 멋쩍어 하는 듯한 표정을 짓고 있었다.

사쿠타를 위해 무리를 하는 쇼코에게 해주고 싶은 말이 있었다. 전하고 싶은 마음도 있었다.

"……."

하지만 사쿠타는 입을 열기만 했을 뿐, 결국 아무 말도 하지 못했다.

더는 쇼코에게 아무 것도 해줄 수 없다.

방금 그렇게 말했다. 그 말을 한 사람은 사쿠타다. 그렇기에 사쿠타는 「고마워」도, 「미안해」도 입에 담지 않으며, 그저 쇼코가 진정할 때까지 바라보고만 있었다.

달빛이 눈물을 훔치는 쇼코의 손가락을 비췄다.

왼손 약지에 낀 은색 반지가 그 빛을 받아 빛났다.

"딱 한 마디만 할게요."

결국 사쿠타는 입에 담지 않으려던 말을 입 밖으로 내뱉었다.

"예."

"미래에 돌아가면, 미래의 나한테 전해줬으면 하는 말이 있어요."

"……."

"「귀여운 마누라를 이 세상에서 가장 행복하게 해줘」라고 전해줘요."

"……윽!"

쇼코는 깜짝 놀랐는지 눈을 치켜떴다. 그 모습이 사쿠타에게 가르쳐줬다. 자신의 생각이 틀리지 않았던 것이다. 지금 눈앞에 있는 쇼코는 마키노하라 쇼코가 아니라, 누군가와 결혼을 해서 성이 아즈사가와로 바뀐 쇼코인 것이다.

"……예, 꼭 전할게요."

쇼코는 눈물을 흘리면서도 상냥한 미소를 머금었다. 웃고 있는 그녀의 얼굴에서 눈물이 방울져 떨어졌다. 쇼코는 그 눈물을 닦으려 하지 않았다. 아마 기쁨의 눈물이기 때문이리라…….

쇼코는 침대에서 일어났다.

"사쿠타 군, 이제 침대에 누우세요."

시간을 거슬러 올라가기 위해서는 상식을 버려야만 한다. 상식은 꿈속에서만 버릴 수 있다. 방금 쇼코에게서 그런 설명을 들었다.

"그 날부터 자고 있는 건지, 깨어있는 건지, 알 수 없는 상태여서……."

과연 제대로 잠들 수 있을 것인가.

"좀, 걱정돼요……."

사쿠타는 그렇게 말하는 와중에 하품을 크게 했다.

왠지 눈꺼풀이 무거웠다.

"괜찮아요."

옆에 서있던 쇼코가 사쿠타를 올려다보았다.

"그게, 무슨……."

눈앞에 있는 쇼코가 흐릿하게 보였다. 사쿠타는 자신의 혀가 꼬이기 시작하는 게 느껴졌다. 범상치 않은 느낌이었다.

"걱정할 필요 없어요."

그 목소리가 멀게 느껴졌다. 바로 옆에서 들려오는 말인데도 멀게 느껴졌다.

"쇼코 씨……?"

"미리 손을 써뒀으니까요."

쇼코가 들고 있는 것은 수면유도제가 들어있는 조그마한 병이었다.

"아, 그래…… 그랬구나……."

시야가 흐릿해졌다. 어두워지면서 점점 가라앉았다.

"사쿠타 군, 잘 자요."

사쿠타는 전에도 이런 일이 있었다고 생각하면서, 꿈속 세계로 빠져들었다.

—우선 사쿠타 군을 발견해줄 사람을 찾아보세요.

사쿠타는 마지막으로 들려온 쇼코의 말의 의미를 생각하면서, 시간 여행을 시작했다.

제2장

그 날 내리던 눈이 그치기 전에

1

차가운 바람이 볼에 닿았다.

바다 냄새를 희미하게 머금은 겨울바람이다.

그 서늘한 공기가 사쿠타의 정신을 들게 했다.

"……."

사쿠타는 눈을 떴다.

가장 먼저 보인 것은 눈에 익은 천장이었다. 회색 아지랑이가 낀 듯한 문양이 그려진 천장이었다. 학교 천장이다. 이렇게 드러누워서 올려다본 적이 없기에, 사쿠타는 눈앞에 펼쳐진 광경이 조금 신선하게 느껴졌다.

사쿠타는 양호실의 침대에 누워 있었다.

그는 천천히 몸을 일으켰다. 침대가 삐걱거리면서, 동물의 울음소리 같은 소리가 들렸다.

사쿠타는 안으로 흘러들어오는 차가운 공기에 이끌리듯, 침대를 둘러싼 커튼 밖으로 얼굴을 내밀었다.

"……."

그 순간, 어떤 광경이 눈에 들어온 사쿠타는 그대로 움직임을 멈췄다.

창밖에서는 눈이 내리고 있었다. 이곳에서 보이는 시치리가하마의 바다에 눈이 내리고 있었다. 소리 없이, 하지만, 수많은 눈이 하늘에서 춤추듯 내려오고 있었다.

하늘은 두꺼운 구름에 뒤덮여 있기에, 태양이 보이지 않았다.

뭔가를 찾듯 주위를 돌아보던 사쿠타의 시선은 침대 옆에 있는 조그마한 선반을 향했다. 그곳에는 디지털시계가 놓여 있었다.

그 시계에 표시된 시각은 오후 1시 25분.

날짜는 12월 24일이었다.

"진짜로…… 과거에 온 거야?"

의심한 것은 아니다. 믿지 않았던 것도 아니다. 이렇게 되기를 바랐으며, 진심으로 소망했다.

하지만 실제로 이 상황에 처하자, 믿기지가 않았다. 놀라면서도, 묘하게 납득한 것은, 피부를 통해 느껴지는 차가운 공기 덕분이라고 생각한다.

사쿠타는 이 추위를 알고 있다.

이 추위를 경험한 적이 있다.

눈을 머금은 차가운 겨울 공기.

이것이야말로 그날…… 12월 24일의 공기다.

새하얀 눈을 보자, 사쿠타의 가슴이 옥죄어들었다. 새하얀 눈을 물들이던 마이의 선혈이 아직도 눈에 선명하게 새겨져 있었다.

그것을 미래의 일이라고 뇌가 인정하자, 발치에서 초조함이 치밀어 올랐다. 숨이 막힐 정도의 갑갑함이 온몸을 압박했다. 몸의 중심이 공중으로 붕 떠오르는 듯한 느낌이 들었다.

그 사고가 일어나기 전으로 돌아간 것은 좋다.

하지만 돌아갔기 때문에, 이번에는 실패해선 안 된다는 긴장감이 생겨났다. 무슨 수를 써서라도 마이가 자동차 사고에 휘말리는 걸 막겠다. 그런 결의가 몸을 옥죄어들었다.

사쿠타는 다시 한 번 시계를 쳐다보았다.

오후 1시 28분.

"역시 그때구나……."

사쿠타는 시계를 보면서 납득했다. 이 시간, 사쿠타는 병원에 있었다. 어린 쇼코가 입원한 병원이다.

그때 사쿠타는 중환자실에 있는 어린 쇼코를 면회하고 있었다. 쇼코의 어머니가 배려를 해줬던 것이다. 유리 너머에는 기계 소리로 가득 찬 무균실이 있었으며, 수많은 의료기기에 둘러싸인 침대에는 어린 쇼코가 잠들어 있었다. 그 순간에도 그녀는 살아남기 위해 필사적이었다.

면회 시간은 겨우 5분밖에 안 되었다.

사쿠타는 자신이 중환자실을 나선 후에 뭘 했는지 생각이 나지 않았다. 기억이 나는 것은 저녁때가 된 후부터다.

어쩌면 좋을지 몰라서 병원의 의자에 앉아 있었다. 마이와의 미래를 소망하고, 쇼코가 미래를 거머쥐기를 바라지만, 둘 다 이룰 수 없는 상황 속에서, 아무 생각도 하지 못했다.

그 사이에 사춘기 증후군이 발병했다면, 납득할 수밖에 없었다. 아니, 분명 그렇게 된 것이다. 그 결과, 사쿠타는 미래에서 과거로 올 수 있었던 것이다.

"눈이 꽤 쌓일 것 같네……."

바로 그때, 양호실에서 울려 퍼진 그 목소리는 사쿠타의 목소리가 아니었다. 여성의 목소리가 양호실 안의 다른 곳에서 들려왔다.

고개를 돌려보니, 흰색 가운을 걸친 양호 선생님이 창가에 서서 밖을 쳐다보고 있었다. 30대 후반의 여성이다. 사쿠타에게서 3미터 정도 떨어진 곳에 있었다.

"차는 두고 가야겠는걸."

그녀는 혼잣말을 하면서 창문을 닫았다.

그리고 그녀의 눈길이 사쿠타 쪽을 향했다.

"……."

사쿠타는 큰일 났다고 생각하며 긴장했다. 그는 자신이 언제부터 양호실의 침대에서 자고 있었던 건지 모른다. 양호실 선생님은 어떻게 인식하고 있을까. 자기도 모르는 사이에 사쿠타가 침대에 누워있다면 부자연스럽게 생각할 것이다. 적절할 설명을 할 필요가 있을 것이다. 「미래에서 왔어요」 같은 소리를 할 수도 없다. 그런 소리를 해봤자 절대 믿어주지 않을 것이다. 믿어준다면 오히려 이상할 것이다.

일단 상대가 어떻게 나오는지 보기로 했다. 일단 상대가 어떻게 나오느냐를 보고 적당한 변명을 꾸미는 편이 안전할 거라고 판단했다.

하지만 사쿠타의 생각대로 일이 풀리지는 않았다.

"……."

양호실 선생님이 아무 말도 하지 않은 것이다.

아니, 겨우 3미터 앞에 있는 사쿠타가 보이지 않는다는 듯한 눈치였다.

"……어?"

처음에 느껴진 위화감은 미세했다. 하지만 창문이 제대로 잠겼는지 확인하며 양호실 선생님이 다가올수록 그 위화감은 점점 커졌다.

사쿠타의 옆에 온 그녀가 창문의 잠금장치를 만졌다. 그리고 사쿠타의 옆을 지나치더니, 가장 안쪽에 있는 창문도 닫았다. 그리고 사쿠타의 앞을 지나가더니, 스토브 근처에 있는 자신의 책상으로 향했다.

명백하게 이상했다. 평범한 반응이 아니었다.

"선생님?"

사쿠타는 무심코 양호 선생님에게 말을 걸었다.

"……."

하지만 양호 선생님은 반응을 보이지 않았다. 책상에 펼쳐놓은 일지에 뭔가를 쓰고 있었다.

"선생님!"

사쿠타는 아까보다 큰 목소리로 선생님을 불렀다. 거의 고함이나 다름없었다. 사쿠타의 목소리는 실내에 울려 퍼졌다.

"……."

하지만 양호 선생님은 사쿠타를 돌아보지 않았다.

무시하고 있는 것은 아니었다. 아무 것도 들리지 않는 듯한 태도였다.

사쿠타는 「선생님」 하고 말하면서 그녀의 어깨에 손을 얹었다.

그랬는데도 양호 선생님은 사쿠타를 쳐다보지 않았다. 고개를 돌리지 않았다. 대답도 하지 않았다. 남의 손이 자신의 어깨에 닿은 것도 눈치채지 못한 것 같았다.

"이게 뭐야……."

이 중얼거림은 자신이 느낀 감각에서 비롯된 것이다. 양호실 선생님의 어깨에 닿은 오른손에서 아무런 감각도 느껴지지 않았다. 흰색 가운의 감촉도, 그 너머에 존재할 체온도, 살아있는 사람의 부드러운 피부도 느껴지지 않았다.

"뭐가 어떻게 된 거야."

사쿠타는 뭐가 어떻게 된 것인지 확인하기 위해 양호실을 나서려 했다.

마침 그때, 양호실의 문이 열렸다.

"선생님. 이 녀석, 손가락을 삐었어요."

그렇게 말하면서 안으로 들어온 이는 사쿠타가 잘 아는

인물이었다. 바로 친구인 쿠니미 유마였다. 그는 눈이 내릴 만큼 추운 날씨에도 반바지에 티셔츠 차림이었다. 체육관에서 농구부 연습에 참가하고 있었던 것 같았다. 그는 손가락을 움켜진 남자 후배를 데리고 양호실에 들어왔다.

"쿠니미!"

사쿠타는 반사적으로 친구의 이름을 외쳤다.

"삔 부위를 식혀야 하니까 여기에 앉혀."

하지만 유마는 사쿠타에게 반응하지 않았다. 아무도 반응을 보이지 않았다.

사쿠타가 보이지 않는 이는 양호실 선생님만이 아니었다.

사쿠타의 목소리가 들리지 않는 건 유마와 그의 후배도 마찬가지였던 것이다.

누구도 사쿠타를 볼 수 없다.

사쿠타의 목소리를 들을 수 없다.

몸에 손을 대도 알아채지 못했다.

그런 이상한 상황에 사쿠타는 처해 있었다.

어째서, 이렇게 된 것일까.

그렇게 생각하며 답을 찾던 사쿠타의 시선은 창문을 향했다.

"……어?"

바로 그때, 사쿠타는 위화감을 느꼈다.

"……."

유마와 양호실 선생님이 움직일 때마다 창문에 비친 그림자가 움직였지만, 사쿠타가 움직여도 그런 일은 벌어지지 않았다.

아니, 애초에 사쿠타의 모습 자체가 비치지 않았다.

사쿠타는 반사적으로 자신의 몸을 만져봤다. 눈으로 보며 존재 자체를 확인했다. 눈에 보이고, 만져졌다. 감촉 또한 확연하게 느껴졌다.

하지만 다른 이들은 사쿠타라는 존재를 눈치채지 못했다. 만약 보인다면 불가사의한 행동을 취하는 사쿠타를 쳐다보며 「뭐하고 있는 거야?」라고 말할 텐데…….

바로 이때, 사쿠타의 머릿속에 무언가가 떠올랐다.

그 중 하나는 『현재』로 돌아오기 직전…….

의식을 잃어가면서 들었던 쇼코의 말이다.

—우선 사쿠타 군을 발견해줄 사람을 찾아보세요.

그때는 그 말이 무슨 말인지 이해하지 못했다. 쇼코가 왜 그런 말을 한 건지도 알 수 없었다.

하지만 이제야 쇼코가 이 상황을 예상하고 그런 말을 했다는 추측을 할 수 있었다.

그리고 다른 하나는 바로 올해 봄에 있었던 일이다.

사쿠타가 잊을 수 없고, 추억으로 가득 차 있는 5월의 일이다. 골든위크 마지막 날, 야생 바니걸과 마주친 바로 그 날…….

사쿠타가 마이와 가까워지는 계기가 된 일이자, 마이가

일으킨 사춘기 증후군에 관한 기억이다.

자신의 존재를 타인이 인식하지 못하는 이 상황은, 야생 바니걸이었던 마이가 처했던 상황과 비슷했다.

사쿠타가 이 일에 대해 리오와 상의했을 때, 그녀는 이 현상이 어떤 것이라고 설명했던가.

그는 기억 속을 뒤져보았다.

가장 먼저 떠오른 것은 반은 죽고 반은 살아있는 상자 속 고양이에 관한 일화, 바로 슈뢰딩거의 고양이다.

고양이의 생사는 상자를 열어서 확인해야만 비로소 확정된다는 이야기였던 것으로 사쿠타는 기억하고 있다.

양자역학의 세계…… 미크로의 세계에서는 입자가 확률적으로 존재하고 있을 뿐이며, 현재의 정확한 좌표라는 것은 정해져 있지 않다고 한다. 위치가 확정되는 것은 입자를 관측했을 때다.

지금의 사쿠타는 그것과 같은 상태인 것이다. 절반은 미래에, 그리고 남은 절반은 현재에 있을지도 모르는 확률상의 존재인 것이다.

누군가가 찾아줄 때까지는 이 시간축에 존재할 수 없다. 리오가 가르쳐준 것을 응용해서 생각해본다면, 아마 그렇게 된 것이리라.

상황은 얼추 이해가 된 것 같은 느낌이 들었다.

그렇다면, 『사쿠타를 발견해줄 사람』이 누구인지가 문제다. 적어도 양호실 선생님, 그리고 친구인 유마는 사쿠타를 인식하지 못했다.

"어이, 쿠니미!"

사쿠타는 한 번 더 큰 목소리로 불렀다.

"나, 먼저 돌아갈게."

유마는 후배에게 그렇게 말할 뿐, 사쿠타의 말에 답하지는 않았다. 쳐다보지도 않았으며, 일부러 무시하는 것도 아니었다.

사쿠타는 유마의 어깨를 잡고 흔들려 했지만, 그럴 수 없었다. 사쿠타는 유마에게 간섭을 할 수 없다. 그리고 유마 또한 사쿠타에게 간섭을 할 수 없었던 것이다.

유마는 아무 일도 없었다는 듯이 양호실을 나섰다.

여기에 있어봤자 아무 소용없다고 생각한 사쿠타는 유마와 함께 복도에 나갔다. 그리고 체육관 쪽으로 향하는 유마와는 반대 방향으로 진로를 잡았다. 사쿠타는 불이 꺼져 어둡고 아무런 소리도 없는 복도를 달렸다. 아무도 사쿠타에게 복도를 뛰지 말라며 주의를 주지 않았다.

사쿠타는 100미터도 채 달리지 않았다. 시간으로 치면 10여초 정도이리라.

사쿠타가 걸음을 멈춘 곳은 바로 물리실험실 앞이다.

"후타바."

사쿠타는 그렇게 말하면서 슬라이드식 문을 열었다.

그는 리오가 귀찮은 듯한 시선으로 자신을 쳐다보기를 바랐다. 안경 너머의 눈으로 사쿠타를 힐끔 쳐다본 후, 다시 실험을 하려고 하기를 바랐다. 혹은 한숨 섞인 목소리로 「또 귀찮은 일이 터진 거야?」 하고 말해주기를 바랐다.

하지만 사쿠타의 소망은 단 하나도 이뤄지지 않았다.

"……."

조용한 방과 후의 물리실험실에서는 비커 안의 물이 끓는 소리만이 조용히 흘러나오고 있었다.

오늘은 폭설이 내려서 그런지 운동장에 사람이 없었다. 평소 같으면 구호를 외치며 연습을 하고 있을 야구부와 축구부도 보이지 않았다.

하지만 방 안에 불이 켜져 있었기에, 사쿠타는 안에 들어가서 문을 닫았다. 그러자 정적이 더욱 진해진 것 같은 느낌이 들었다.

그 정적 안에서 무언가가 들려왔다. 사쿠타는 그제야 실내에 또 하나의 소리가 존재한다는 걸 눈치챘다.

칠판 앞의 실험 테이블에 다가간 사쿠타는 알코올램프의 불을 뚜껑으로 껐다. 그러자 물이 끓는 소리가 잦아들더니, 숨소리만이 남았다.

실험 테이블에서는 두 손을 베개 삼으며 고개를 약간 기울인 채 리오가 엎드려서 자고 있었다. 덕분에 잠에 빠져든 그녀의 얼굴 중 절반이 보였다.

그녀의 얼굴에서는 피로가 진하게 묻어났다. 볼에는 눈물 자국도 남아 있었다. 이유는 생각해볼 필요도 없었다. 사쿠타의 정면…… 리오의 등 뒤에 있는 칠판에 그 답이 존재했다.

칠판에는 어려운 수식과 정체불명의 그래프, 그리고 『아즈사가와』와 『쇼코 양』 같은 이름과 『현재』나 『미래』 같은 단어가 적혀 있었다.

몇 번이나 쓰고 지우기를 반복한 것 같았다. 칠판에는 지운 흔적이 무수히 남아 있었으며, 원래는 진한 녹색이었던 칠판이 전체적으로 하얗게 보였다. 현재 칠판에 남아있는 내용에도 커다랗게 X표시가 되어 있었다.

실험 테이블 위에는 학교 도서실과 근처 도서관에서 빌려온 많은 책들이 난잡하게 쌓여 있었다.

"……."

사쿠타는 그 광경을 보고 숨을 삼켰다.

리오는 과학부 활동을 하고 있는 게 아니다.

뭔가 해법이 없을지, 리오는 쭉 생각하고 있었던 것이다.

사쿠타와 쇼코, 둘 다 구할 방법을 찾고 있었던 것이다.

아마도 어른 쇼코에게 사쿠타의 심장이 이식되었다는 걸 안 그 날부터 쭉……. 며칠 동안, 잠자는 시간도 아껴가며, 계속 생각하고 있는 것이다.

사쿠타는 자기 일 때문에 정신이 없어, 리오가 이렇게 노력해주고 있다는 걸 눈치채지 못했다. 리오 또한 사쿠타와 함께 힘들어하며, 운명에 저항하고 있었다. 졸음을 쫓아내기 위해 커피 한 잔을 끓일 여유조차 없을 만큼, 포기하지 않고 최선을 다한 것이다.

하지만, 자신이 찾아내고 싶은 답을 찾아내지 못했다.

"고마워, 후타바."

사쿠타는 칠판 쪽으로 가더니, 가방과 함께 놓여 있던 코트를 향해 손을 뻗었다. 그리고 그 코트를 잠들어 있는 리오의 어깨에게 걸쳐줬다.

"……."

리오는 깨어나지 않았다. 이랬다고 정신이 들며 사쿠타의 존재를 눈치챌 거라면, 그가 이 방에 들어왔을 때 깨어났어야 했다.

리오의 어깨에 닿은 사쿠타의 손에서는 아무런 감촉도 느껴지지 않았다. 리오의 몸에 손이 닿아있는 동안에는 몸에서 모든 감각이 사라졌다. 감촉은 물론이고 몸집과 체온, 무게조차 느껴지지 않은 것이다.

"이래서야 투명인간이 되어봤자 재미가 없겠네."

누군가를 향해 그런 말을 한 게 아니다. 그저 이 상황에 대해 불평을 늘어놓고 싶었다. 입 밖으로 말을 토해서, 살금살금 기어 올라오는 초조함을 잊으려 했다.

누군가가 자신을 발견해줄 방법을 생각해야만 한다. 게다가 리오와 상의를 할 수 없으니, 사쿠타는 자기 혼자만의 힘으로 이 상황을 극복해야만 한다.

그런 사쿠타의 눈에 들어온 것은 리오의 가방 주머니에 들어있는 스마트폰이었다.

"잠시 빌릴게."

사쿠타는 그렇게 말한 후, 스마트폰을 향해 손을 뻗었다. 번호를 누르는 손가락이 긴장 탓에 떨리기 시작했다. 화면에 표시된 열한자리 번호는 마이의 핸드폰 번호다. 이 전화가 연결되면, 마이의 목소리를 들을 수 있을지도 모른다. 그렇게 생각하니, 기대감이 몸을 지배하면서 머리부터 발끝까지 전부 떨리기 시작했다.

사쿠타는 어찌어찌 발신 버튼을 누른 후, 스마트폰을 귀에 댔다.

"어……?"

그리고 다음 순간, 위화감이 느껴졌다.

아무 소리도 들리지 않았다.

스마트폰의 화면을 쳐다보았다. 기계에는 발신 아이콘이 표시되어 있었다. 하지만 스마트폰을 귀에 댔는데도 연결음이 들리지 않았으며, 상대방의 목소리 또한 들리지 않았다. 수화기 특유의 노이즈도 들리지 않았다.

사쿠타는 번호를 다시 입력한 후, 또 전화를 걸었다.

"……."

역시, 스마트폰은 아까와 같은 반응을 보였다.

이번에는 다른 번호를 입력했다. 사쿠타는 여동생인 카에데와 함께 살고 있는 맨션에 설치된 가정용 전화기에 전화를 한 것이다.

집에는 아마 어른 쇼코가 있을 것이다. 미래에서 온 그녀라면 사쿠타가 보일 테고, 목소리도 들을 수 있지 않을까. 사쿠타는 그런 적지 않은 기대감을 품었다.

하지만 마이에게 전화를 걸었을 때와 마찬가지로, 발신음 자체가 들리지 않았다. 즉, 전화가 걸리지 않은 것이다. 몇 번이나 발신 버튼을 눌렀지만, 스마트폰은 동일한 반응을 보였다.

"통화는 못하는 거구나."

사쿠타는 그렇게 중얼거리면서 주소록을 펼쳤다. 그가 찾는 것은 마이의 메일 주소였다. 리오가 마이와 메일을 주고받는다는 것을 알고 있기에, 『사쿠라지마 선배』라고 등록되어 있는 메일 주소를 찾아서 메일을 보내기로 했다. 일단…….

—사쿠타예요.

……하고 적은 후, 송신 아이콘을 눌렀다.

"……."

유감스럽게도 반응이 없었다. 꼼짝도 하지 않았다.

뭐가 어떻게 된 것인지는 모르겠지만, 현재 사쿠타는 누군가에게 말이나 생각을 전할 수가 없는 것 같았다. 일단 그런 상황이라는 사실을 인정할 수밖에 없다.

진짜로 상자 안의 고양이와 같은 상황에 처한 것일지도 모른다.

뚜껑이 꽉 닫혔을 뿐만 아니라 잠겨 있으며, 벽을 아무리 두드려도 꿈쩍도 하지 않는데다, 그 소리와 진동이 밖으로 전해지지 않는다.

자신의 존재 자체를 전할 방법이 없으며, 누군가가 상자를 열어줄 때까지 기다려야만 하는 상태인 것이다.

마이라면 이 상자의 열쇠를 가지고 있을 것 같았다. 아무런 근거도 없지만, 마이라면 사쿠타를 발견해줄 거라는 생각이 들었다.

하지만 마이는 현재 이곳에 없다. 12월 24일에는 도쿄에 있는 스튜디오에서 영화의 실내 장면을 촬영한다고 했다. 그 스튜디오가 어디에 있는지는 사쿠타도 알지 못했다.

전화도, 메일도 쓸 수 없으니, 이제부터 확인할 수도 없다.

"진짜 위기에 처했네."

사쿠타는 자신이 처한 상황에 대해 냉정하게 분석했다.

현재 상황에서 마이와 만날 유일한 기회는 사고 직전뿐이다. 적어도 마이는 사고 현장인 벤텐 다리 앞에 오후 여섯 시에는 반드시 나타날 것이다. 이 시간 속의 사쿠타를 구하기 위해서…….

“……하지만, 그럴 수야 없지.”

그것은 확실성이 결여된 선택지다. 크리스마스라 사람들로 북적이는 그곳에서 설령 사쿠타가 마이를 찾아내더라도, 마이의 눈에 사쿠타가 보이지 않는다면 돌이킬 수 없는 상황이 벌어지는 것이다. 그런 위험을 감수할 수는 없다.

게다가 그 타이밍에 마이를 구하더라도, 이 시간 속의 사쿠타…… 즉 『현재의 사쿠타』를 구할 수는 없을 것이다.

일전에 리오에게서 들은 이야기에 따르면, 미래의 사쿠타와 현재의 사쿠타는 양자역학적으로 만날 수 없게 되어 있다.

즉, 『미래의 사쿠타』는 『현재의 사쿠타』를 직접적으로 만날 수 없다. 그러니 사고 직전에 『현재의 사쿠타』가 사고 현장에 가지 못하도록 두들겨 패서라도 말린다…… 같은 짓은 불가능하다고 생각해야 할 것이다.

그렇다면, 현재의 사쿠타와 마이에게 미래에 일어날 일을 알려두는 게 최선이라고 할 수 있으리라.

그러기 위해서는 우선 누군가에게 이 상자를 열어달라고 해서, 미래에서 이 시간축으로 온 사쿠타의 존재를 남들이 인식할 수 있게 할 필요가 있다.

하지만 문제는 그 『누군가』가 누구냐는 것이다.

가장 유력한 인물은 역시 쇼코다. 사쿠타의 심장을 이식받은 미래에서 온 쇼코. 심증에 불과하지만, 사쿠타의 눈에 어른 쇼코가 보인 것처럼, 어른 쇼코의 눈에도 사쿠타가 보일 것 같은 느낌이 들었다.

그런 쇼코가 어디에 있을지는 짐작이 되었다. 쇼코는 24일 아침까지 사쿠타의 집에 있었다. 학교로 향하는 사쿠타를 현관에서 배웅해줬다. 그녀가 미소를 지으며 자신을 배웅해주던 광경을 아직도 기억하고 있다.

"지금은 그녀에게 매달리는 수밖에 없겠지."

사쿠타는 이런 상황에서 쇼코에게 의지하려 하는 자기 자신이 한심하게 느껴졌다. 이제부터 사쿠타가 하려는 것은 쇼코의 미래를 꺾는 짓이다. 이런 상황에서 쇼코에게 의지해선 안 된다. 며칠 전의 사쿠타라면 그렇게 생각했을 것이다. 하지만 지금은 다르다. 이미 사쿠타는 결심을 한 것이다.

"……."

마음이 아프더라도, 이 길을 나아가기로 결심했다. 마이와 함께 하는 미래를 만들기로 결심한 것이다. 그러기 위해서라면 무슨 짓이든 하겠다. 악마라도 되겠다.

사쿠타는 리오의 스마트폰을 다시 가방에 집어넣은 후, 물리실험실을 나서려 했다. 어른 쇼코가 있을 자신의 집으로 돌아갈 작정이었다.

하지만 문을 연 순간, 사쿠타는 움직임을 멈췄다. 등 뒤에서 기척이 느껴졌기 때문이다.

사쿠타는 반사적으로 돌아보았다.

"아……."

리오는 졸면서 몸을 일으켰다. 그러자, 사쿠타가 덮어줬던 코트가 바닥으로 흘러내렸다.

"……."

리오는 영문을 모르겠다는 듯이 바닥에 떨어져 있는 코트를 쳐다보았다. 그리고 코트를 주워서 먼지를 털더니, 가방 위에 올려놓았다.

그리고 리오의 눈은 실험 테이블 쪽을 향했다. 철망 위에 놓인 비커에서는 아직도 김이 나고 있었다. 그 옆에는 뚜껑을 덮어서 불을 끈 알코올램프가 있었다. 리오는 열기를 확인해보려는 듯이 뚜껑 부분에 슬며시 손을 댔다.

"……따뜻해."

리오는 조그마한 목소리로 중얼거렸다.

그리고 뭔가가 신경 쓰이는지 방 안을 둘러보았다.

"후타바?"

사쿠타는 실험 테이블 쪽으로 돌아가면서 리오에게 말을 걸었다. 어쩌면 자신을 눈치채줄지도 모른다. 사쿠타는 리오의 반응을 보며 그런 기대를 했다.

"나야!"

사쿠타는 큰 목소리로 자기 자신을 어필했다.

"선생님이 왔다 갔나 보네……."

하지만 리오는 그렇게 중얼거렸다.

"아냐, 내가 한 거라고!"

사쿠타는 필사적으로 그렇게 외쳤지만, 리오의 눈은 사쿠타를 향하지 않았다. 실험 테이블을 사이에 두고 정면에 있는데도, 리오는 사쿠타가 보이지 않았다. 리오는 사쿠타의 뒤편…… 좀 떨어진 곳의 천장을 쳐다보고 있었다. 사쿠타가 보였다면 그의 몸에 막혀서 보이지 않았을 곳이다.

"어이, 후타바! 눈치 좀 채줘!"

사쿠타는 리오의 얼굴 앞에 든 손을 위 아래로 흔들었다. 양손으로 얼굴을 가려봤지만 소용없었다.

리오는 아무 일도 없었다는 듯이 사쿠타에게서 돌아서더니, 칠판을 쳐다보았다.

그녀는 분필을 손에 쥐더니, 진지한 표정으로 뭔가를 적기 시작했다.

그런 리오의 옆으로 이동한 사쿠타는 칠판에 커다랗게 메시지를 적었다.

—눈치채줘, 후타바.

리오는, 쳐다보지도 않았다.

사쿠타가 쓴 글자가 보이지 않는다는 듯이, 그가 쓴 메시지 위에 수식을 쓰고 있었다. 글자가 겹쳐져서 잘 보이지 않을 텐데도, 개의치 않았다.

"이번에는 진짜로 후타바에게 도움을 받을 수 없는 거구나."

이 상황에서 가장 도움을 청하고 싶은 존재인 리오와 상의를 할 수 없자, 사쿠타의 마음속에 불안이 엄습했다. 사쿠타는 지금까지 리오에게 계속 도움을 받았던 것이다…….

하지만, 그와 동시에 리오에게서 지금까지 들었던 이야기가 사쿠타의 마음속에서 살아 숨 쉬고 있다는 것을 실감할 수 있었다.

주위 사람들이 자신을 인식하지 못하는 것을, 반은 죽고 반은 산 고양이에 비유해 생각할 수 있었던 것도 리오 덕분이다.

개념적으로라도 이 상황을 이해하자, 이 불가사의한 상황에 처하고 느꼈던 혼란이 꽤 잦아들었다.

무엇을 해야 할지, 어떻게 행동해야 할지, 지침도 세울 수 있었다.

아무튼 지금은 사쿠타를 발견해줄 만한 인물을 찾아야 한다.

그리고 그럴 인물을 예상이라도 할 수 있는 것은 리오가 해준 말 덕분이었다.

"좀 더 집중해서 들어둘 걸 그랬어."

아쉬운 점은 바로 그것이다.

사쿠타는 그런 생각을 하면서 복도로 나섰다. 현재 목표는 한시라도 빨리 집으로 돌아가는 것이다.

입구로 향하던 사구타의 발걸음이 갑자기 멎었다.

교무실 앞에 신경 쓰이는 물건이 있었던 것이다.

복도 구석에 놓여 있는 것은 문화제와 체육제 때 쓰인 분

장용 의상이다. 클리닝을 마치고 온 것인지 비닐에 쌓인 채 숫자가 적힌 태그가 붙어 있었다.

사쿠타는 그 안에서 토끼 인형탈을 발견했다.

그 순간 마이와 처음 만났을 때의 일이 떠올랐다.

사쿠타는 쇼난다이의 도서관에서 야생 바니걸을 만났다.

"일단 마이 씨를 따라 해볼까."

사쿠타는 그 토끼 인형탈을 향해 손을 뻗었다.

2

"이거, 의외로 괜찮네."

미래에서 학교 체육복 차림으로 온 사쿠타에게, 인형탈 의상은 눈발이 흩날리는 날씨 속에서 방한복 역할을 해주고 있었다.

신발도 미래에 두고 왔으니, 그 점에 있어서도 편리했다.

머리 부분이 시야를 완전히 가리는 타입이기에, 사쿠타는 양손으로 머리 부분을 안아든 채 학교를 나섰다.

그는 우선 시치리가하마 역으로 향했다.

정기권도 없고, 표를 살 돈도 없다. 하지만 그 누구도 자신을 인식하지 못한다는 점을 이용해, 사쿠타는 후지사와행 열차에 당당히 탔다.

사쿠타는 문 옆에 서서 차 안을 둘러보았다.

카마쿠라 방면에서 탄 수많은 손님들로 열차 안은 북적이고 있지만, 아무도 인형탈을 입은 사쿠타를 눈치채지 못했다. 만약 보였다면…….

"우와, 저게 뭐야. 장난 아니네."

"진짜 장난 아냐."

"엄청난데."

……같은 소리를 하면서 무례한 시선을 사쿠타에게 보낼 것이다. 하지만 그러는 이가 단 한 명도 없었다. 그 누구도 사쿠타와 시선이 마주치지 않았으며, 허둥지둥 고개를 돌리는 이도 없었다.

그야말로 공기가 된 것 같은 느낌이었다.

봄에 사춘기 증후군에 걸린 마이를 주위 사람들이 인식하지 못할 때도, 이런 느낌이었을까.

소외감과는 다른 느낌이 들었다.

무시당하고 있는 거라면, 무시당한다는 걸 실감할 수 있을 것이다. 하지만 사쿠타는 그것조차 느낄 수가 없었다.

아무 것도 느껴지지 않는 것이다…….

마이가 과격한 바니걸 의상을 입고 밖을 돌아다닌 것도 이해가 됐다. 그런 짓을 해서라도 남들이 자신을 봐주기를 바란 것이다.

바보 같아 보일지도 모르지만, 사쿠타에게 있어서도, 당시의 마이에게 있어서도, 타인에게 인식이 되지 않는다는 것은 그저 공포에 지나지 않았다. 무언가에 매달리고 싶은 심정이 밀려왔다.

"그러고 보니 바니걸 의상을 아직 가지고 있었지."

이 일이 전부 끝나고 나면, 입어달라고 부탁해보자.

밖을 보니, 열차가 에노시마 역에 섰다. 승객 중 절반이 내렸고, 비슷한 숫자의 승객이 열차에 탔다.

새로운 승객들도 사쿠타를 눈치채지 못했다. 남들의 눈에 띄기 위해 문 옆에 서있는데도, 다들 그냥 지나가고 있었다.

결국 아무도 사쿠타를 인식하지 못한 가운데, 열차는 종점인 후지사와 역에 도착했다.

가장 먼저 열차에서 내린 사쿠타는 개찰구 앞에서 멈춰서더니, 플랫폼을 돌아보았다. 그리고 인형탈 차림으로 두 손을 활짝 벌렸다.

"내가 보이는 사람 없어요?!"

사쿠타는 플랫폼 전체에 울려 퍼지도록 큰 목소리로 그렇게 외쳤다.

우스꽝스러운 행동을 하고 있는 사쿠타의 옆을, 백 명이 넘는 승객들이 지나쳤다. 그들은 전혀 반응을 보이지 않으며 교통카드로 개찰구를 통과했다.

아무도 사쿠타를 쳐다보지 않았다. 어깨가 닿아도 개의치 않았다. 사쿠타가 부딪쳤을 때 아무 것도 느끼지 못하는 것처럼, 상대방도 아무 것도 느끼지 못하는 것 같았다.

하지만 실망하거나 풀이 죽어 있을 때가 아니기에, 사쿠타 또한 아무 말 없이 개찰구를 통해 역 밖으로 나갔다.

도중에 역 안에 있는 코인로커에 인형탈의 머리 부분만 넣어뒀다. 여기서 집까지는 걸어서 10분 정도 거리이며, 뛰어가면 5분도 걸리지 않는다. 그리고 머리 부분이 뛰는데 방해됐다.

사쿠타가 인형탈의 머리 부분을 넣어둔 칸은 봄에 마이가 바니걸 의상을 넣어둔 칸이다. 그 칸이 비어 있었기에, 일부러 거기에 넣어뒀다.

하지만 로커를 잠글 돈이 없었다.

"뭐, 괜찮겠지."

딱히 근거 같은 건 없지만, 현재 사쿠타는 그 누구의 눈에도 보이지 않는 무적 상태다. 이 정도 일로 겁먹을 수는 없다.

짐이 줄자, 사쿠타는 눈을 맞으며 내달렸다. 차가운 공기가 목을 자극했고, 코 안을 얼얼하게 만들었다.

약 5분 후, 사쿠타는 숨을 헐떡이면서 자신과 동생인 카에데가 사는 맨션 건물 앞에 도착했다. 카에데는 어제 조부모님의 집에 갔기 때문에 없다. 이 집에 있는 이라고는 어른 쇼코와 얼룩 고양이인 나스노뿐일 것이다.

사쿠타는 자동문인 1층 종합현관을 쳐다보았다. 미래에서 열쇠를 가지고 오지 않았기 때문에, 사쿠타는 자신의 집에 들어갈 방법이 없었다.

일단 인터폰을 눌러보기로 했다.

방 번호를 입력하고, 호출 버튼을 눌렀다. 조금 버벅거린 것은 사쿠타가 인터폰에 익숙하지 않기 때문이다. 평소 같으면 자신의 열쇠로 문을 열면 되니까 말이다.

"울리긴 한 걸까?"

그것도 알 수가 없었다.

혹시나 몰라 한 번 더 방 번호를 입력하고, 호출 버튼을 눌렀다.

"……."

한동안 기다렸지만 인터폰에서는 아무 소리도 나지 않았다.

사쿠타는 쇼코의 목소리를 기대했지만, 결국 아무 소리도 나지 않았던 것이다.

방에 가서 확인하고 싶지만, 열쇠가 없으니 누군가가 현관을 통과할 때까지 기다려야만 한다.

허둥대봤자 체력만 소모될 거라고 생각한 사쿠타는 벽에 기대앉아서 쉬기로 했다. 시간제한이 있는 상황에서 가만히 있는 것은 정신건강상 좋지 않다. 뒤숭숭한 심정이 발치에서부터 치밀어 올라오는 것 같았다.

결국 숨을 가다듬었을 즈음, 사쿠타는 몸을 일으켰다.

그리고 기분 전환 삼아 우편함을 열어보았다.

바로 그때, 사쿠타는 뜻밖의 물건을 발견했다.

"이건……?"

우편함 안에 놓여있는 것은 바로 열쇠였다.

눈에 익은 은색 열쇠다.

사쿠타의 집 열쇠가 틀림없다. 더부살이 중인 쇼코에게 맡겨뒀던 예비용 열쇠인 것이다.

인형탈을 입고 있어서 손가락 끝을 뜻대로 움직이기 힘들었지만, 사쿠타는 어찌어찌 열쇠를 잡았다.

그리고 종합현관을 연 후, 안으로 들어갔다.

사쿠타는 엘리베이터를 타고 5층으로 올라갔다.

그리고 자신의 집 쪽으로 뛰어가더니, 잠겨 있던 문을 열었다.

"쇼코 씨!"

없다는 걸 알면서도, 그녀의 이름을 외칠 수밖에 없었다.

"……."

대답은 들려오지 않았다.

어서 오세요, 하고 말하며 마중해주는 이도 없었다.

"쇼코 씨!"

사쿠타는 한 번 더 그녀의 이름을 외치며 집 안을 뛰어다녔다.

"……."

거실에 감돌고 있는 것은 빈집 특유의 정적을 두른 공기였다. 난방장치만이 무기질적으로 작동되고 있었다.

사쿠타의 방에도, 카에데의 방에도, 화장실에도, 욕실에도, 옷장 안에도, 쇼코는 없었다.

집 안 곳곳은 깨끗하게 정리되어 있었다. 부엌 싱크대는 깨끗하게 닦여 있었고, 물기가 전혀 없었다. 평소에는 건조대에 놓여 있을 식기 또한 선반에 정리되어 있었다. 코타츠의 이불도 정돈되어 있었다. 주택전시장의 모델하우스처럼, 사람이 사는 느낌이 거의 없었다.

쇼코가 이곳에 있었다는 흔적이 깨끗하게 사라진 것이다.

유일하게 남아있었던 것이 바로 우편함에 들어있던 이 열쇠다.

쇼코와는 오후 여섯 시에 데이트를 하기로 약속했다. 벤텐 다리 앞에 있는 용 등롱 앞에서 만나기로 했다.

쇼코가 꽤 이른 시간에 이 방을 나섰다는 사실을, 사쿠타는 이제야 깨달았다. 쇼코가 자신의 존재 자체를 지우려는 것처럼 철저하게 정리를 해뒀다는 사실을, 사쿠타는 눈치채지 못했다. 마이의 죽음 때문에 집이 어떻게 되어 있는지 눈에 들어오지 않았다. 전혀 신경을 쓰지 못했던 것이다.

"……."

거실로 돌아온 사쿠타가 멍하니 서있을 때, 코타츠 위에서 뭔가가 뛰어내렸다. 얼룩 고양이인 나스노였다. 난방장치가 켜져 있었던 것은 나스노 때문이리라.

나스노는 사쿠타 쪽을 멍하니 쳐다보고 있는 것 같았다.

"나스노?"

사쿠타가 말을 걸자, 나스노는 고개를 돌렸다. 뒷발로 목언저리를 긁적이더니, 다시 이불 안으로 들어갔다.

아무래도 사쿠타가 보이는 것 같지는 않았다.

"……큰일 났네."

이 상황을 말로 표현하자, 몸도 그것을 이해한 것인지 등골을 타고 오한이 흘렀다.

이래서는 마이뿐만 아니라 쇼코가 어디 있는지도 알 수 없다.

조부모님 집에 있는 카에데에게 의지하는 것은 거리상 어렵다. 편도 두 시간은 걸리니, 갔다 오기만 해도 오후 여섯 시가 지나고 말 것이다. 카에데가 사쿠타를 인식해줄 거라는 보장도 없는 상황에서, 도박을 할 수는 없다.

"일단 사람들이 있는 곳에 가보자."

누군가가 자신을 발견해줄지도 모른다. 그게 기적이나 다름없을 만큼 확률이 낮은 일일지라도, 자신과 나스노밖에 없는 이 집의 거실에 있는 것보다는 긍정적인 판단이었다.

포기할 수는 없다.

그 선택지만큼은 사쿠타의 내면에 존재하지 않았다.

사쿠타는 냉상고를 열더니, 파란색 라벨이 붙은 페트병을 꺼냈다. 마이가 광고했던 바로 그 스포츠 드링크다. 2리터짜리 페트병이다. 사쿠타는 3분의 1 정도 남아있는 그 음료수를 단숨에 들이켰다.

수분을 보충한 사쿠타는 빈 페트병을 거실에 둔 후, 현관 밖으로 뛰쳐나갔다.

사쿠타는 후지사와 역으로 향했다.

40만 인구가 사는 이 도시의 중심지다.

즉, 이 근처에서는 가장 많은 인파가 몰리는 장소다.

열차 또한 JR, 오다큐, 에노전, 이렇게 세 노선이나 달리며, 역 주위에는 어느 시간대든 수많은 사람들로 북적였다.

오후 두 시 반이 지나자, 교복 차림의 고교생과 중학생이 자주 보였다. 그리고 대학생 그룹과 커플도 눈에 들어왔다. 그들은 크리스마스이브인 오늘, 에노시마 근처까지 와서 청춘을 구가하려는 것이리라. 서서히 쌓이기 시작한 눈을 쳐다보면서 들뜬 반응을 보이고 있었다.

그들과 대조적인 반응을 보이는 이가 바로 양복 차림의 젊은 회사원이었다. 회색 하늘보다 더 어두운 표정을 짓고 있었다. 그들은 우산을 쓰며 지붕이 있는 역사 밖으로 빠져나갔다.

사쿠타는 그런 사람들의 옆을 몇 번이나 지나갔다.

우산도 쓰지 않은 채, 인형탈 차림으로 말이다.

하지만 아무도 사쿠타를 쳐다보지 않았다.

사쿠타는 몸에 붙은 눈을 털어내면서 역 안으로 들어갔

다. 로커에 넣어둔 인형탈의 머리 부분을 썼지만, 아무도 사쿠타를 쳐다보지 않았다.

완벽하게 무시를 당하고 있었다. 아니, 무시조차 당하지 않았다. 없는 사람 취급을 당하고 있었다. 아니, 없다는 인식조차 받고 있지 않았다. 사쿠타라는 존재 자체가 이 자리에는 없는 것이다.

하지만 사쿠타는 자신을 발견해줄 단 한 사람을 찾기 위해, 고함을 질렀다.

"내가 보이는 사람 없어요!?"

사쿠타는 토끼 인형탈 차림으로 두 손을 흔들어댔다. 점프를 하며 어필을 했다.

"내가 안 보이냐고요!"

몇 분 간격으로 열차가 수많은 사람들을 이곳으로 옮겨왔다. 사쿠타의 눈앞에는 JR의 개찰구가 있었다. 뒤편에는 오다큐 에노시마 선과 에노시마 전철로 환승하려는 사람들이 잔뜩 있었다.

평소보다 이용객이 많아 보이는 것은 오늘이 12월 24일이기 때문이리라. 크리스마스이브 데이트를 위해 에노시마를 찾아온 사람도 잔뜩 있었다.

"내가 안 보이냐고요!"

셀 수도 없을 만큼 많은 인파가 몰려왔다. 수백 명 정도가 아니었다. 아마 천 명 이상의 사람들이 사쿠타의 주위를 지나다녔을 것이다.

하지만 아무도 사쿠타를 발견하지 못했다. 인식하지 못했다.

20분 동안 계속 고함을 질렀더니, 목에서 말이 나오지 않았다. 축적된 피로 때문인지 몸에 힘이 들어가지 않았다.

30분이 지나자, 사쿠타는 자신의 마음속에서 싹튼 어떤 감정을 눈치채고 말았다.

덩굴처럼 그를 휘감은 것은 바로 공포다. 점점 몸속을 침식하더니, 사쿠타의 마음을 휘감기 시작했다. 몸을 옥죄기 시작했다.

포기할 생각은 없다.

하지만, 만약, 이대로 아무것도 못한다면…….

그런 생각이 들자, 불안이 부풀어 오르면서 사쿠타를 옭아맸다.

"부탁이야! 아무라도 좋아!"

사쿠타는 그 불안에 저항하듯 목청껏 고함을 질렀다.

"내 목소리가 들리는 사람은 없는 거야?!"

왼쪽을 쳐다보고, 오른쪽을 쳐다보고, 길을 가는 사람들을 한 명씩 관찰했다. 열차에 타려고 하는 사람이 있었다. 멈춰 서서 스마트폰을 조작하는 사람이 있었다. 누군가와 연락을 취하는 사람도……. 만나기로 한 사람이 나타나서 미소를 짓고 있는 이도 있었다.

없는 것은, 사쿠타를 발견해주는 사람이었다.

"부탁이야! 나를 봐줘! 내 목소리를 들어줘!"
불안이라는 이름의 열매가 한층 더 커졌다.
어쩌면, 이대로 오후 여섯 시를 맞이할지도 모른다.
운명을 가르는 그 사고가 또 발생할지도 모른다.
그렇게 생각하자, 몸이 떨리기 시작했다.
떠올리고 싶지도 않은 광경.
도로표지판에 부딪치며 멈춘 자동차.
검은색 미니밴이었다.
그 옆에는 몸을 동그랗게 만 마이가 쓰러져 있었다.
새하얀 눈 위에서, 꼼짝도 하지 않으며…….
그저, 그 눈을, 마이의 피가 새빨갛게 물들이고 있었다.
응급차가 왔지만, 마이를 구해주지 못했다.
병원에 있는 그 누구도, 마이를 구하지 못했다.
—병원으로 옮겨졌을 때는 이미 손쓰기에 늦은 상황이었습니다.
수술을 마친 남성 의사의 말은 여전히 사쿠타의 고막에 들러붙어 있었다. 떼어낼 수가 없으며, 별것 아닌 계기로 되살아나서 사쿠타의 마음을 뒤흔들었다. 옥죄어들었다. 사쿠타가 꼼짝도 하지 못하게 하려는 것처럼, 보이지 않는 사슬이 되어 그를 옭아매려 했다.
그 최악의 미래가, 또 펼쳐질지도 모른다.
사쿠타가 바꾸지 못하면, 또 그 미래가 찾아올 것이다.

그리고 여기가 『현재』라면, 이제 돌이킬 수 없을 것이다.

그러니 실패해선 안 된다. 절대로 실패해선 안 된다. 다음 기회 같은 건 없으니까 말이다.

"부탁이야! 내 목소리를 들어줘!"

사쿠타는 몸을 지배하려 드는 공포에 저항하며, 필사적으로 고함을 질렀다.

"한 명 정도는 있을 거 아냐!"

딱히 남이 자신을 인식하지 못하는 게 무서운 것은 아니다.

"한 명 정도는 있어도 되잖아!"

외톨이가 되는 게 무서운 것도 아니다.

"누구 없어?!"

사쿠타가 무서운 것은 마이를 또 잃는 것이다.

"내 목소리를 들어줘!"

마이를 구하지 못하는 것이 이렇게 두려운 것이다.

"내가 보이지 않나요?"

사쿠타는 멈춰 서서 스마트폰을 쳐다보고 있는 젊은 회사원의 어깨를 움켜잡았다.

"당신도 내가 안 보이나요?"

역무원의 팔을 붙잡으며 말을 걸었다.

"부탁이야. 딱 한 명만이라도 괜찮아."

사쿠타는 순찰을 돌고 있는 경찰관에게 매달렸다.

"나를 발견해줘!"

하지만 그 한 명이 없었다. 이렇게 많은 사람들로 북적이고 있는데도…… 역에는 사람들로 넘쳐나고 있는데도, 그 누구도 사쿠타를 인식하지 못했다.

“나에게, 마이 씨를 구할 기회를 줘…….”

사쿠타가 쥐어짜낸 것은 진심어린 소망이었다.

“……기회를 주세요. 부탁이에요.”

이 애원도, 한탄도, 그 누구도 인식하지 못한 채 지나쳤다. 사쿠타의 애원 또한 그들에게 있어서는 존재하지 않는 것이다.

사람들의 무리가, 사람들의 흐름이, 지독하게 공허하고 무기질적인 것으로 보였다. 사람들은 하나같이 다른 얼굴을 지녔지만, 다들 같은 표정을 짓고 있는 것처럼 보였다. 어떤 표정을 짓고 있는 것인지 알 수가 없었다. 그런 생각을 하고 있을 때, 시야가 흔들렸다. 눈앞이 빙글빙글 돌더니, 어느새 사쿠타는 엉덩방아를 찧었다. 그제야 다리가 풀렸다는 사실을 이해했다.

일어서고 싶지만, 몸에 힘이 들어가지 않았다.

마음은 무너지지 않았지만, 몸이 먼저 본능에 따르듯 무너지고 만 것 같았다.

비상식적인 이 환경을 견디지 못하는 것 같았다.

사쿠타는 다시 한 번 다리에 힘을 줬다.

하지만 입을 통해 공기가 희미하게 새어나가기만 했다.

바로 그때, 사쿠타에게 그림자가 드리워졌다.

눈앞의 타일만 보이던 시야에, 누군가의 발이 들어왔다. 감색 양말과 캐주얼한 슈즈가 보였다. 여고생 느낌이 물씬 나는 발치였다.

"선배, 뭐하고 있는 거야?"

바로 그때, 귀에 익은 목소리가 들렸다.

애초에 사쿠타를 『선배』라고 부르는 여자는 이 우주에 딱 한 명뿐이다.

"코가……."

사쿠타는 그 이름을 입에 담으며 고개를 들었다.

사쿠타의 눈에 들어온 이는 아담한 체구의 여고생이었다. 미네가하라 고교의 교복을 입었으며, 그 위에 코트를 걸치고 있었다. 갈색을 띤 귀여운 코트였다. 쇼트보브 타입의 헤어스타일을 했으며, 오늘도 깔끔하게 화장을 했다. 하지만 그런 얼굴에는 못난 표정이 어려 있었다. 토모에는 바닥에 주저앉은 사쿠타를, 어이없음과, 당혹스러움과, 어리둥절함이 뒤섞인 듯한 표정을 지으며 쳐다보고 있었다. 그녀의 초점은 사쿠타를 향하고 있었다.

"……내가 보이는 거야?"

사쿠타의 떨리는 입술에서 흘러나온 목소리 또한 떨리고 있었다.

"선배, 무슨 소리를 하는 거야?"

토모에는 영문을 모르겠다는 반응을 보였다. 그녀의 눈동자에는 사쿠타가 비치고 있었다.

"……내 목소리가 들리는 거지?"

"목소리도 들리고, 모습도 보여. 나뿐만 아니라 다들 쳐다보고 있다구."

토모에는 부끄럽다는 듯이 주위를 힐끔힐끔 쳐다보았다.

"뭐?"

사쿠타는 그 말을 듣고 주위를 둘러보았다. 셀 수도 없을 만큼 많은 시선이 자신을 향하고 있었다. 일부러 멈춰서는 사람은 없지만, 개찰구 밖으로 나오는 사람이나 개찰구 안으로 들어가는 사람들이 사쿠타를 힐끔힐끔 쳐다보았다. 인형탈 차림으로 바닥에 주저앉아있는 고교생을 신기하다는 듯이 쳐다보고 있었다.

"어?"

이 상황에 대한 짤막한 감상이 입에서 흘러나왔다. 바로 그때, 지금까지 갑갑했던 시야가 순식간에 넓어진 듯한 느낌이 들었다. 마치 방금까지 자신이 갇혀 있던 상자의 뚜껑이 열린 듯한 느낌이다. 자신이 지금 이 자리에 있다는 실감이 들었다.

그 실감을 사쿠타에게 준 사람은 바로 토모에다. 토모에가 사쿠타를 발견해준 것이다.

"선배, 머리는 괜찮아?"

토모에는 위험한 사람을 보는 듯한 눈길을 띄고 있었다.

진짜로 사쿠타를 보고 있으며, 그의 목소리가 들리는 것이다.

그 사실을 이해한 사쿠타는 바닥에 주저앉은 채 토모에의 다리를 향해 손을 뻗었다.

"우왓, 뭐하는 거야?!"

토모에는 화들짝 놀라면서 물러섰다.

"피하지 마."

"선배가 이상한 데를 만지니까 이러는 거잖아!"

"발목은 이상한 데가 아니라고."

"선배가 내 발목이 굵다고 생각하는 건 싫단 말이야……."

토모에는 작은 목소리로 계속 중얼거렸다.

"그럼 종아리는 괜찮지?"

"더 싫어!"

"아무데라도 괜찮으니까, 코가의 몸을 만지고 싶어."

"……."

토모에는 입을 반쯤 벌리더니, 눈도 반쯤 치켜뜨면서 아무 말도 하지 못했다.

"너, 지금 이상한 착각을 했지?"

"선배가 변태라는 걸 확신했을 뿐이야."

"그럼 대체 어디라면 만져도 되는데?"

"선배가 내 몸 어디를 만지는 것도 싫어!"

이래서는 끝이 나지 않을 것이다.

"알았어. 그럼 코가가 내 몸을 만져봐."

"……."

토모에는 또 아까와 비슷한 표정을 지었다. 마치 더러운 걸 보는 듯한 눈빛을 띠고 있었다.

"그런 플레이는 사쿠라지마 선배에게 부탁해."

토모에는 불만을 표시하듯 입술을 삐죽 내밀었다.

"아니, 그러니까……."

사쿠타는 설명을 하고 싶지만, 어떻게 설명하면 좋을지 감이 오지 않았다. 차근차근 이야기를 하려면 시간이 걸릴 테고, 전부 이야기한다고 해서 토모에가 납득한다는 보장도 없다. 설령 납득을 해주더라도, 그녀에게 괜한 걱정을 끼치게 될 것이다. 사쿠타는 그 정도로 복잡한 상황에 처한 것이다.

"선배, 폭삭 늙은 것 같아."

사쿠타가 생각에 잠겨 있을 때, 토모에가 그런 말을 했다.

"뭐?"

"좀 핼쑥해진 것 같아."

토모에는 몸을 숙이더니, 사쿠타의 얼굴을 뚫어져라 쳐다보았다.

"뭐, 그럴지도 몰라."

"……."

사쿠타는 토모에의 말을 긍정했지만, 그녀는 왠지 석연치 않은 표정을 지었다.

"좀 이상해."

"그게 무슨 소리야?"

"평소의 선배 같으면 「그러는 코가는 살 좀 붙었네. 특히 엉덩이 쪽에 말이야」 하고 말하면서 나한테 성희롱을 해댔을 거잖아."

"그런 말을 한 적도, 그런 짓을 한 적도 없다고."

"했거든? 일주일에 세 번은 했다구!"

"가능하면 주당 네 번은 하고 싶네."

"역시 알고 있었잖아."

"진짜로 싫은 거면, 앞으로는 자제할게."

"……."

사쿠타가 순순히 물러서자, 토모에는 또 불만 섞인 표정을 지으며 입술을 삐죽 내밀었다. 그리고 퉁명한 목소리로 말했다.

"선배, 오늘 진짜 이상해."

"나는 항상 이상하잖아."

"그건 그렇지만……."

토모에는 납득이 안 된다는 듯한 반응을 보였지만…….

"아~, 정말~, 자!"

곧 될 대로 되라는 듯이 두 손을 내밀었다.

"손은 만져도 돼요."

"왜 존댓말을 쓰는 건데?"

"내, 내 마음이잖아. 빨리 잡기나 해!"

"그럼 사양하지 않을게."

사쿠타는 토모에의 조그마한 손을 잡았다. 그리고 손에 힘을 주자…….

"하나~ 둘~ 서이~."

토모에는 사투리로 숫자를 세며 손을 잡아당겨서 사쿠타를 일으켜 세웠다.

두 사람은 아직 손을 맞잡고 있었다.

사쿠타는 토모에의 손을 만지작거리며 감촉을 확인했다.

"꺄앗, 간지럽대이!"

얼굴이 새빨개진 토모에가 손을 뒤로 뺐다.

감촉은 명확하게 느껴졌다. 토모에의 손이 얼마나 작은지도 만져보면서 확인했다. 자신의 감각을 되찾아간다는 실감에 몸이 기쁨에 사로잡혔다.

"서, 선배, 이상한 짓 하지 마."

"안 했다고."

"했어. 방금, 내 손을……."

토모에는 머뭇거리면서 말을 끝까지 잇지 못했다.

그런 토모에를…….

"코가, 나와 같이 어디 좀 가자."

사쿠타는 진지한 눈길로 쳐다보며 그렇게 말했다.

"……윽!"

토모에의 얼굴이 새빨개졌다. 추위 때문에 귀까지 빨개진 것은 아니리라. 사쿠타와 시선이 마주친 토모에는 허둥지둥 고개를 돌렸다.

"이, 이상한 착각 같은 건 안 했거든?"

사쿠타가 아무 말도 안 했는데, 토모에는 울컥한 듯한 표정을 지으며 변명을 했다. 그리고…….

"어디에, 같이 가면 되는데?"

일부러 「어디에」를 강조하면서 그렇게 물었다.

3

사쿠타는 토모에와 함께 버스를 타고 병원으로 향하고 있었다. 평소에는 걸어서 갔지만, 지금은 마을 전체를 새하얗게 물들일 만큼 폭설이 쏟아지고 있어서 걸어가는 건 힘든데다, 시간도 아까웠다.

버스 뒤편…… 2인용 좌석에 사쿠타가 앉자, 토모에는 그의 옆이 아니라 앞 칸에 있는 1인용 좌석에 앉았다. 사쿠타는 기발한 옷차림 때문에 사람들의 시선을 모으고 있었기에, 모르는 사람인 척 하고 싶은 것 같았다.

"그런데 코가."

"……."

토모에는 사쿠타가 말을 걸어도 대답을 하지 않았다.

"너, 다른 볼일이 있었던 거 아냐?"

"……왜 그렇게 생각하는데?"

토모에는 사쿠타를 어깨 너머로 돌아보면서 작은 목소리로 물었다.

"열차를 탈 일이 없는 사람이 아까 거기에 올 리가 없잖아."

토모에가 사쿠타에게 말을 건 곳은 JR의 개찰구 앞이다. 오다큐 선과 에노전으로 이어지는 연결통로와는 조금 떨어진 곳이니, 이용객이 아닌 사람은 거기를 지나다니지 않을 것이다.

"저는 크리스마스이브에 아무 약속도 없는 사람이라고요"

토모에는 삐친 듯한 말투로 그렇게 말했다.

"선배처럼 데이트를 할 상대가 있는 것도 아니란 말이야."

크리스마스에 대한 악감정이 꽤나 쌓였는지, 목소리 또한 뾰로통했다.

"그럼 왜 그런 곳에 있었던 건데?"

"……."

토모에는 몸을 돌리면서 사쿠타를 쳐다보았다. 그녀는 뭔가를 살피는 듯한 시선을 머금고 있었다.

별것 아닌 질문을 던진 거라고 생각했는데, 토모에는 꽤나 심각한 반응을 보였다.

“왜 그래?”

“아무 것도 아니야.”

토모에는 또 불만을 표시하듯 입술을 삐죽 내밀었다. 그리고 한숨을 내쉬더니, 버스가 잠시 정차했을 때, 자리에서 일어났다.

토모에는 한 칸 뒷좌석으로 이동하더니, 사쿠타의 옆에 앉았다.

다시 버스가 달리기 시작했을 즈음…….

“듣고 웃지 마.”

토모에는 사쿠타를 슬며시 올려다보며 입을 열었다.

“가능하면 웃긴 이야기였으면 좋겠는데 말이야.”

요즘 들어 전혀 웃지 않은 듯한 느낌이 들었다. 웃을 수 없는 상황만 계속 이어져왔다.

“그럼 말 안 할 거야.”

“심술부리지 마.”

“선배가 먼저 심술을 부렸잖아.”

“그래도 방금 그 말은 내 진심이야.”

“그럼 평소에는 왜 나한테 심술을 부린 건데?”

“그야 코가를 놀리는 게 재미있기 때문이지.”

“……하아.”

토모에는 체념어린 한숨을 내쉬었다.

“어제, 선배가 꿈에 나와서…….”

토모에는 투덜대는 듯한 어조로 말을 이었다.

"꿈?"

"역에서 선배가 난처해하는 꿈을 꿨어……. 주위에 있는 사람들에게 말을 걸었지만, 아무도 들은 척을 하지 않는 거야……. 선배가 무슨 말을 하는 건지는 모르겠지만, 왠지 필사적인 것처럼 보였어."

"……."

그것은 토모에가 나타나기 이전의 사쿠타의 모습과 일치했다.

"그래도 그건 꿈이지?"

"나와 선배는 여름에 이상한 일을 겪었잖아."

"뭐, 그래."

그것은 토모에의 사춘기 증후군이 일으킨 일이다. 자신이 원하는 미래를 손에 넣을 때까지 같은 시간이 반복된다고 하는 당치도 않은 현상이다. 아무래도 그것은 꿈속에서 토모에가 미래를 시뮬레이션 했을 뿐이었다는 결론에 도달했지만, 그 꿈에 휘말린 사쿠타 또한 같을 날을 여러 번 반복해야만 했다.

"그러니까, 어젯밤에 꾼 꿈도 왠지 신경이 쓰이지 뭐야."

"그게 전부야?"

"그런 선배는 본 적이 없었거든."

"……."

"그렇게 울부짖는 선배는 보고 싶지 않았어."

"그랬구나……."

토모에가 본 것은 아까보다 잠시 후의 사쿠타였을지도 모른다. 사쿠타는 아까 필사적으로 고함을 지르고 있었지만, 울부짖지는 않았던 것이다. 그 전에 토모에가 나타나서 사쿠타를 발견해줬다.

사쿠타가 토모에의 사춘기 증후군에 휘말렸을 때, 리오는 양자 얽힘이라는 것에 대해 설명해줬다. 떨어져 있는 두 양자가 순간적으로 정보를 공유할 수 있는 성질을 지닌다. 그런 이야기였던 것으로 기억한다.

그리고 양자 얽힘을 만들어내기 위해서는 두 양자 사이에서 충돌이 발생해야 한다…… 같은 말도 들었다.

"이래서 서로의 엉덩이를 걷어차 준 적이 있는 귀여운 후배를 둬야한다니까."

"이제 그 일 좀 잊어."

"에이, 무리라고."

"무리라도 잊어."

"너, 그때 「더 세게!」 같은 소리도 했었잖아."

"선배는 정말 저질이야."

노모에는 사쿠타를 노려보면서 볼을 붉혔다. 양손으로 엉덩이를 감싸는 시늉까지 하니 하나도 무섭지 않았다.

"코가는 오늘도 귀엽네."

"귀, 귀엽다는 소리 하지 마!"
그런 코가를 본 사쿠타는 웃음을 터뜨리면서 하차 버튼을 눌렀다.

두 사람은 어린 쇼코가 입원한 병원 근처의 버스 정류장에서 내렸다. 이미 병원의 새하얀 건물이 눈에 들어왔다.
"선배가 볼일이 있는 곳이 이 병원이었어?"
"그래."
"누구 병문안을 온 거야?"
그렇게 말하며 우산을 펼쳐 쓴 토모에는 뭔가를 눈치채고 멈춰 섰다. 사쿠타가 버스정류장에서 가만히 서있었기 때문이다.
"선배?"
사쿠타에게서 3미터 정도 떨어진 곳에 있는 토모에가 그를 돌아보았다.
"안 갈 거야?"
"코가."
"응?"
"부탁이 있어."
"……뭔데?"
사쿠타의 진지한 분위기를 눈치챈 토모에가 표정을 굳혔다.
"또 한 명의 나를 만나고 와."

"……"

"……"

"뭐?"

다음 순간, 토모에의 입에서는 그런 얼빠진 목소리가 흘러나왔다.

몇 분 후, 사쿠타는 병원 인근에 있는 조그마한 쇼핑몰에 있었다. 식품매장과 약국, 서점 같은 곳이 넓은 주차장을 둘러싸듯 존재했다.

사쿠타는 그 쇼핑몰의 한편에 있는 전화박스에 들어가 있었다.

공중전화 앞에 선 사쿠타는 토모에에게서 빌린 손목시계를 쳐다보았다. 10분 후에 연락을 하기로 약속한 다음, 토모에와는 일단 헤어진 것이다.

이유는 단순했다. 이 시간 속의 사쿠타……『현재의 사쿠타』와 이야기를 하기 위해서다. 미래에 일어날 일을 전해야만 한다. 이대로 가다간 마이가 목숨을 잃을지도 모른다는 것을,『현재의 사쿠타』에게 가르쳐줄 필요가 있다.

직접 만나서 이야기한다는 방법도 있지만, 일전에 리오가 말했던 견해에 따르면『미래의 사쿠타』와『현재의 사쿠타』가 만나는 것은 불가능하다고 한다.

어디까지나 동일한 존재인『미래의 사쿠타』와『현재의 사

쿠타』를 동시에 관측할 수는 없다…… 그런 이야기였던 걸로 기억한다.

하지만 사쿠타는 예외를 하나 알고 있다. 그것은 올해 여름에 있었던 일이다. 리오가 일으킨 사춘기 증후군. 두 사람으로 분열된 리오와 리오는 전화로 대화를 나눴다.

토모에에게 빌린 손목시계의 바늘이 약속 시간인 10분 뒤를 가리켰다.

사쿠타는 수화기를 들더니, 토모에에게서 시계와 함께 넘겨받은 100엔짜리 동전을 공중전화기에 집어넣었다. 그리고 메모해둔 핸드폰 번호를 입력했다.

열한자리의 번호를 입력하자, 곧 신호가 갔다.

그 소리를 들으며 안도하고 있을 때…….

"선배?"

수화기에서 토모에의 목소리가 흘러나왔다. 그 목소리에는 당혹스러움이 어려 있었다. 그녀를 당황하게 한 이유가 바로 사쿠타의 목적이기도 했다.

"그래. 나야."

"진짜로 이쪽에도 선배가 있는데……."

토모에의 목소리에는 당혹스러움만이 아니라, 자초지종을 알고 싶어 하는 듯한 기색이 어려 있었다. 어쩌면 이것도 사춘기 증후군 때문에 일어난 일일 거라고 생각하며 억지로 납득하고 있는 걸지도 모른다.

"선배?"

사쿠타가 아무 말도 하지 않자, 토모에는 재촉하듯 그렇게 말했다. 하지만 지금은 토모에의 의문에 대답해줄 여유가 없었다. 자기 자신과의 해후를 목전에 둔 바람에 심박수가 상승하고 있었다.

"거기 있는 나를 바꿔줘."

"……나중에 어떻게 된 건지 가르쳐줘."

그렇게 말한 토모에의 기척이 전화기 너머에서 약간 멀어졌다. 수화기 너머에서 누군가와 대화를 나누는 듯한 목소리가 들렸다. 아마 『현재의 사쿠타』도 사태를 이해하지 못해서 당황한 것이리라.

하지만 곧 수화기 너머에서 누군가의 숨소리가 느껴졌다. 아마 토모에에게 설명을 듣는 것은 무리라고 판단한 것이리라.

가볍게 숨을 들이마시는 소리가 들린 직후…….

"진짜로 나야?"

귀에 익지 않은 목소리가 사쿠타의 고막을 흔들었다.

상대방의 태도에서는 미심쩍어하는 심경을 숨기지 않으려 하는 게 여실히 느껴졌다. 왠지 뻔뻔하게도 느껴지는 어조였다. 사쿠타는 그게 자신의 어조라는 걸 깨달았다.

"그래. 나흘 후의 미래에서 왔어."

사쿠타는 전화기 너머의 상대에게 그렇게 말했다.

통화 상대인 자기 자신을 배려해서 우선 신변잡기부

터…… 같은 짓을 할 기분이 아니었다.

"나흘 후?"

"그래."

"그렇다면……."

"오늘, 잠시 후에 무슨 일이 벌어질지 나는 알아."

"……."

전화기 너머의 사쿠타가 그 말을 듣고 숨을 삼켰다.

"그래서 나는 미래를 바꾸러 온 거야."

"잠깐만 있어봐."

『현재의 사쿠타』는 희미하게 한기가 감도는 목소리로 그렇게 말했다.

하고 싶은 말이 무엇인지는 안다. 『미래의 사쿠타』가 진짜로 미래에서 왔다면, 미래에 사쿠타가 살아있다는 게 된다. 그 사실을 이해한 것이리라. 이해했기 때문에, 어떤 의문이 생겨난 것이다.

"나는 사고를 당하지 않은 거야?"

『현재의 사쿠타』는 감정을 억누른 목소리로 물었다.

"그래."

그 말에 짤막하게 대답했다.

"그럼, 마키노하라 양은……."

전화기 너머의 쉰 목소리에서는 낙담의 기색이 어려 있었다. 자신이 그녀의 목숨을 앗아갔다고 생각하는 것이리라.

"걱정하지 마. 심장 이식 수술은 성공했어."

"……뭐?"

작디작은 의문이 숨소리와 함께 사쿠타에게 전해져왔다.

"내가 사고를 당하지 않았는데도 말이야?"

『현재의 사쿠타』는 말을 고르듯 천천히 그렇게 말했다.

"그래."

사쿠타도 천천히 대답했다.

"……."

"그러니까 사고 현장에 가지 않아도 돼."

"……앞뒤가 맞지 않잖아."

그것은 냉정하면서도 확신이 어린 규탄이었다.

무엇이 이상한지는 알고 있다. 짧은 대화 속에서 『현재의 사쿠타』가 무엇을 눈치챘는지도 사쿠타는 알고 있다.

말하지 않아도 되기를 바랐다. 하지만 그럴 수는 없을 것 같았다.

"전부 잘 해결됐다면, 미래의 내가 여기에 올 이유가 없어."

아마 사쿠타가 말하지 않더라도, 『현재의 사쿠타』의 뇌리에는 어떤 가능성이 떠올라 있을 것이다. 『현재의 사쿠타』의 어조에서 그 사실이 느껴졌다.

"누가 사고를 당한 거야?"

그것은 질문이라기보다 확인에 가까웠다. 자신의 생각이 올바른지, 틀렸는지, 아니 틀렸다고 말해주기를 바라고 있을지도 모른다.

하지만, 『현재의 사쿠타』의 소망을, 『미래의 사쿠타』는 이뤄줄 수 없다. 그저 사실을 알려줄 수밖에 없는 것이다.

"마이 씨야."

그 말을 입에 담은 순간, 기억이 되살아나면서 눈에 보이지 않는 힘에 의해 몸이 삐걱거리기 시작했다. 숨이 막히는 것만 같았다. 산소를 들이마시는 것도 힘들었다.

결국, 가슴에 손을 댄 채 슬픔의 파도가 잠잠해지기만 기다릴 수밖에 없다.

"그게 무슨 소리야……."

"……."

"나는 대체 뭘 한 거냐고!"

"차에 치이기 직전, 마이 씨가 나를 밀쳐내서 구해줬어."

"……."

"그 덕분에, 나는 살아있는 거야."

"……."

아직 그 미래를 경험하지 않은 『현재의 사쿠타』는 수화기 너머에서 아무 말도 하지 못했다. 어떤 표정을 짓고 있을지 알 수가 없었다. 자신의 표정을 이미지하는 것은 쉽지 않은 데다, 그것이 아무런 의미도 없는 짓이기에 사쿠타는 곧 포기했다.

"마이 씨 덕분에, 나는 살아있어."

사쿠타는 한 번 더 진실을 입에 담았다. 미래의 사실. 앞으로 일어날 일. 12월 24일 오후 6시에 일어날 모든 일을 말이다.

"그러니까, 그게 무슨 소리냐고……."

이제 『현재의 사쿠타』는 한탄 이외에는 아무 말도 하지 못했다. 그 심정은 사쿠타도 경험한 적이 있기에 잘 안다. 이날의 사쿠타는 생명을 저울질하고 있었다. 자신을 희생해서 쇼코를 구할 것인가. 아니면, 자신이 살아남아서 마이와 함께 하는 미래를 선택할 것인가.

선택지는 그 두 개뿐이었다.

둘 중 하나를 고를 수밖에 없는 상황이었다.

매일같이 구역질이 날 정도로 고민하고 또 고민한 끝에 이 날을 맞이했더니, 『미래의 사쿠타』가 나타나서 또 다른 결말을 알려준 것이다. 금방 이해하고, 납득한 후, 마음을 정리할 수 있을 리가 없다. 차라리 뭔가가 잘못된 거라고 생각하고 싶으리라.

그런 상황에서, 무엇이 정답인지 알 수 있을 리가 없다.

"……."

『현재의 사쿠타』는 머릿속이 완전히 하얗게 된 것처럼 아무 말도 하지 않았다.

하지만 『미래의 사쿠타』는 다르다. 심사숙고한 끝에, 결론을 내린 것이다. 결단을 내렸기 때문에, 여기에 있다. 이 길을 걸어가기 위해서 말이다.

"나는 마이 씨를 구하러 왔어."

"……."

"그러니까, 무슨 일이 있어도, 마이 씨와 만나기로 한 장소에 가지 마."

"하지만……."

"거기에 가면, 나를 대신해 마이 씨가 죽어."

"큭!"

"수족관에 가면, 마이 씨가 죽는단 말이야."

그 말을 입에 담은 순간, 사쿠타의 눈에서 눈물이 터져 나왔다. 목소리에도 흐느낌이 섞이면서 상기되었다. 하지만 이 감정이 가라앉을 때까지 입을 다물고 있을 수는 없었다.

"그런 일이 또 벌어지는 건 싫어!"

이 마음을 『현재의 사쿠타』에게 전해야만 한다. 있는 그대로의 감정을, 전할 필요가 있는 것이다.

"마이 씨를 잃는 건…… 싫단 말이야!"

"……하지만, 내가 안 가면 마키노하라 양이 어떻게 되냐고!"

『현재의 사쿠타』는 동일한 강도의 순수함으로 가득 찬 의문을 『미래의 사쿠타』에게 던졌다.

"……."

사쿠타는 그 말에 답하지 않았다. 그 침묵이 사쿠타의 뜻을 여실하게 알려주고 있었다.

"대체 무슨 생각을 하는 거야……."

"나는 결심했어."

"나 주제에, 무슨 생각을 하는 거냐고."

그 차분한 목소리에는 사쿠타의 결의를 눈치챘다는 뜻이 어려 있었다.

"설마, 마키노하라 양을 포기하라는 거야?"

이 차가운 목소리는 사쿠타를 경멸하고 있는 것처럼도 들렸다. 아니, 명백하게 부정하며 비난하고 있었다.

"마키노하라 양이 어찌 되든 상관없는 거야?!"

"그럴 리가 없잖아."

어찌 되든 상관없다는 것은 아니다. 그것은 사실이다. 하지만, 그래도 사쿠타가 선택을 하지 않으면 어떤 일이 벌어지는지 알고 있다. 마이의 죽음을 경험한 『미래의 사쿠타』는, 선택을 해야만 한다는 사실을 알고 있는 것이다.

"너도 봤지? 중환자실에 있는 마키노하라 양을 말이야."

"……."

"살기 위해 필사적으로 노력하고 있어. 오늘까지 쭉 최선을 다해왔단 말이야……. 주위 사람들에게 걱정을 끼치지 않으려고, 괴로운 심정을 감추고, 불안도 숨기면서…… 내 앞에서도, 항상 웃기만……."

"……."

"그런 마키노하라 양의 노력을, 너는 부정하는 거냐…….

보답 받지 못해도 된다고 말하는 거냐고……."

그 억눌린 규탄이 사쿠타를 인정사정없이 난도질했다. 가장 아픈 곳을 정확하게 때리고 있었다.

하지만, 그래도, 수화기를 쥔 사쿠타의 표정에는 변함이 없었다.

이미 결심을 한 것이다.

그리고 그 결심을 실행하기 위해, 미래에서 왔다.

"나는 마이 씨를 행복하게 해주고 싶어."

"내 질문에나 대답해!"

"마키노하라 양에게는 아무 것도 해줄 수 없어."

"윽! 너…… 진짜로 나인 거야?"

"그래."

"정상이 아니구나."

그것은 진심어린 경멸이었다.

"그럴지도 몰라."

"미쳤어."

그리고 짜증 섞인 모멸이었다.

"그래도 상관없어."

"……."

사쿠타가 태도에 변함이 없자, 수화기 너머에 있는 사쿠타는 말문이 막혔다.

"살아서 마이 씨를 행복하게 해줄 수만 있다면, 나는 그걸로 족해."

"나는 그럴 수 없어! 마키노하라 양을 죽게 내버려둘 바에야 내가 사고를 당할 거야. 원래 그렇게 되었어야 하는 거잖아."

"마이 씨가 울어도 괜찮은 거야?"

"큭! 마이 씨는 네가 어떻게든 막아."

그 말이 들린 후, 전화가 끊겼다.

전화 연결이 끊겼다는 사실을 알리는 신호음을 들리자…….

"나는 정말 고집불통이네."

……하고 중얼거리면서 나는 웃었다.

지금 생각해보면 납득이 되었다. 확실히 나흘 전의 나라면 같은 말을 할 것이다. 12월 24일의 사고가 사쿠타를 바꿔놓은 것이다.

사쿠타는 일단 수화기를 내려놓았다. 그리고 그것을 다시 들더니, 같은 번호로 전화를 걸었다.

"아, 선배?"

토모에가 전화를 받았다.

"그쪽에 있던 나는 어쩌고 있어?"

"몰라. 방금 어딘가에 가버렸어. 그런데, 대체 뭐가 어떻게 된 거야?"

"방금 네가 본 대로야."

"봐도 모르겠으니까 물어보는 거라구!"

"사정이 있어서 두 명으로 늘어났어. 뭐, 흔한 일이잖아?"

"하나도 흔하지 않아."

"그래?"

세세한 상황은 조금씩 다르지만, 사쿠타는 리오, 쇼코, 그리고 자신, 이렇게 세 번이나 사람이 여러 명으로 늘어나는 일을 경험했다. 인생에서 똑같은 일을 세 번 경험하면 「흔한 일」이라고 표현해도 되지 않을까.

"그런데, 지금 내가 이야기하고 있는 선배는 진짜 선배야?"

"아, 맞다. 너한테 빌린 3천 엔은 거기 있는 나한테 청구해."

"아, 선배 맞네."

납득한 이유는 여러모로 신경 쓰였지만, 납득을 해줬으니 그냥 넘어가기로 했다.

"사춘기 증후군 때문인 거지?"

토모에는 목소리를 약간 낮추면서 질문을 던졌다.

"뭐, 그래."

"내가 도울 일은 없어?"

"코가한테서는 이미 충분히 도움을 받았어."

솔직히 말해, 그 상황에서 토모에가 구해줄 거라고는 꿈에도 생각하지 못했다.

"하지만 선배가 두 명이 된 거잖아. 그건 지금도 선배가 문제를 안고 있다는 거 아냐?"

"그 문제를 해결할 방법은 얼추 찾았으니까 안심해도 돼."

"……."

보이지는 않지만, 토모에가 불만을 표시하듯 입술을 삐죽 내밀고 있는 광경이 머릿속에 떠올랐다.

"왜 삐친 거야?"

"안 삐쳤어."

토모에의 목소리에서는 언짢은 기색이 역력하게 느껴졌다.

"그럼 코가한테 부탁 하나만 할게."

"어, 뭔데?"

"내일 이후로 나와 만나더라도, 평소처럼 대해줘."

"……응."

방금 그 말의 의미는 이해하지 못했겠지만 사쿠타의 목소리 톤을 통해 진지한 부탁이라는 것은 눈치챈 듯한 토모에는 그렇게 대답했다.

"평소처럼 성희롱을 하게 해주면 기운이 날 거야."

"진짜로 화낼 거야."

"그런 느낌으로 대해주면 돼."

"나는 진지하게 걱정해주고 있는 거라구."

사쿠타는 토모에의 반응을 보더니 소리 내서 웃었다. 오래간만에 제대로 웃은 느낌이 들었다.

딱히 토모에에게 이번 일을 비밀로 하고 싶은 것은 아니다. 전부 끝난 다음에 말해줄 수 있는 범위 안에서 가르쳐줄 생각이다. 하지만 오늘이 지나간 후…… 정확하게는 오후 여섯 시가 지난 후에 사쿠타가 어떻게 되어있을지 알 수 없으니, 약속을 할 수가 없었다.

사쿠타가 미래에 간 것은 『현재의 사쿠타』가 일으킨 사춘기 증후군 때문이라고 생각한다. 그 사춘기 증후군이 해소됐을 때, 과연 미래의 사쿠타는 어떻게 되어 있을까. 미래로 돌아가는 걸까, 아니면 존재 그 자체가 미래와 함께 사라지는 걸까…… 그것은 알 수 없다. 그 시점이 되어야만 확실하게 알 수 있는 것이다.

"왠지 석연치 않지만, 이제 됐어. 선배는 지금 시간이 없는 거지?"

"그래."

"알았어. 그럼 또 봐, 선배."

"응. 또 보자."

사쿠타는 덩달아 재회를 하자는 약속을 했다. 사쿠타는 왠지 그게 웃겨서 웃음을 터뜨렸다. 그 후, 사쿠타는 자연스럽게 수화기를 내려놓았다. 하지만 아직 볼일이 남았다는 게 생각난 그는 또 수화기를 들었다.

사쿠타는 기억을 뒤지듯 어느 번호를 입력했다.

열한 자리의 번호를 입력한 후, 짧게 한숨을 내쉬면서 수화기를 귀에 댔다.

그러자 발신음이 들렸다.

"제발 받아."

사쿠타는 자신의 생각을 그대로 입에 담았다. 그것은 긴장했다는 증거다.

발신음이 다섯 번 정도 들렸다.

"……."

상대방은 아직 전화를 받지 않았다.

일곱 번째 발신음이 들렸다. 곧 부재중 전화로 이어질지도 모른다. 사쿠타가 그렇게 생각한 순간, 발신음이 중단되면서 전화가 연결됐다.

"여보세요?"

약간 낮은 그 목소리에는 경계심이 어려 있었다. 발신자가 『공중전화』로 떴기 때문일 것이다.

그런데도 전화를 받아준 것은 지인 중에 공중전화를 이용하는 사람이 있기 때문이리라.

"나야. 사쿠타야."

"그럴 줄 알았어."

상대방의 목소리가 평소 톤으로 돌아왔다. 그리고 약간 귀찮은 듯이…….

"무슨 일이야?"

……하고 말한 사람은 바로 노도카다.

"미안해. 라이브 준비 중이지?"

노도카가 소속된 아이돌 그룹 『스위트 불릿』은 크리스마스 라이브를 한다는 사실을 사쿠타는 알고 있다.

"리허설이 끝나서 쉬는 중이야. ……무슨 볼일이라도 있어?"

"마이 씨가 지금 어디 있는지 알아?"
"방송국에 있을걸? 실내 장면을 촬영한다고 했거든."
"그 방송국이 어디인지 알고 싶어."
"뭐?"
"지금 바로 만나러 갈 거야."
사쿠타는 바로 용건을 말했다.
"사쿠타가 가봤자, 방송국에 들어갈 수 없을걸?"
노도카는 바보 같은 소리 하지 말라는 투로 그렇게 말했다.
"사쿠타, 바보야?"
대놓고 바보라고 말했다.
"그래서 노도카 님에게 부탁을 하는 거잖아?"
"뭐? 언제 부탁을 했다는 거야?"
"부탁드립니다."
"……."
"진짜로 부탁해. 서프라이즈 방문을 하고 싶어."
사쿠타는 필사적으로 물고 늘어졌다. 이대로 물러설 수는 없다.
"……일요일에 무슨 일 있었어?"
노도카는 대답 대신 질문을 던졌다.
"카에데의 머리카락을 자른 후…… 언니와 무슨 일 있었던 거지?"
"……."

그 날 있었던 일을 똑똑하게 기억하고 있다. 외출을 한 이유는 노도카가 방금 말한 것처럼 카에데를 미용실에 데려가기 위해서였다. 그리고 돌아오는 길에 사쿠타는 마이와 단둘이 다른 곳으로 향했다. 두 사람이 사는 후지사와 역과는 반대 방향으로 향한 것이다. 토카이도 선을 타고, 아타미에 갔다. 그리고 마이는 그곳에서 울음을 터뜨렸다.

사쿠타는 그때까지만 해도 쇼코를 구할 수 있다면 자신이 희생되어도 괜찮다고 생각했다. 하지만, 마이의 눈물을 보자, 어쩌면 좋을지 알 수가 없었다. 마이의 눈물을 보고 결심이 흔들린 것이다.

살고 싶다고 처음으로 생각했다.

살아가고 싶다고 진심으로 생각했다.

마이를 두 번 다시 울리고 싶지 않다고도 생각했다.

하지만, 사쿠타는 마이에게 그 말을 하지 못했다. 그런 잔혹한 말을 할 수 없었다. 쇼코의 목숨을 희생시켜야만 하기에…….

"밤늦게 돌아왔고…… 돌아온 후에도 방에 틀어박혔어. 그리고 아무 말도 안 해 주더라구."

"그랬구나……."

"그랬구나, 같은 소리를 듣고 싶은 게 아니거든?!"

"나, 토요하마에게 두들겨 맞아도 싼 짓을 했어."

"뭐?"

노도카는 언짢은 목소리로 그렇게 말했다.

"사쿠타, 지금 어디 있어?"

"후지사와. 병원 근처야."

"지금 바로 신바시에 와."

사쿠타는 그 말을 듣고 시계를 쳐다보았다.

"한 시간은 걸릴 거야."

"쾌속열차를 타면 그렇게 안 걸려. 네 시에 JR의 카라스모리 개찰구 쪽으로 와. 아, 시오도메 방면이야."

"뭐? 너, 라이브는 어쩌고?"

"아직 시간이 있으니까, 라이브 전에 사쿠타를 두들겨 패 줄 거야."

"우와~, 가기 싫어."

"그리고 언니에게 줄 크리스마스 선물도 못 정했거든. 혹시나 해서 말해두겠는데, 사쿠타를 위해서 이러는 게 아냐."

"안심해. 토요하마가 방금 한 말 중에는 내가 착각할 요소는 눈곱만큼도 없었어."

"그럼 네 시에 봐."

"알았어. 금방 갈게."

사쿠타는 신바시, 카라스모리, 시오도메 방면, 하고 중얼거리면서 수화기를 내려놓았다. 전화기 위에 놓여 있던 동전을 챙긴 후, 전화박스에서 뛰쳐나왔다.

4

후지사와 역으로 돌아온 사쿠타는 JR토카이도 선 열차를 탔다. 코가네이행 쾌속 열차다. 사쿠타는 입구 위편에 있는 액정화면에 표시된 노선안내를 쳐다보았다. 목적지인 신바시에 가려면 여섯 정거장을 가야하며, 41분 정도 걸린다고 한다. 노도카가 말한 것처럼 한 시간도 걸리지 않을 것 같았다. 이제 눈 때문에 열차가 지연되지만 않기를 빌 뿐이다. 아직은 열차가 지연되고 있다는 안내 방송은 나오지 않았다.

"엄마, 토끼가 있어."

다른 역에서 이 열차에 탄 어린 여자애가 문 옆에 서있던 사쿠타를 손가락으로 가리켰다 사쿠타는 아직도 인형탈을 입고 있었다. 너무 커서 철조망 선반에 들어가지 않았던 머리 부분은 양손으로 들고 있었다.

그 탓에 방금 그 여자애 이외에도 많은 이들에게 주목을 받고 있었다. 후지사와 역의 개찰구를 통과할 때도 그랬고, 플랫폼에서 열차를 기다릴 때도 그랬다.

토모에 덕분에 주위 사람들이 사쿠타를 인식할 수 있게 됐으니 이제 인형탈을 입을 필요는 없지만, 그래도 심정적인 이유 때문에 벗지 않았다.

만약 또 사람들이 자신을 인식하지 못하게 된다면…….

그런 불안을 떨쳐낼 수가 없는 것이다.

그래서 기이한 시선을 받을지라도 눈에 띄는 복장을 하고 싶었다. 남들이 자신을 쳐다본다는 것을 실감하고 싶었던 것이다.

다행인 건 오늘이 12월 24일이라는 점이다.

다들 「뭐, 크리스마스이브잖아」 하고 생각하고 있었다. 후지사와 역에서 순찰 중이던 경찰관과 마주쳤지만, 사쿠타를 잡지는 않았다. 케이크 판매 아르바이트를 하다 휴식 시간에 도망쳤다…… 정도로 생각하는 것 같았다. 실제로 역 앞 백화점에서는 산타클로스나 루돌프가 잔뜩 있었고, 그 사이에 토끼가 한 마리 있더라도 위화감은 없을 것이다.

"토끼야, 잘 있어."

여자애는 신바시 역의 바로 앞 역에서 어머니와 함께 열차에서 내렸다.

사쿠타 또한 그 여자애를 향해 손을 흔들었다. 자신이 무해한 인간이라는 걸 주위에 어필해두는 것도 좋을 것이다. 누가 사쿠타를 수상한 사람으로 여겨서 신고라도 한다면 큰일이니까 말이다.

사쿠타가 그런 생각을 하는 사이, 열차는 그의 목적지인 신바시 역에 도착했다.

그는 문이 완전히 닫히기 전에 열차에서 내렸다.

사쿠타는 정면에 있는 안내판을 보며 노도카가 말한 개찰구를 찾았다. 히비야 개찰구, 긴자 개찰구, 시오도메 개찰구 등, 개찰구가 많았다. 게다가 카라스모리 개찰구는 카라스모리 방면과 시오도메 방면, 이렇게 두 개나 있었다.

"토요하마가 한 말이 이제 이해가 되네."

개찰구의 이름을 언급한 다음에 시오도메 방면이라고 말한 이유를 이곳에 와서야 이해했다.

사쿠타는 안내판의 표식을 보면서 약속 장소로 서둘러 향했다. 플랫폼의 전광판 시계를 보니 오후 네 시가 거의 다 되었다.

사쿠타가 계단을 뛰어 내려가며 개찰구로 가보니, 노도카가 개찰구 너머에 있었다.

그는 차표를 개찰구에 넣고 밖으로 나갔다.

그러자 벤치코트를 입은 노도카가 뛰어왔다. 코트 앞섶 사이로 보이는 것은 그룹 안에서 노도카의 컬러인 노란색으로 된 티셔츠였다. 그 티셔츠에는 스위트 불릿의 로고가 새겨져 있었다.

라이브 전이라 그런지 평소보다 화장을 진하게 했다. 그런 노도카가 날카로운 눈길로 사쿠타를 올려다보며 입을 열었다.

"장난치는 거야?"

사쿠타의 옷차림에 대해 한 마디 하는 것 같았다.

"진지하게 생각한 결과, 이렇게 된 거라고."

거짓말이 아니다. 엄연한 사실이다. 하지만 다소 복잡한

상황인지라 제대로 설명하려면 시간이 걸릴 것이다.

"뭐, 수고를 덜었네."

사쿠타가 뭐라고 설명할지 고민하고 있는 사이, 노도카가 멋대로 납득했다.

"그게 무슨 소리야?"

"잔말 말고 따라와."

노도카는 벗대로 걸음을 내디뎠다.

사쿠타는 어쩔 수 없이 그녀의 뒤를 따랐다.

긁어 부스럼을 만드는 격일 것 같았기에, 「나를 두들겨 팰 거라며?」 같은 소리는 하지 않았다.

역을 나서자, 눈에 익은 차량이 도로에 세워져 있었다. 흰색 미니밴이었다. 마이의 매니저인 하나와 료코가 운전하던 것과 같은 차량이었다.

사쿠타가 그런 생각을 하고 있을 때, 운전석에 앉아 있는 료코의 모습이 눈에 들어왔다.

"빨리 타."

후방좌석의 문을 연 노도카는 「안쪽으로 들어가」 하고 말하며 사쿠타를 밀었다. 그리고 노도카 또한 그의 옆에 앉았다.

"매니저 분한테 이야기한 거야?"

그러니 이런 상황이 벌어진 거겠지만, 그래도 일단 물어보았다.

"나도 촬영이 없을 때는 방송국에 들어갈 수 없거든. 무슨 일이 있을 때에 대비해 료코 씨의 전화번호를 알아두길 잘했다니깐."

"이런 일로 연락하라고 전화번호를 가르쳐준 게 아닌데 말이죠."

룸미러를 통해 사쿠타와 노도카를 쳐다보는 료코의 눈빛에는 원망이 어려 있었다.

"죄송합니다."

사쿠타는 료코에게 사과했다.

"협력은 하겠지만…… 사랑싸움 좀 적당히 하세요."

거울 너머로 사쿠타와 료코의 눈이 마주쳤다. 그녀는 눈으로 「이걸로 두 번째잖아요」 하고 말하며, 사쿠타는 살며시 꾸짖고 있었다. 일전에 마이의 생일 때도, 사쿠타는 카나자와에서 료코에게 폐를 끼쳤다. 솔직히 말해 변명의 여지 자체가 없었다.

"죄송합니다."

사쿠타는 한 번 더 사과했다.

료코와의 대화가 중단되자…….

"방송국은 여기서 멀어?"

사쿠타는 옆에 있는 노도카에게 물었다. 시간은 한정되어 있으니, 빨리 방송국에 도착할 수 있는 편이 좋을 것이다.

"저기야."

노도카는 그렇게 말하면서 옆에 있는 빌딩을 가리켰다. 그것은 사쿠타가 역을 나섰을 때부터 계속 눈에 들어오던 커다란 빌딩이다.

"뭐?"

사쿠타는 어이없다는 듯한 반응을 보였다. 그것도 그럴 것이, 그 빌딩은 역에서부터 걸어서 1, 2분 거리에 있었던 것이다.

도로가 혼잡하니 차로 가는 게 오히려 더 시간이 걸릴 것 같은 느낌이 들었다. 그리고 이 차에 타고 벌써 3분이나 흐른 후에야, 미니밴은 겨우겨우 그 빌딩의 지하 주차장에 들어갔다.

"사쿠타. 탈을 써."

노도카는 인형탈의 머리 부분을 사쿠타에게 씌워줬다.

그러자 시야가 순식간에 좁아졌다. 토끼의 조그마한 콧구멍을 통해 좁은 공간만 겨우 보였다. 차는 완전히 지하에 들어선 후, 경비원이 있는 게이트 앞에서 멈춰 섰다.

"촬영에 참가할 예정인 배우예요."

운전석에 앉은 료코가 목에 건 출입증을 유니폼을 입은 경비원에게 보여줬다.

"아, 예. 수고 많으십니다."

료코가 마주 인사를 하자, 게이트가 열렸다. 차가 안으로 들어가자, 사쿠타도 경비원을 향해 고개를 숙였다. 차는 그대로 주차장 안으로 들어갔다.

"1층에 있는 정면 입구보다 이쪽의 보안이 허술해요."

차가 멈춰선 후, 료코는 그렇게 말했다. 그래서 일부러 차를 몰고 사쿠타를 데리러 왔던 것이다.

사쿠타는 노도카의 뒤를 이어 차에서 내렸다. 탈을 쓴 탓에 움직이기 힘들었다. 그래서 탈을 벗으려고 했지만…….

"계속 쓰고 계세요."

료코가 그렇게 말하면서 사쿠타를 말렸다.

"방송국 안으로 애인을 불렀다, 같은 스캔들이 터지는 건 사양하고 싶거든요."

료코는 낮지만 강한 의지가 어린 목소리로 사쿠타를 향해 그렇게 말했다.

지당하기 그지없는 의견이기에, 사쿠타는 순순히 고개를 끄덕였다. 료코는 처음부터 이럴 생각이었던 것 같았다. 사쿠타의 뒷좌석에는 루돌프 인형탈이 있었다. 노도카가 말했던 수고를 덜었다는 말의 뜻이 이제 이해가 됐다.

"하지만 걷기가 힘든데……."

사쿠타는 정면의 아주 조그마한 범위만 보였다. 좌우가 보이지 않기 때문에 앞에 무엇이 있는지도 알 수가 없었다.

"내가 데려가줄게."

누군가가 사쿠타의 오른팔을 끌어안았다. 노도카가 그의 팔을 잡은 것이다.

"가자."

노도카는 사쿠타를 잡아끌듯 걸음을 옮겼다.

"그러고 보니 마이 씨는 내가 오는 걸 알아?"

아까 료코에게 한 소리를 들어서 그런지, 사쿠타는 약간 위축된 목소리로 그렇게 말했다.

"말하지 않았어요."

사쿠타는 노도카에게 물었지만, 대답을 한 사람은 료코였다.

"연락을 받았을 때는 이미 촬영 중이었으니까요. 지금은 촬영을 마치고 대기실로 돌아왔을 거예요."

그들은 지하 주차장에서 엘리베이터를 탔다. 주위가 거의 보이지 않았지만, 그래도 몸이 위로 올라가는 느낌을 받았다.

엘리베이터는 도중에 몇 번이나 멈춰 섰다. 방송국 스태프로 보이는 사람들이 급하게 엘리베이터에 타고 내렸다. 하지만 유명한 연예인과 마주치지는 않았다.

최종적으로 사쿠타와 노도카, 료코, 이렇게 세 사람만 남은 엘리베이터 안에서 도착을 알리는 벨소리가 울려 퍼졌다.

"여기예요."

문이 열리자, 노도카는 사쿠타의 팔을 잡아당기면서 엘리베이터에서 내렸다. 주위를 확인하고 싶어진 사쿠타는 발을 바쁘게 놀리며 그 자리에서 몸을 한 바퀴 돌렸다.

오른쪽을 봐도, 왼쪽을 봐도, 긴 복도만 눈에 들어왔다.

그리고 같은 간격으로 존재하는 문이 몇 개나 있었다. 그 문 한편에는 연예인의 이름이 적힌 종이가 붙어 있었다.

그리고 10미터 정도 떨어진 문에 붙어 있는 『사쿠라지마 마이 님』이라고 적힌 종이가 눈에 들어왔다.

"……읏!"

몸이 정직하게 반응했다.

이곳에 마이가 있다.

이 문 너머에 마이가…….

살아있는 마이가 있는 것이다.

그렇게 생각한 순간, 사쿠타의 몸이 떨리기 시작했다.

"사쿠타?"

팔을 통해 감정이 전해진 것이리라.

노도카의 그 말에 사쿠타가 답하기도 전에, 료코가 마이가 있는 대기실의 문에 노크를 했다.

"하나와예요. 잠시 실례해도 될까요?"

"예. 들어오세요."

문 너머에서 마이의 목소리가 들려왔다.

틀림없다.

못 알아들을 리가 없다.

고막이 느낀 진동이 온몸으로 퍼져 나갔다. 몸 전체가 마이의 존재를 느꼈다.

진짜로 마이가 있다.

이 안에 마이가 있다.

"……."

마이 씨, 하고 사쿠타는 중얼거렸다고 생각했지만 입에서 목소리가 나오지 않았다.

료코가 대기실의 문을 열었다.

"수고 많으셨어요."

료코는 마이에게 말을 걸면서 안으로 들어갔다.

"료코 씨도 수고 많으셨어요."

"저기, 마이 씨를 찾아온 손님이 있어요."

"손님?"

노도카가 사쿠타보다 먼저 대기실 안으로 들어갔다.

"노도카, 무슨 일이니?"

"내가 주는 크리스마스 선물이야."

노도카가 팔을 당겨주자, 사쿠타도 방 안으로 들어갔다. 그리고 뒤편으로 빠진 료코가 대기실의 문을 닫는 소리가 들렸다.

사쿠타는 인형탈의 좁디좁은 시야로 마이를 찾아냈다. 조그마한 구멍 너머에 마이가 있었다. 살아있는 마이가 그곳에 있었다.

마이도 사쿠타를 쳐다보고 있다. 사쿠타 쪽을 쳐다보고 있다.

"응……?"

마이는 당황과 의문이 반반씩 섞인 표정을 짓고 있었다. 하지만 사쿠타에게서 눈을 떼지 않았다. 아무 말 없는 인형탈을 응시하고 있었다.

지금 바로 말을 건네고 싶다. 인형탈을 벗고, 아즈사가와 사쿠타라는 걸 밝히고 싶다.

하지만 사쿠타는 그럴 수 없었다.

그럴 수 없는 이유가 사쿠타에게는 있는 것이다.

처음 한 방울이 흘러내리는 것은 자각하지 못했다. 눈물샘이 고장나버린 건지, 눈물을 참을 수가 없었다. 쉴 새 없이 흘러나오고 있었다.

"……."

마이에게 전해야 하는 것이 잔뜩 있는데도, 아무 말도 할 수가 없었다. 무슨 말을 했다간, 젖은 목소리 때문에 울고 있다는 사실을 들킬 것이다.

마이가 살아있다는 사실이 너무 기뻐서, 세포 하나하나가 떨렸다. 몸 안이 환희로 가득 찼다. 감정의 격류에 휘둘릴 수밖에 없었다. 그저 이 감정이 가라앉기만 기다릴 수밖에 없었다.

"노도카, 고마워. 료코 씨, 또 폐를 끼쳐서 죄송해요."

마이는 일단 사쿠타에게서 눈을 떼더니, 다른 두 사람에게 말을 걸었다.

"죄송한데, 잠시만 단 둘이 있게 해주세요."

뭔가를 눈치챈 듯한 마이가 그렇게 말하자, 사쿠타는 안도감을 느꼈다.

방송국의 대기실에서는 사쿠타가 처음 맡는 냄새가 났다. 커다란 거울 앞에는 화장도구가 놓여 있으며, 뒤편에 있는 철제 옷걸이에는 촬영용 의상이 걸려 있었다. 그리고 성인 여성이 뿌릴 듯한 향수 냄새가 섞이면서, 이곳을 희미하게 달콤한 냄새가 감도는 공간으로 만들었다.

방의 넓이는 다섯 평 정도였으며, 그 절반 정도는 다다미방으로 되어 있었다.

사쿠타는 그 다다미방에 토끼 인형탈을 입은 채로 걸터앉았다. 아직 머리 부분도 벗지 않았다. 그는 그저 가만히 앉아서, 몸이 진정될 때까지 기다렸다.

곧 대기실의 문이 열렸다.

엘리베이터 앞까지 노도카를 배웅하러 갔던 마이가 돌아온 것이다.

그녀는 등 뒤로 돌린 손으로 문을 살며시 닫았다.

그런 마이의 눈은 고개를 숙이고 있는 사쿠타를 향하더니…….

"언제까지 그러고 있을 거야?"

……하고 말했다.

사쿠타는 대답 대신 고개를 좌우로 한 번 흔들었다. 입을 열었다간 울고 있다는 걸 들키지도 모르기에…….

"입 다물고 앉아 있기나 하려고 온 건 아니잖아?"

마이가 발소리를 내며 사쿠타에게 다가갔다.

인형탈을 쓴 채 고개를 숙이고 있는 사쿠타의 눈에 마이의 발치가 들어왔다. 마이는 사쿠타의 눈앞에 서있는 것이다.

"이러려고 미래에서 온 건 아니잖아?"

"윽?!"

"정말 손이 많이 간다니깐."

"마이 씨……."

사쿠타는 고개를 들었다. 그와 동시에, 좁고 어두운 시야에 빛이 쏟아졌다. 마이가 인형탈의 머리 부분을 벗긴 것이다.

눈앞에 마이가 있다.

마이가 확연하게 보였다.

사쿠타를 향해 상냥하게 미소 짓고 있다.

"진짜, 마이 씨야……."

멎은 줄 알았던 눈물이 또 넘쳐 나왔다. 얼굴은 눈물과 땀으로 범벅이 되었다. 마이는 그런 사쿠타를 향해 양손을 뻗었다. 그리고 사쿠타의 머리를 감싸듯, 자신의 가슴으로 꼭 끌어안았다.

"마이 씨……?"

"다행이야."

목소리가 들려왔다. 하지만 사쿠타는 그 말의 의미를 이

해하지 못했다.

"나는, 사쿠타를 구했구나."

"……."

핵심을 찌르는 마이의 말을 듣고 놀라지 않은 것은 아니다. 하지만 마이의 그 말을 듣고, 사쿠타는 바로 이해했다.

"정말 다행이야……."

마이는 같은 말을 또 반복했다.

"……그렇지 않아요, 마이 씨."

사쿠타의 목소리는 여전히 눈물에 젖어 있었다. 코맹맹이 소리였다.

"나 때문에, 마이 씨가……."

"나는 드디어 사쿠타에게 도움이 됐구나."

"……윽!"

사쿠타는 자신의 마음을 말로 표현할 수 없었기에, 그저 고개만 저어댔다. 어린애처럼 한사코 말이다.

"마이 씨가 그런 짓을 할 거라고는 생각도 못했어요."

"전에 내가 말했지? 나는 사쿠타가 생각하는 것보다 더 사쿠타를 좋아한다고 말이야."

사쿠타의 머리를 감싸 쥔 마이의 손에 힘이 들어갔다. 맞닿은 부분을 통해, 마이의 고동이 전해져왔다. 살아있다는 증거, 생명의 고동이다.

이 날, 이 순간에 마이는 이미 결심을 했던 것이다.

사쿠타는 마이의 온기를 느끼면서 그 사실을 깨달았다. 무슨 일이 있어도 사쿠타를 구한다. 마이는 그러기로 결심한 것이다.

"미안해, 사쿠타."

상냥한 목소리가 들려왔다.

"마이 씨가 왜 사과하는 거예요?"

"이렇게 울려서 미안해."

"나는……."

"사쿠타를 외톨이로 만들어서 미안해."

"……나는, 나는……."

말을 이을 수가 없었다. 무슨 말을 해야 할지 생각이 나지 않았다. 그저 마이를 생각하는 마음만이, 눈물이 되어 흘러내렸다.

온몸을 통해 마이를 느낄 수 있었다. 귓가에 닿는 숨결에 안도했다. 자신을 생각해주는 마이의 감정을, 사쿠타는 마음으로 받아들였다.

이제 울음을 그칠 생각조차 하지 않았다. 이 눈물도 마이가 준 것이다. 그러니 마이에게 매달린 채, 그녀가 자신에게 준 감정을 그대로 돌려주려는 것처럼 계속 울었다.

하지만 영원히 그러고 있을 수는 없다.

사쿠타에게는 해야만 하는 일이 있는 것이다.

그리고 그것은 마이도 마찬가지였다.

"사쿠타."

마이는 사쿠타의 이름을 상냥하게 부르며 그에게서 떨어졌다.

"얼굴을 보여줘."

마이는 사쿠타의 얼굴을 두 손으로 감쌌다. 그리고 사쿠타가 올려다보자…….

"많이 크지는 않았네."

……하고 약간 실망한 투로 말하며 웃음을 흘렸다.

"겨우 나흘 뒤의 미래에서 왔거든요."

"뭐야. 사쿠타가 부재중 전화로…… 미래의 자기가 있다고 하기에 좀 기대했는데 말이야."

"앞으로 성장할 테니까, 내가 자랄 때까지 기다려줘요."

마이는 그 말을 듣더니 애매한 미소를 지었다.

"이제 가야만 해."

"간다니……."

"사쿠타와 데이트를 하기로 약속했거든."

마이는 옷걸이에 걸려있는 코트를 향해 손을 뻗었다. 그리고 코트를 쥐더니 그대로 이 대기실을 나서려 했다.

"마이 씨, 기다려요."

사쿠타는 몸을 일으키더니, 마이의 팔을 잡았다.

"놔."

그 차분한 목소리에는 강렬한 의지가 어려 있었다.

"이제 괜찮아요."

"뭐가 괜찮다는 거야"

마이의 말에는 거부의 뜻이 명백하게 어려 있었다. 사쿠타가 쳐다본 마이의 눈동자에는 희미하게 눈물이 어려 있었다.

"내가 사고를 당한다는 걸 알면, 사쿠타는 더욱 자신을 희생하려고 할 거야! 역시 내가 사고를 당해야 한다고 생각해."

"……."

"사쿠타가 쇼코 양과 쇼코 씨의 미래를 빼앗고, 멀쩡히 살아갈 수 있을 리가 없단 말이야!"

그 말은 진실이라고 생각한다. 마이는 사쿠타를 너무나도 잘 아는 것이다.

"내가 가지 않으면, 사쿠타가 죽어!"

하지만 그런 마이도 모르는 것이 있다. 마이는 『미래의 사쿠타』를 모르는 것이다. 마이를 잃어버렸던 사쿠타가 어떤 각오로 과거에 왔는지 알 리가 없다.

"놔!"

마이는 사쿠타의 손을 뿌리치려 했다. 하지만 사쿠타는 오히려 마이를 꼭 잡아당겼다. 그리고 등 뒤에서 그녀를 감싸듯 포옹했다.

"부탁이니까, 마이 씨는 여기에 있어요."

사쿠타는 마이를 놓지 않겠다는 듯이 꼭 끌어안았다.

"부탁이에요……."

하지만 그런 사쿠타의 목소리는 가녀리기 그지없었다.

사쿠타 스스로도 알 수 있을 만큼 온몸이 떨리고 있었다.

한심하기 그지없을 만큼 떨리고 있는 것이다.

"……사쿠타?"

사쿠타는 마이를 힘껏 끌어안으려 했지만, 그의 팔에는 힘이 거의 들어가 있지 않았다. 하지만 그 사실이 마이에게서 저항할 의지를 빼앗고 있었다.

"이제 싫어요……. 마이 씨를 잃고 싶지 않다고요……."

몸이 쉴 새 없이 떨렸다. 발꿈치가 들릴 정도로 온몸이 덜덜 떨렸다.

"여섯 시까지 여기에 있어요."

"하지만……."

"괜찮아요."

"……."

"나는, 내가 어떻게 해볼게요."

그 말에서는 눈곱만큼의 설득력도 느껴지지 않았다.

사쿠타의 몸은 지금도 한심할 만큼 떨리고 있었다.

진심으로 두려워하고 있는 것이다.

마이를 잃는 것을…….

마음 속 깊은 곳까지 겁에 질렸다.

이제부터 자신이 하려는 짓 때문에…….

그것은 쇼코의 미래를 빼앗는 짓인 것이다.

"사쿠타는 그래도 괜찮은 거야?"

마이는 자신의 의지를 억누른 듯한 목소리로 그렇게 말했다.

"……."

사쿠타는 그 말을 듣더니, 고개를 끄덕였다.

"결심했어요."

그는 마음속에서 샘솟는 감정을 억누르며 목소리를 쥐어짜냈다.

"그러니까, 마이 씨는 여기서 기다려주세요."

"……."

마이는 아직도 망설이고 있었다. 그녀의 숨결에서 그런 감정이 느껴졌다.

"보나마나 나는 엉엉 울면서 돌아올 게 뻔해요……."

"……사쿠타."

"그럼 마이 씨가 지금처럼 나를 꼭 끌어안아주세요."

"정말 괜찮겠어?"

"그때는, 마이 씨가 내 버팀목이 되어주세요."

"사쿠타……."

"그래주면, 내가 마이 씨를 행복하게 해줄게요."

"……."

마이는 그 말을 듣더니 코를 훌쩍였다. 사쿠타는 그런 마이에게 열쇠를 건네줬다. 그것은 사쿠타의 집 열쇠다. 우편함에 들어있던 바로 그 열쇠 말이다.

"기다리고 있어 주세요. 부탁이에요."

"……알았어."

마이는 작은 목소리로 그렇게 중얼거리더니, 사쿠타가 넘겨준 열쇠를 꼭 움켜쥐었다.

"마이 씨, 고마워요."

"사쿠타가 잘못 생각하고 있는 게 하나 있어."

마이는 사쿠타의 품속에서 돌아섰다. 그리고 사쿠타와 마주서더니, 자신의 이마를 그의 이마에 댔다.

"꼭 사쿠타가 나를 행복하게 해줄 필요는 없어."

"……예?"

"둘이서 함께 행복해지자. 나와 사쿠타, 우리 둘이서 말이야."

마이의 말이 가슴속으로 스며들어왔다. 그리고 마이라는 존재가, 사쿠타의 온몸으로 퍼져나갔다. 봄 햇살을 쬐고 있는 것처럼 마음이 따뜻해졌다. 아마 사람은 이런 순간을 행복이라고 부르는 것이리라.

"역시……."

사쿠타는 무심코 웃음을 흘렸다.

"왜 그래?"

사쿠타의 코앞에 있는 마이의 표정에는 불만이 어려 있는 것만 같았다.

"마이 씨는 못 당하겠어요."

그 말을 입에 담은 순간, 사쿠타의 몸을 가득 채우고 있던 떨림이 멎었다.

마이와 둘이서 행복해진다.

그 말을 듣자, 헤매고, 고민하면서도, 결국 올바르게 앞으로 나아갈 수 있을 것 같은 느낌이 들었다. 서로의 마음이 포개진다면, 그 어떤 일이 벌어져도 헤쳐 나갈 수 있을 것 같은 느낌이 들었다.

사쿠타는 아쉬움을 느끼며 천천히 마이에게서 떨어졌다. 그녀와 더 붙어 있다간, 그녀에게서 떨어지지 못할 것만 같은 느낌이 들었다. 마이를 계속 느끼고 싶어질 것만 같았다.

하지만 사쿠타는 가야만 한다.

다시 한 번, 눈이 내리는 그 장소에 가야만 하는 것이다.

"사쿠타를 기다리고 있을게."

"예."

사쿠타를 믿어주는 마이와의 약속을 지키기 위해…….

"내가 기다리고 있으니까, 반드시 돌아와야 해."

"예."

이 약속을 지키기 위해, 지금은 헤어져야만 하는 것이다.

"다녀와, 사쿠타."

"다녀올게요, 마이 씨."

5

마이의 대기실을 나선 사쿠타는 복도에서 기다리고 있던 매니저 분의 차로 신바시 역으로 이동했다. 매스컴 관계자의 눈에 띄기라도 하면 골치가 아플 것 같았기에, 인형탈을 입고 이동했다.

신바시 역에 도착한 사쿠타는 아까와 반대 방향으로 가는 열차를 탔다. JR 토카이도 선 아타미 행 열차를 탄 것이다.

인형탈 차림으로 약 45분간 열차를 타고 간 사쿠타는 자신이 사는 후지사와 역에서 내리더니, 오다큐 에노시마 선 하행 열차로 갈아탔다.

가파른 구간을 올라가기 위해 지그재그로 움직이며 달리는 열차는 역 앞 상점가 지역을 지나더니, 곧 한적한 느낌의 주택가를 달렸다. 희미하게 눈이 쌓인 단독주택의 지붕을 멍하니 쳐다보는 사이, 열차는 혼쿠게누마 역, 쿠게누마 해안 역, 이렇게 두 역을 지나더니 종점인 카타세 에노시마 역에 도착했다.

지붕이 없는 플랫폼의 한편에도 눈이 몇 센티미터나 쌓여 있었다. 초등학생 정도로 보이는 한 남자애가 새하얀 눈에 발자국을 남기며 기뻐하고 있었다.

사쿠타는 역 안에 설치된 시계로 현재 시각을 확인했다. 아직 다섯 시 반이 되지 않았다.

사고는 약 30분 후에 벌어진다.

사쿠타는 기계에 표를 집어넣으며 개찰구를 통과했다.

역을 빠져나간 인파는 두 갈래로 나뉘어졌다. 오른쪽으로 가면 수족관이 있으며, 똑바로 나아가면 에노시마로 이어지는 벤텐 다리가 있다.

지난 번 12월 24일과 다르게, 사쿠타는 수족관으로 향하지 않았다. 그는 벤텐 다리 쪽으로 진로를 잡았다.

폭설이 내리는데도 불구하고, 벤텐 다리로 이어지는 길은 수많은 사람들로 붐볐다. 몸을 바싹 붙인 채 우산 하나를 같이 쓰며 걷고 있는 대학생 커플, 그리고 눈을 보고 들뜬 초등학생을 데리고 있는 젊은 가족도 있었다. 이렇게 눈이 내리는 데도 불평을 늘어놓는 사람이 단 한 명도 없었다. 오히려 눈을 반기고 있는 것 같았다. 아마 오늘이 성스러운 밤이기 때문이리라. 그들은 이 눈을 하나의 연출로 여기며 즐기고 있었다.

눈이 쌓이는 일이 드문 이 바닷가 마을에서는 몇 년 동안 크리스마스이브에 눈이 내리지 않았다. 그러니 사람들이 이렇게 눈을 보며 들뜨는 것도 어쩔 수 없으리라.

사쿠타는 우산도 쓰지 않은 채 그런 사람들 사이를 걷고 있었다.

사고 현장에 다가갈수록 심장이 크게 뛰는 게 느껴졌다. 몸이 긴장되었다. 발걸음 또한 흐트러졌다.

사쿠타는 그 날 이후로, 이곳에 단 한 번도 오지 않았다.

가로등 밑에 쓰러져 있는 마이의 모습을 떠올릴 게 뻔하기 때문이다.

사쿠타의 본능이 이곳에 가는 것을 거부했다.

하지만, 사쿠타는 이곳에 왔다.

이곳에 와야만 할 수 있는 것이다. 사쿠타는 이곳에서 해야만 하는 일이 있다.

하지만 그 일을 하기에는 아직 시간이 일렀다.

"……."

솔직하게 말해, 가야 할지 말지 아직도 망설여졌다. 망설이고 있기 때문에, 사쿠타는 일단 사고현장에서 벗어난 후, 134호선 도로 반대편으로 가기 위해 지하 보행로에 내려갔다. 에노시마와 연결된 벤텐 다리로 향하는 관광객들을 막힘없이 유도하려는 것처럼, 교통량이 많은 134호선의 아래편에는 보행자용 통로가 설치되어 있었다.

사쿠타는 그곳을 지나 도로 반대편으로 향했다. 그곳은 벤텐 다리의 바로 앞이다.

대부분의 사람들이 에노시마로 건너가기 위해 다리로 향하고 있지만, 사쿠타는 걸음을 멈췄다.

용 등롱 앞.

미래에서 온 사쿠타에게 있어서는 나흘 전…… 첫 번째 12얼 24일. 어른 쇼코와 만나기로 약속한 장소다.

아직 쇼코는 보이지 않았다. 그 사실을 확인하고 안심한 사쿠타는 문뜩 날씨가 이렇게 추운데도 불구하고 자신의 이마에 땀이 희미하게 맺혀 있다는 사실을 눈치챘다.

인형탈을 입고 돌아다니는 것만으로도 체력이 꽤나 소모되는 것이다.

잠시 쉬자고 생각한 사쿠타는 등의 지퍼를 내린 후, 인형탈의 상반신 부분만 벗었다. 그러자 사쿠타가 입은 학교 체육복이 모습을 드러냈다. 사쿠타는 등롱 옆의 계단에 걸터앉더니, 인형탈의 머리 부분을 꼭 끌어안으며 몸을 앞으로 숙였다.

그런 사쿠타의 앞을 여러 커플이 지나갔다. 그들은 에노시마의 꼭대기에 등대처럼 서있는 전망등대, 시캔들의 조명장식을 보러온 것이리라. 여기서도 라이트업된 시캔들이 잘 보였다. 에노시마의 위쪽으로 올라가면 발치에 빛으로 된 꽃밭이 펼쳐져 있는 것만 같으리라.

다들 지나가면서 인형탈을 입은 사쿠타를 힐끔 쳐다봤지만, 곧 조명장식을 향해 고개를 돌렸다.

사쿠타를 보고 일부러 멈춰선 사람은 딱 한 명뿐이었다.

그 사람은 사쿠타를 발견하고 깜짝 놀란 표정을 지었다. 그리고 그 사람의 그 눈동자는 뭔가를 생각하고 있는 것처럼 흔들렸다. 하지만 사쿠타에게 다가왔을 때에는 평소와 마찬가지로 온화한 표정을 짓고 있었다.

"기다리게 해서 미안해요."

"괜찮아요. 아직 약속 시간이 안 되었잖아요."

"사쿠타 군은 저와의 데이트가 고대되어서 일찍 왔나 보네요."

"맞아요."

나는 순순히 그 말에 긍정했다. 말장난이나 하려고 이곳에 온 게 아니기 때문이다.

"그건 그렇고, 데이트하러 온 사람의 복장치고는 꽤나 개성적이군요."

쇼코는 사쿠타의 복장을 보더니 웃음을 터뜨렸다.

"하루 종일 입고 다녔더니, 몸의 일부가 되어버린 것 같아요."

쇼코는 품이 낙낙한 두꺼운 스웨터, 그리고 롱스커트 차림이었다. 어깨에 숄을 걸치고 있지만, 사쿠타와 마찬가지로 우산을 쓰지 않았다.

그런 쇼코는 사쿠타의 머리에 손을 얹었다.

"눈이 소복하게 쌓였어요."

쇼코는 그렇게 말하며 눈을 털어줬다. 그리고…….

"죄송해요."

불쑥 사과를 했다. 왜 사과를 하는 건지 물어보려던 사쿠타의 눈에는 쇼코의 약간 쓸쓸한 듯한 표정이 어렸다. 그래서 그는 질문을 던지지 못했다.

"저는 실패한 거군요."

이 말이 어떤 의미인지는 되묻지 않고도 알 수 있었다.

"실패하지 않았어요."

"하지만, 사쿠타 군이 이렇게 여기에 있잖아요. 미래의 사쿠타 군이 말이에요."

쇼코의 말은 핵심을 찔렀다. 그 말은 대답 그 자체였다. 쇼코는 전부 알고 있는 것이다. 사쿠타가 어떤 미래를 봤는지는 몰라도, 미래에서 과거로 올 수밖에 없는 이유가 있다는 것은 알고 있는 것이다. 자신이 그랬던 것처럼…….

"……."

사쿠타는 천천히 고개를 저었다.

그렇지 않다고 말하고 싶었다.

"쇼코 씨 덕분에 지금의 내가 존재하는 거예요."

그 말은 거짓말이 아니다.

그 말에 담긴 마음에는 한 점의 거짓도 섞여 있지 않다.

미래의 일을 가르쳐준 덕분이다.

사쿠타의 미래를 지키려 해준 덕분이다.

쇼코가 사쿠타에게 선택할 기회를 줬기 때문에…….

사쿠타는 지금 이 순간에 도달할 수 있었다.

지금, 이 자리에 있는 사쿠타에게 도달할 수 있었다.

소중한 것을 선택한 사쿠타가 될 수 있었던 것이다…….

2년 전에도 그랬다.

시치리가하마 해변에서 만났을 때 이후로, 쇼코는 전혀 변하지 않았다.

사쿠타의 버팀목이 되어줬으며, 쭉 동경의 대상이 되어줬다.

쇼코처럼, 누군가의 버팀목이 되어주는 사람이 되고 싶다. 사쿠타는 지금까지 그렇게 생각하면서 살아왔다. 단 한 명이라도 괜찮으니, 누군가에게 그런 존재가 되고 싶었다.

결국 지금도 그렇게 되지 못했지만, 사쿠타는 딱 한 명이지만 찾아냈다. 무슨 일이 있어도 지켜주고 싶은 상대를, 행복하게 해주고 싶은 상대를, 함께 살아가고 싶은 상대를…….

쇼코와 만나지 않았다면, 이런 마음을 깨닫지 못했을 거라고 생각한다.

사쿠타에게 있어 소중한 것은 항상 쇼코가 가르쳐줬다.

「고마워」라는 말로는 가슴 속에 존재하는 감사의 마음을 전할 수 없다.

「미안해」라는 말로는 가슴을 욱신거리게 하는 마음을 전할 수 없다.

이럴 때, 사람은 뭐라고 말하면 될까.

사쿠타는 아직 알지 못했다. 쇼코도 그것만큼은 가르쳐주지 않았다.

하지만 모르는 게 당연했다. 가르쳐주지 않는 게 당연한 것이다. 전 세계 그 어느 나라를 찾아봐도, 그런 편리한 말이 존재할 리가 없으니까…….

그래도, 사쿠타는 쇼코에게 뭔가를 전하기 위해 입을 열었다.

"쇼코 씨, 나는……."

하지만, 말을 이을 수가 없었다. 무슨 말을 하면 될지 짐작조차 되지 않았다.

뭐라고 말하면 좋을지 모르겠다. 그저 마음속에 존재하는 감정만이 사쿠타의 몸속에서 소용돌이치고 있었다. 마음만이 넘쳐나고 있었다. 그것을 분출할 곳은 없는데도 말이다.

쇼코는 그런 사쿠타를 쳐다보며 미소 짓더니…….

"사쿠타 군."

……하고 그를 불렀다.

"우리, 손잡아요."

그 뒤를 이은 것은 사쿠타에게 있어 뜻밖의 말이었다.

쇼코가 손을 내밀었다. 사쿠타는 순순히 그 손에 자신의 손을 포갰다.

손바닥을 통해 쇼코의 존재가 느껴졌다. 손가락 하나하나를 통해 쇼코의 존재를 느꼈다.

"좀 부끄럽네요."

쇼코는 간지러움을 타듯 웃더니, 사쿠타를 곁눈질했다. ……하지만 곧 에노시마 쪽을 쳐다보았다.

시캔들의 조명장식이 눈 내리는 밤하늘을 비추고 있었다.

사쿠타도 라이트업된 세계를 똑바로 쳐다보았다.

겨울의 바다 바람이 차갑다.

몸의 감각이 점점 둔해지는 가운데, 왼손을 통해 느껴지는 쇼코의 체온만이 자신의 존재를 사쿠타에게 전하고 있었다.

쇼코는 그런 사쿠타의 손을 약간 세게 움켜잡았다.

"……."

그 손을 통해 미세한 불안이 전해져왔다.

사쿠타는 반사적으로 손에 힘을 줬다. 그러자, 쇼코 또한 손에 더욱 힘을 줬다. 그런 그녀의 손에서는 아까와 다르게 눈곱만큼의 불안도 느껴지지 않았다.

쇼코는 사쿠타를 격려하려는 것처럼 그의 손을 꼭 움켜잡았다. 사쿠타는 쇼코가 자신을 응원하고 있다고 생각했다. 앞으로 이어져나갈…… 만들어나갈 미래의 사쿠타에게 보내는 응원인 것이다.

잠시 후, 쇼코는 손에서 힘을 빼더니, 사쿠타의 손을 느슨하게 잡은 채 앞뒤로 흔들었다. 마치 연인들이 장난치고 있는 것처럼 보였다. 불안도, 격려도 느껴지지 않았다. 존재하는 것은 평소와 마찬가지로 장난기가 섞인 듯한 쇼코의 분위기뿐이었다.

말로 채 표현할 수 없는 마음이 맞잡은 손을 통해 전해져왔다.

아마, 무의식적으로 사쿠타의 마음이 쇼코에게 전해진 것이리라.

그렇기 때문에, 사쿠타는 다시 한 번 쇼코에게 말을 걸었다.

"쇼코 씨."

지금 할 수 있는 최선의 말을 건네면 된다. 서툰 말 또한 뭔가를 전할 수 있으리라. 그렇게 생각했다.

"……."

쇼코는 아무 말도 하지 않았다. 하지만, 내 말을 듣고 있는 건 틀림없어 보였다.

"전부, 내가 가지고 갈게요."

"……."

"전부, 미래로 가지고 갈게요."

"……."

"쇼코 씨와 보낸 시간도, 쇼코 씨가 준 것도 전부…… 마키노하라 양의 노력도, 그 기억도, 전부…… 하나도 남기지 않고 미래로 가져가겠어요."

"……."

쇼코는 살며시 고개를 저었다.

"사쿠타 군. 인간이 왜 망각을 한다고 생각하나요?"

"나는 잊지 않을 거예요."

"분명 잊고 싶은 일도 있으니까, 인간은 잊을 수 있는 거라고 생각해요."

"……."

"괴로운 기억이 영원히 계속되는 것만큼 괴로운 일은 없으니까요."

"그럼 쇼코 씨를 잊을 필요는 없겠네요."

"……어째서, 죠?"

"쇼코 씨는 나한테 있어 달콤쌉싸름한 첫사랑이니까요. 잊을 필요가 없다고요."

"정말……."

쇼코는 의미심장한 어조로 말을 이으려다 갑자기 입을 다물었다.

쇼코가 무슨 말을 하려는 건지 신경 쓰인 사쿠타가 그녀를 쳐다보자…….

"사쿠타 군은 배배 꼬였군요."

……하고 말하면서 미소를 지었다.

사쿠타는 그 말에 대꾸하지 않았다. 쇼코가 대꾸를 원하지 않는다는 걸 눈치챘기 때문이다.

두 사람의 시선은 자연스럽게 정면으로 향했다.

에노시마를 향해 쭉 뻗은 다리가 눈에 들어왔다.

바다에 떠있는 듯한 조그마한 섬도 보였다.

그 섬의 위편에는 눈의 결정을 두른 빛의 세계가 존재했다.

그저 지금은 쇼코와 둘이서 보는 이 경치를 기억에 새기고 싶었다. 왼손에서 느껴지는 쇼코를 마음에 새겨두고 싶었다.

쇼코와 이러고 있을 수 있는 시간도 얼마 남지 않았으니까…….
그리고 그 길지 않은 시간은 곧 끝을 맞이했다.
"슬슬, 가야할 것 같아요."
아쉽지 않은 것은 아니다. 하지만 사쿠타는 주저하지 않았다.
"예."
쇼코는 짤막하게 대답한 후, 손을 놓았다. 사쿠타가 인형탈을 다시 입자, 쇼코는 등에 달린 지퍼를 올려줬다.
사쿠타는 인형탈의 머리 부분을 든 후, 쇼코와 마주보았다.
문뜩 사쿠타는 쇼코에게 할 말이 떠올랐다. 사쿠타는 자신이 이 말을 하기 위해, 쇼코를 만나러 온 듯한 생각이 들었다.
쇼코의 눈을 응시하며…….
"잘 가요, 쇼코 씨."
……하고 사쿠타는 말했다.
그 순간, 쇼코의 눈동자는 쓸쓸한 듯이 흔들렸다. 하지만 쇼코는 미소를 잃지 않더니…….
"잘 있어요, 사쿠타 군."
……하고 말하며 손을 살며시 흔들었다.
사쿠타는 뒤돌아서더니, 걸음을 옮겼다. 그는 쇼코가 뒤편에서 여전히 손을 흔들고 있다는 걸 알고 있다. 알고 있지만, 사쿠타는 돌아보지 않았다.

사쿠타는 발을 지면에서 떼어내듯 한 걸음씩 나아갔다. 134호선 도로를 지나기 위해 만들어진 지하 보행로를 통해 도로 반대편으로 향했다.

오후 여섯 시가 거의 다 되었다.

교통사고가 일어날 현장이 보이자, 사쿠타는 인형탈의 머리 부분을 썼다.

미래에서 온 사쿠타와 현재의 사쿠타는 양자적으로 만날 수 없다. 같은 시간, 같은 공간에서 같이 인식되지 않는다.

거꾸로 생각한다면, 인식만 되지 않는다면 동시에 존재할 수 있는 것이다. 적어도 오늘, 사쿠타는 『현재의 사쿠타』와 전화로 이야기를 나눴다.

그러니 사쿠타가 사쿠타라는 걸 알아보지 못하는 상황을 만들면 된다.

반은 죽었고, 반은 살아있는 고양이를 가둬둔 상자와 마찬가지다. 안에 있는 이가 사쿠타일지도 모르고, 사쿠타가 아닐지도 모르는 것이다.

사쿠타가 인형탈 안에서 숨을 죽이고 있을 때, 익숙한 숨소리가 들렸다. 서서히 다가오고 있다. 사쿠타는 자신이 세운 가설이 틀리지 않았다는 것을 확신했다.

『현재의 사쿠타』가 당황한 발걸음으로 눈이 옅게 쌓인 길을 달리고 있었다. 사쿠타는 인형탈의 콧구멍을 통해 그 광경을 쳐다보고 있었다. 교복 차림의 자기 자신이 보인 것이다.

아까 통화를 했을 때 사고현장에 오지 못하도록 수족관 쪽으로 유도했지만, 아무래도 『미래의 사쿠타』가 거짓말을 했다는 걸 눈치챈 것 같았다.

『현재의 사쿠타』가 도로 반대편…… 용 등롱 쪽을 쳐다보았다. 그 사쿠타가 무언가를 눈치챘다. 아마 쇼코를 본 것이리라.

바로 그 순간, 자동차 경적 소리가 들렸다. 그 순간, 사쿠타는 이미 움직이고 있었다.

검은색 미니밴이 급하게 브레이크를 밟으며 미끄러졌다. 앞에서 가던 차가 천천히 달리고 있었기에 충돌할 뻔한 것이다.

마찰력을 잃은 타이어는 눈에 젖은 노면 위를 그대로 미끄러졌다.

"사쿠타 군!"

쇼코가 그렇게 외쳤다. 다가오는 차를 발견한 『현재의 사쿠타』가 그 자리에서 딱딱하게 굳었다. 하지만 그의 얼굴은 왠지 밝아 보였다.

그럴 만도 했다. 자신이 희생되는 것이 최선이라고 생각하니까 말이다.

사쿠타도 한때는 그렇게 생각했기에 잘 안다.

쇼코의 목숨을 미래로 이어줄 수 있다면 바라는 바라고……. 마이가 희생될 바에야 차라리 자신이 사고를 당하는 편이 났다고…… 생각하고 있을 것이다.

하지만 마이를 잃은 경험이…… 그 절망적인 기억이, 사쿠타에게 또 하나의 선택지를 고르게 해줬다.

살아서, 마이를 행복하게 해준다. 마이와 함께 행복해진다.

미끄러지는 차를 본 주위 사람들이 비명을 질렀다. 사쿠타는 그게 왠지 먼 곳에서 벌어지고 있는 일처럼 느껴졌다. 그리고 사쿠타는 그저 목적을 달성하기 위해 앞으로 나섰다. 할 일은 매우 간단하다.

토끼 인형탈을 입은 『미래의 사쿠타』가, 다가오는 차 앞에서 멍하니 서있는 『현재의 사쿠타』를 밀쳐냈다.

6

누군가가 자신을 밀쳐낸 듯한 느낌이 들었다.

누군가를 밀친 듯한 감촉도 분명 느꼈다.

그 점을 눈치챈 순간, 사쿠타는 두 손바닥을 통해 한기를 느꼈다.

눈꺼풀을 들어 올리자, 눈이 쌓인 아스팔트 위에 놓인 자신의 두 손이 보였다. 한기 때문에 손발이 얼어붙으면서 감각이 서서히 옅어졌다.

"나는……."

상황을 파악하지 못한 채 대자로 누워있던 사쿠타가 서서히 몸을 일으켰다. 가장 먼저 느껴진 것은 기묘한 공기였다. 긴장감이 사쿠타를 감싸고 있었던 것이다.

그와 함께 귀에 거슬리는 경적 소리가 계속 들렸다.

소리가 들려오는 쪽을 쳐다보니, 도로표지판에 부딪친 채 멈춰선 검은색 미니밴이 눈에 들어왔다. 앞부분이 박살난 그 차는 움직이지 않고 있었다.

주위에서 사람들의 어수선한 기척이 느껴졌다. 지나가던 사람들도 무슨 일이 벌어졌나 싶어 멈춰서고 있었다. 사고를 낸 차를 쳐다보면서 떠들어대고 있는 사람도 있었다.

"저기, 괜찮아? 어디 다친 데는 없어?"

망연자실하게 서있는 사쿠타에게 그런 말을 건넨 사람은 바로 젊은 경찰관이었다. 사고가 났다는 걸 알고 근처에 있는 파출소에서 뛰어온 것 같았다. 함께 온 나이가 지긋한 경찰관은 무선기로 누군가와 연락을 취하고 있었다.

"이건 네 거야?"

경찰관이 그렇게 말하면서 들어 보인 것은 토끼 모양 인형탈의 머리 부분이었다. 사쿠타의 발치에는 몸통 부분이 굴러다니고 있었다.

양쪽 다 안이 텅텅 비어 있었다.

방금까지 사쿠타는 저 인형탈을 입고 있었다. 그 기억과 감각은 몸에 남아 있었다. 또한 무슨 일이 일어난 것인지 모르는 또 한 명의 내 기억과 감각이 사쿠타의 몸 안에 공존

하고 있었다.

"그래……. 이렇게 되는 구나."

사쿠타는 헛소리를 하는 듯한 어조로 그렇게 중얼거렸다.

원래 『미래의 사쿠타』는 『현재의 사쿠타』에게서 사춘기 증후군에 의해 분열된 존재다.

쇼코의 미래, 그리고 마이와 함께하는 미래…… 어느 쪽도 고르지 못하는 마음이 으스러지는 듯한 상황에서, 사쿠타는 차라리 교통사고가 일어나는 순간이 오지 말라며 미래를 부정했다……. 그런 사쿠타의 의식은 눈에 비치는 세계의 속도를 늦춘 것이다. 리오가 해준 말이 사실이라면, 이 세계에서는 빠르게 움직이는 것일수록 시간이 느리게 흐른다고 한다. 결과적으로, 미래를 부정한 사쿠타가 먼저 미래를 알게 된 것이다.

그 사춘기 증후군의 원인을 제거함으로서, 사쿠타의 의식은 드디어 하나가 되었다. 12월 24일 오후 6시가 지나면 『쇼코의 미래』와 『마이와의 미래』 중 하나를 고를 필요가 없어진다.

텅 빈 인형탈을 쳐다보는 사이, 뇌가 상황을 이해하면서 기억과 감각이 하나로 녹아들었다. 두 사쿠타의 윤곽이 흐릿해지는 게 느껴졌다. 둘 다 사쿠타이니, 어느 한쪽이 진짜이거나, 어느 한쪽이 가짜인 게 아니다. 그저 하나로 되돌아갔을 뿐이다.

"응급차가 올 테니까, 타고 병원에 가봐."

경찰관은 걱정 섞인 표정을 지으며 사쿠타의 얼굴을 쳐다보았다.

"괜찮아요."

사쿠타는 그렇게 말한 후, 사고현장을 벗어나려는 듯이 걸음을 옮겼다.

젊은 경찰관은 아직 걱정스런 목소리로 사쿠타에게 말을 걸었지만, 그는 대답하지 않았다.

지하 보행로를 통해 도로 반대편으로 간 사쿠타는 용 등롱 앞에서 멈춰서더니, 두 개의 등롱을 딱히 이유도 없이 번갈아 쳐다보았다.

"……."

그랬는데도 쇼코의 모습은 보이지 않았다.

이제 어른 쇼코는 이곳에 존재하지 않는다.

사쿠타가 직접 그 미래를 부정했다.

자신의 의지로 선택을 한 것이다…….

사쿠타는 이러기 위해 한나절 동안 뛰어다녔다.

그리고 자신이 원한 결말을 맞이했지만, 달성감이나 기쁨이 느껴지지 않았다. 그저, 가슴반이 아팠다.

가슴이 너무 아파 가만히 있을 수가 없기에…… 이 고통을 조금이라도 줄이기 위해, 사쿠타는 에노시마 방면으로 걸어갔다.

400미터 가량 되는 벤텐 다리가 보였다. 사쿠타는 바다 위에 존재하는 곧고 평평한 다리를 홀로 걸었다.

밤바다가 으르렁거리고 있었다. 누군가의 한탄처럼 들렸다.

몸의 한가운데가 뜨거워졌다. 눈시울이 뜨겁다. 코 안쪽이 아프다. 그래도 사쿠타는 눈물을 흘리지 않기 위해 필사적으로 참았다. 그리고 자신이 어디로 가는지 알지도 못하면서 그저 걸음만 한 걸음씩 내디뎠다. 오른발과 왼발을 번갈아 앞으로 내밀었다.

그러다보면 어딘가에 도달할 수 있을 것 같은 느낌이 들었다.

일직선으로 뻗은 다리를 건넜다.

사쿠타의 다리가 에노시마에 들어섰다.

하지만 사쿠타는 걸음을 멈추지 않으며 묵묵히 나아갔다.

오르막길로 된 상점가인 나카미세도리를 지난 후, 에노시마 신사의 경내에 들어간 사쿠타는 기나긴 계단을 올라갔다. 자신의 두 발로 계단을 오르고 또 올랐다.

숨이 차는데도…….

발의 근육이 비명을 지르는데도…….

사쿠타는 쉬지 않고 이곳이 아닌 어딘가로 향했다.

계단을 하나씩 오를 때마다 자기 자신에게 물어보았다.

이게 정말 잘 된 걸까.

이것이 올바른 일일까.

잘못한 것은 아닐까.

다른 방법은 없었을까.

사쿠타를 고민하게 만드는 질문이 그의 머릿속에서 몇 개나 생겨났다.

사쿠타는 그 질문 하나하나에 소리 내어 답했다.

"다른 방법 같은 건, 없었어……."

사쿠타는 이를 악물면서 돌계단을 올라갔다.

"올바를 리가 없잖아……. 내가 무슨 짓을 했는지 알면서 그딴 소리를 하는 거냐……."

또 한 계단을 더 올라갔다.

"전부 잘못됐어……."

참고 있던 눈물이 터져 나오더니, 자신의 무릎에 쏟아졌다.

"잘 되기는 무슨……. 대체 뭐가…… 잘됐다는 거야……."

코를 훌쩍이고, 눈물을 닦으며, 또 한 계단을 올라갔다.

잘됐다고 말할 수 있을 리가 없다.

잘됐다고 말하기 위해서는, 쇼코가 미래를 손에 넣고, 사쿠타도 무사하며, 마이 또한 살아있어야만 한다. 모두가 웃을 수 있는 미래…… 그런 미래여야만 그런 말을 할 수 있을 것이다.

이런 결말을 맞이해놓고, 잘됐다고 말할 수 있을 리가 없다.

하지만, 이럴 수밖에 없었다. 모두가 구원받는…… 그런 미래를 손에 넣을 수단이 없었던 것이다. 그런 마법 같은 트릭은 존재하지 않았다.

사쿠타가 할 수 있는 것은 마이를 선택하는 것뿐이다. 쇼코를 선택하지 않는 것뿐이다.

"그러니까…… 하나도, 잘되지 않았어……. 그딴 걸, 묻지 말라고……."

그렇게 말하며 어금니를 깨문 사쿠타가 마지막 돌계단을 올라갔다.

다리가 후들거리고, 어깨를 들썩이며, 사쿠타는 시캔들의 발치에 도착했다.

덩굴 같은 조명장식이 터널을 이루고 있었다. 그 끝에 존재하는 것은 빛으로 된 꽃밭이다. 오늘 저곳에는 하늘에서 내려주는 선물이 존재했다. 조명장식의 빛이 비친 눈이 라이트업된 정원을 더욱 몽환적으로 꾸며주고 있었다.

마치 꿈속 세계 같았다.

주위에 있는 이들은 대부분 커플이다. 그 외에는 대학생 집단이 있었다. 가족으로 보이는 일행도 적지만 있었다. 이곳을 혼자서 걷고 있는 이는 사쿠타뿐이었다.

제아무리 돌아다녀도, 이 밤과 빛과 눈으로 된 세계에는 쇼코가 존재하지 않았다. 그 당연한 사실을 자신의 눈으로 확인하기 위해, 사쿠타는 자기가 이곳에 왔다는 사실을 이제야 자각했다.

이 세계에 어른 쇼코는 없다.

미래에서 올 일도 없다.

그 미래 자체가 지워지고 말았으니까…….

사쿠타가 자기 손으로 지워버린 것이다.

"……."

이제 아무 것도 느껴지지 않았다.

춥지도 않고, 슬프지도 않다.

눈앞에 펼쳐진 아름다운 경치를 봐도, 마음이 움직이지 않았다.

그런 사쿠타는 중요한 사실을 떠올린 것처럼…….

"돌아가야 해……."

……하고 혼잣말을 중얼거렸다.

어떻게 집으로 돌아왔는지는 잘 생각이 나지 않았다.

걸어왔는지, 열차를 탔는지, 버스를 탔는지, 기억이 애매했다. 그래도 사쿠타의 발걸음은 집으로 향했다. 그리고 자신이 사는 맨션이 보이기 시작했을 즈음, 맨션 앞 도로에 홀로 서있는 이가 눈에 들어왔다.

우산을 쓴 키가 큰 여성의 실루엣이 눈에 들어왔다. 추운지 우산을 쥔 손을 다른 손으로 마사지하고 있었다. 오랫동안 이 사리에 서있었다는 것은 커다란 남성용 우산에 쌓인 눈만 봐도 알 수 있었다.

"……마이 씨."

사쿠타는 자신도 모르는 사이에 걸음을 멈췄다.

그 순간, 마이도 사쿠타를 발견했다. 마이의 눈은 이제야 안심한 것처럼 서서히 젖어 들어갔다. 하지만 눈물을 흘리지 않겠다는 것처럼, 마이는 아랫입술을 꼭 깨물면서 눈물을 참았다.

마이가 한 것은 그게 전부였다.

사쿠타의 이름을 부르지 않았다. 그를 향해 뛰어가지도 않았다.

그저 지그시 사쿠타를 쳐다보며, 사쿠타가 돌아오기만 기다리고 있었다.

"……맞아. 그래서……."

사쿠타는 마이와 약속을 했다. 「반드시 돌아올 테니까, 기다리고 있어 달라」고 말했던 사람은 바로 사쿠타다. 그래서 마이는 그 말에 따라, 그가 돌아오기만 기다리고 있는 것이다.

"……윽!"

눈물샘이 고장이라도 나버린 건지, 아까 그렇게 울었는데 또 눈물이 났다. 따뜻한 눈물이 흘러나왔다.

사쿠타는 그 눈물을 닦지도 않았다. 그리고 눈을 맞으면서 한 걸음씩 마이의 곁으로 돌아갔다. 한 걸음씩, 돌아가고 있었다.

이 장소에 도달하기 위해 지나온 여정을 떠올리면서…….

한 걸음, 한 걸음, 그 의미를 곱씹으면서…….

사쿠타는 마지막 한 걸음을 지면에 내디뎠다.

마이가 쓴 우산 아래에는 눈이 거의 쌓여 있지 않았다.

"……."

마이는 아직 아무 말도 하지 않았다. 입을 다문 채 사쿠타를 향해 우산을 기울였다.

"……."

마이의 시선은 무언가를 기다리고 있었다.

그녀가 기다리고 있는 게 뭔지는 알고 있다. 어린애라도 알 것이다. 소중한 이의 곁으로 돌아오면, 누구나 입에 담는 그 말을 기다리고 있는 것이다.

사쿠타는 눈물을 닦으며 고개를 들었다. 그리고 억지로 미소를 지으며…….

"다녀왔어요, 마이 씨."

……하고 말했다.

그러자, 마이는 천천히 미소 지었다.

"어서 와, 사쿠타."

마이는 상냥한 목소리로 사쿠타를 맞이해줬다.

제3장

첫사랑 소녀의 꿈을 꾸지 않는다

1

토스트를 굽는 맛있는 냄새가 났다.

프라이팬 위에서 치직치직 하는 소리를 내고 있는 것은 달걀 프라이일까.

슬리퍼 소리를 내며 누군가의 발소리가 사쿠타의 머리 위를 지나갔다. 그리고 커튼을 열어젖히는 상쾌한 소리가 들리더니, 눈꺼풀 너머로 빛이 느껴졌다.

발소리가 사쿠타에게 다가왔다.

누군가가 다가오는 기척이 느껴지더니, 이마를 두들겨 맞았다.

"열 시가 넘었으니까 이제 그만 일어나."

"이미 일어났다고요, 마이 씨."

사쿠타는 눈을 감은 채 대답했다.

"그럼 아침이 식기 전에 먹자. 나, 외출해야 해."

마이의 기척이 멀어져갔다. 사쿠타는 그런 그녀를 쫓아가려는 것처럼 눈을 뜨려 했다. 하지만 눈이 잘 떠지지 않았다. 어제 그렇게 울고, 자면서도 울었더니…… 눈물이 마르면서 속눈썹과 속눈썹이 붙어버린 것이다.

손가락으로 눈을 비비며 몇 번이나 눈을 깜빡인 후에야, 사쿠타는 거실 코타츠에서 기어 나와서 몸을 일으켰다.

"어디 가는데요?"

사쿠타는 그렇게 물었지만, 그 질문의 답은 이미 알고 있었다.

마이의 모습을 보고 바로 감이 온 것이다. 어찌된 영문인지, 마이는 교복을 입고 있었다. 미네가하라 고교의 교복이다. 지금, 블레이저 교복 위에 코트를 걸치고 있었다.

"학교."

마이는 짤막하게 대답했다.

"오늘부터 겨울방학인데요?"

그렇지 않다면 완전히 지각할 시간이다. 아니, 지각은 확정된 시간인 것이다.

"나, 촬영 때문에 어제 학교에 못 갔잖아. 그래서 성적표를 받으러 가는 거야."

"그럼 나도 같이 갈게요."

사쿠타는 그렇게 말한 후, 「하암~」 하고 크게 하품을 했다.

마이가 준비한 아침 식사를 먹은 후, 사쿠타는 서둘러 교복으로 갈아입고 마이와 함께 집을 나섰다.

"아직도 머리카락이 엉망이네."

후지사와 역으로 향하는 도중에 마이가 사쿠타의 머리카락을 손으로 빗어줬다. 하지만 그의 머리카락은 여전히 엉망이었다.

그런 사쿠타와 마이는 딱히 누가 제안을 하지도 않았지만,

맨션을 나온 이후부터 계속 손을 맞잡은 채 걷고 있었다.

남들의 눈에는 약간 들뜬 고등학생 커플 같아 보일 것이다.

너무 당당하게 행동해서 그런지, 지나가는 사람들은 『사쿠라지마 마이』를 알아보지 못했다.

어제 그렇게 눈이 내렸는데도, 후지사와 역으로 이어지는 길은 눈이 깨끗하게 치워져 있었으며, 도로와 보행로 구석에는 높이가 1미터 정도 되는 설산이 몇 개나 존재했다.

덕분에 사람도, 차도, 사람도 평소와 다름없는 페이스로 길을 오가고 있었다. 눈이 그대로 남아있는 곳은 인적이 드문 골목뿐이었다. 대로와 연결된 골목을 보니, 그곳에는 아직 아무도 밟지 않은 새하얀 눈이 10센티미터 가량 쌓여 있었다.

이 새하얀 눈을 보자, 어제 일이 생각났다.

사쿠타는 이제 눈이 내릴 때마다 그 일을 떠올릴 것이다. 이 눈보다 더 덧없이 녹아서 사라진 그녀를…… 쇼코 씨를…….

"……."

새하얀 눈에 정신이 팔려 있던 사쿠타의 볼에 느닷없이 차가운 무언가가 닿았다.

"우왓!"

사쿠타는 무심코 비명을 질렀다. 몸을 돌려보니, 살짝 뭉친 눈덩이를 손에 쥔 마이의 미소가 눈에 들어왔다.

"나중에 눈사람이라도 만들까?"

마이는 즐겁다는 듯이 그런 소리를 했다.

"마이 씨는 어린애네요."

"그런 소리 할 거야? 좋아. 나중에 혼자서 만들래."

"그럼 학교 운동장에서 만들까요?"

학교 운동장이라면 눈으로 뒤덮여 있을 테니, 꽤나 커다란 눈사람을 만들 수 있을 것이다.

"사쿠타도 만들고 싶나 보네."

마이도 딱히 눈사람을 만들고 싶은 건 아닐 것이다. 눈사람을 만드는 것 자체가 목적이 아니리라. 사쿠타와 마이는 평소처럼 행동하려 하지만, 그게 뜻대로 되지 않는데도…… 최대한 서로를 배려해주고 있었다.

두 사람이 나누는 대화에는 큰 의미가 없었다. 하지만 그 의미 없는 대화를 나누는 것 자체에 의미가 있었다. 두 사람이 그 점을 알고 있으면 된다. 알고 있다면, 둘 다 앞으로도 살아갈 수 있을 것이다.

눈에 익은 후지사와 역 인근의 경치는 평소와 다름없었다. 오전인데도 수많은 사람들이 있었다. 평소와 조금 다른 점은 학교가 겨울방학이라서, 평일인데도 휴일 같은 분위기가 조금 감돌고 있다는 점뿐이다.

그 점 이외에는 12월 25일답게 시끌벅적하기만 할 뿐, 딱히 특별한 분위기는 감돌지 않았다. 평소와 다름없는 크리스마스 같은 인상이었다.

어제, 사쿠타에게 있어서는 이 세상 전체를 뒤흔드는 듯한 커다란 사건이 일어났었다.

그 여운은 아직도 남아 있었다. 이 순간에도 마음의 수면은 거칠었다. 커다란 파도가 거친 소리를 내며 휘몰아치고 있었다. 그 점이 몸에도 영향을 주고 있는지, 아침에 일어나 보니 감기에 걸린 것처럼 몸이 나른했다. 초조함에 가까운 감각에 사로잡혔다. 그런데도 사쿠타는 아무렇지 않은 척을 하고 있었다.

그런 사쿠타의 심정과 달리, 마을은 평소보다도 더 평소 같았다.

사쿠타에게 무슨 일이 일어나건, 사쿠타가 무슨 짓을 하건, 이 세상은 전혀 영향을 받지 않는 것이다.

사람들은 아무 일도 없었다는 듯이 평소와 다름없었다.

백화점 앞에 존재하는 특설 매장에서는 산타클로스와 루돌프가 케이크를 반값에 팔고 있었고, 역의 플랫폼에 가보니, 정해진 시각에 맞춰 열차가 왔다.

사쿠타가 평생 흘릴 눈물을 전부 흘리든, 울부짖든, 이 세상은 전혀 영향을 받지 않는다. 그렇다. 세상은 그런 식으로 되어 있는 것이다.

사쿠타는 그게 매몰차다고 생각하지는 않았다.

세상이란 원래 그런 것이라고 생각하며 납득했다.

사쿠타 또한 생면부지의 남에게 일어난 일은 알아채지도 못한다. 알아채고, 연관이 되며, 당사자가 되면서, 눈에 보이는 경치가 타인과는 달라지는 것이다. 그러고서야 도달할 수 있는 감정이 존재하는 것이다.

누구나 그런 감정을 품으면서 하루하루를 살아가고 있다.

"아름다워."

옆에 앉아있는 마이가 그렇게 중얼거렸다. 마이는 고개를 돌려 창밖의 경치를 보고 있었다.

"마이 씨가요?"

"바다가 말이야."

마이는 무서운 표정으로 사쿠타를 노려보았다.

"아, 그래요. 확실히 예쁘네요."

"내가?"

"바다가요."

"흐음."

"물론 마이 씨는 어마어마하게 예쁘고요."

"아, 예. 그런가요."

"진심으로 하는 말이라고요."

사쿠타는 신경을 써달라는 듯이 마이를 쳐다보았다. 하지만 마이는 사쿠타를 쳐다보고 있지 않았다. 결국 사쿠타는 어쩔 수 없이 마이와 마찬가지로 바다를 쳐다보았다.

겨울 하늘 아래에 펼쳐진 해수면이 햇빛을 반사하며 반짝이고 있었다.

몇 번이나 봤던 경치다. 사쿠타에게 이곳은 통학로인 것이다. 매일같이 보고 있다. 하지만, 오늘 보는 바다는 과거에 본 바다와 달라 보였다.

평소보다 더 아름다워 보인 것이다.

그런 생각이 드는 것은 사쿠타가 삶을 선택했기 때문이리라.

옆에 마이가 있기 때문이리라.

어느새 당연하게 여기게 된 것의 가치가 이 순간, 평소와 달라 보였다.

당연한 것이 당연하지 않다는 사실을 알고, 사쿠타는 평소와 다르게 느끼고 있는 것이다.

열차는 바다를 따라 천천히 달리고 있었다. 그 느긋한 페이스가 사쿠타는 기분 좋게 느껴졌다. 주위의 경치를 바라보며 즐길 여유가, 상처투성이인 사쿠타의 마음을 감싸줬다.

브레이크 소리가 울려 퍼지면서, 열차가 멈춰 섰다.

사쿠타와 마이는 시치리가하마 역에서 내렸다.

자리에서 일어선 사쿠타는 마이의 손을 잡아끌면서 플랫폼으로 향했다.

"사쿠라지마 마이 아냐?"

열차 안에서 그런 목소리가 들렸나.

"말도 안 돼?! 본인이 맞는 거야?!"

"옆에 있는 애가 남친인가?"

"……좀 평범한 것 같지 않아?"

입구 쪽에 모여 있던 여고생 그룹이 마이를 알아본 것 같았다. 하지만 사쿠타는 뒤돌아보지 않았다. 사쿠타와 마이에 대해 계속 이야기하고 있는 것 같지만, 문이 닫히자 그녀들의 목소리가 들리지 않았다. 곧 열차가 달리기 시작하더니, 두 사람을 향한 시선 또한 카마쿠라 방면으로 사라졌다.

"사쿠타가 평범하게 보인다니, 보는 눈이 없네."

마이는 사쿠타와 손을 맞잡은 채 간이 개찰구에 교통카드를 댔다. 그런 그녀는 왠지 즐거워보였다.

"보는 눈이 있는 마이 씨에게는 어떻게 보이는데요?"

"……으음."

마이는 사쿠타를 향해 고개를 돌렸다. 그리고 잠시 동안 관찰을 하더니…….

"뭐, 얼굴은 평범할지도 몰라."

……하고 퉁명한 말투로 말했다. 하지만 곧…….

"사쿠타가 멋지다는 건 나만 알면 돼."

……하고 빠른 어조로 말했다.

마이는 멋쩍은지 서둘러 걸음을 옮겼다. 손은 여전히 맞잡고 있기에, 사쿠타는 그대로 끌려갔다.

"마이 씨."

"왜?"

"방금 그 말 한 번만 더 해줘요."

"그러면 사쿠타가 기어오를 거잖아."

"에이~."

"그런 면은 정말 꼴사납다니깐."

마이는 어깨 너머로 사쿠타를 쳐다보더니, 의기양양한 표정을 지으며 웃었다. 괴로운 표정을 짓고 있는 사쿠타를 즐겁다는 듯이 쳐다보고 있었다. 행복해 보였다. 그래서 사쿠타 또한 행복한 기분에 사로잡혔다. 이런 일을 되풀이해 나가다 보면, 둘이서 함께 행복해질 수 있으리라…….

특별한 무언가를 원하는 게 아니라, 별것 아닌 일상 속에서 무심코 미소를 짓게 되는 순간을 찾아내는 것. 그것이 중요하다고 사쿠타는 생각했다.

그 정도라면 자신도 할 수 있을 것 같았기에, 안심이 되었다.

건널목을 지난 두 사람은 반쯤 열린 교문을 통해 학교 부지 안으로 들어갔다.

학교 건물로 이어지는 길에 쌓인 눈은 깨끗하게 치워진 상태였다. 아마 운동부가 훈련을 겸해서 치웠으리라. 그 와중에 눈싸움이라도 했는지, 주위에는 눈덩이의 잔해가 몇 개나 굴러다녔다.

두 사람은 입구를 통해 안으로 들어갔다.

"사쿠타는 딴 데서 시간을 보내."

마이는 사쿠타의 손을 놓더니, 교무실이 있는 2층으로 올라가려 했다.

"나도 같이 갈게요."

"애인을 데리고 선생님을 만나러 갈 수는 없잖아."

"마이 씨와 떨어지고 싶지 않은데요."

"금방 끝날 거니까, 얌전히 기다리고 있어."

마이는 딱 잘라 그렇게 말하더니, 그대로 교무실로 향했다.

"어디서 시간을 보내지……."

사쿠타는 그렇게 중얼거리면서 물리실험실로 향했다.

사쿠타가 문에 손을 대보니, 잠겨있지 않았다.

그래서 불이 꺼져 있는데도…….

"후타바?"

……하고 사쿠타는 말하면서 문을 열었다.

겨울방학인데도 불구하고, 리오는 물리실험실에 있었다. 평소와 마찬가지로 흰색 가운을 걸치고, 실험 테이블 앞에 서있었다.

"……."

리오는 사쿠타의 얼굴을 보더니, 시험관을 손에 든 채 그대로 얼어붙었다.

"왜 유령이라도 본 것 같은 표정을 짓는 거야?"

사쿠타는 안으로 들어간 후, 손을 등 뒤로 돌려서 문을 닫았다. 스토브 때문에 따뜻하게 데워진 공기가 기분 좋았다. 마음이 편해졌다.

방 안과는 달리, 창밖의 운동장은 눈으로 뒤덮여 있었다. 눈이 반사한 햇빛이 물리실험실 안을 밝게 비추고 있었다.

"아즈사가와……."

작게 벌린 리오의 입에서 여린 목소리가 흘러나왔다. 사쿠타가 그 말에 대답하기도 전에, 리오는 허리와 다리가 풀리더니 물리실험실 바닥에 주저앉았다. 하반신에서 힘이 전부 빠진 것처럼 부자연스럽게 바닥에 앉은 것이다.

"어, 어이."

사쿠타는 그 광경을 보더니 깜짝 놀라면서 리오에게 다가갔다.

"후타바, 괜찮아?"

사쿠타는 리오 앞에서 몸을 웅크리더니, 그녀가 들고 있던 시험관을 넘겨받았다. 안에 아무 것도 들어있지 않았지만, 깨지기라도 하면 위험하니, 실험 테이블에 있는 시험관 꽂이에 넣어뒀다.

"……않아."

그 사이, 리오가 무슨 말을 한 것 같지만, 목 깊숙한 곳에서 흘러나온 그녀의 목소리는 제대로 알아들을 수가 없었다.

"후타바?"

사쿠타가 주저앉은 리오의 표정을 쳐다보려고 한 순간…….

"괜찮지 않아!"

……하고, 리오가 외치며 고개를 들었다.

그런 리오의 눈에는 커다란 눈물방울이 흘러내리고 있었다. 사쿠타가 그런 그녀에게 해줄 수 있는 말은 딱 하나 뿐이었다.

"걱정 끼쳐서 미안해."

"괜찮지 않아……!"

리오는 사쿠타의 무릎 언저리를 향해 살며시 말아 쥔 주먹을 휘둘렀다. 하나도 아프지 않았다. 하지만 그런 리오의 항의가 사쿠타에게 강렬한 죄책감을 느끼게 했다. 가슴이 옥죄어드는 것처럼 괴로웠다.

하지만, 리오가 느꼈던 불안에 비하면, 이 정도는 아무 것도 아니리라.

"정말 미안해."

사쿠타는 다른 좋은 방법이 생각나지 않았기에, 미안하다는 말만 반복했다.

"하나도, 괜찮지 않아……!"

리오는 몇 번이나, 몇 번이나, 사쿠타를 때렸다.

"두 번 다시, 만나지 못할 줄 알았어……. 그렇게 생각했단 말이야……. 아즈사가와라면 분명, 자기 자신을 희생할 거라고 생각했어."

"그랬구나……."

그것은 사실이다. 사쿠타는 한 번 그렇게 했다. 하지만 사쿠타는 사고를 당하지 않았다. 아니, 당할 수 없었다. 마이가

구해줬던 것이다. 마이가 대신 사고를 당했던 것이다…….

그리고 그 최악의 사태를 바꾸기 위해, 사쿠타가 미래에서 찾아왔고…… 이렇게 현재에 도달했다.

"하지만, 어제 아무 연락도 없었어……. 아무도 아즈사가와가 사고를 당했다고 하지 않고, 인터넷이나 뉴스에서도 아즈사가와가 사고를 당했다는 소식이 없었으니까…… 어쩌면 살아있을지도 모른다고 생각했어. 하지만 아침까지 기다렸는데도, 아즈사가와는 나한테 연락을 안 했잖아!"

리오는 우는 모습을 숨기려고도, 눈물을 닦으려고도 하지 않으며, 사쿠타를 향해 마음속에 있는 말을 전부 토해냈다. 평소의 리오답지 않았다. 담담하게 논리적으로 이야기할 때의 차분함은 눈곱만큼도 느껴지지 않았다. 감정에 따라, 자신의 생각을, 말을 통해 있는 그대로 토해내고 있었다.

그런 리오를 본 사쿠타는 마음이 따뜻해지는 것을 느꼈다. 리오의 입에서 나오는 말은 화를 내고 있는 것처럼 들렸고, 그녀가 품은 감정은 전부 자신에 대한 비난처럼 느껴졌다. 하지만 리오가 휘두르는 주먹에는 사쿠타를 상처 입히려는 뜻이 전혀 어려 있지 않았다.

"다행이야……."

안도 섞인 표정을 짓고 있는 리오의 얼굴에는 눈물이 하염없이 흘러내리고 있었다. 그 눈물은 리오가 걸친 흰색 가운을 적시고 있었다.

"아즈사가와가 살아있어서 다행이야……."

리오는 그렇게 말하며 웃었다.

"자."

사쿠타는 실험 테이블 위에 있던 휴지 곽을 통째로 리오에게 내밀었다.

리오는 안경을 벗더니, 이제야 우는 모습을 사쿠타에게 보여준 것이 부끄러워졌는지…….

"이쪽 쳐다보지 마."

……하고 말하면서 눈물을 닦았다.

곧 눈물을 그친 리오는 안경에 묻은 이슬을 닦더니, 안경을 다시 썼다. 눈과 코끝이 새빨개진 얼굴로 사쿠타를 쳐다보았다.

"어제, 무슨 일이 있었던 거야?"

"너무 많은 일이 있어서…… 뭐부터 이야기해야 할지 모르겠어."

"칠판의 저건?"

리오가 가리킨 것은 복잡한 수식과 그래프 사이에 적혀 있는 눈에 익은 메시지였다.

—눈치채줘, 후타바.

딱 하나만 필적이 달랐다. 눈에 익은 게 낭연했다. 사쿠타가 어제 적은 것이니까 말이다…….

"아즈사가와가 쓴 거지?"

"그래."

"이것도 네가 보낸 거지?"

리오가 사쿠타에게 보여준 것은 스마트폰 화면이다. 미송신 박스에 보존되어 있던 『사쿠라지마 선배』에게 보낸 메일이다. 그 메일에는…….

—사쿠타예요.

……라는 짤막한 메시지만 적혀 있었다.

"어제는……."

사쿠타는 말을 이으려 했지만, 말문이 막혔다. 어른 쇼코를 향한 마음이 가슴을 가득 채운 탓에 목소리가 잘 나오지 않았다. 눈물이 터져 나올 것만 같았다. 하지만 사쿠타는 크게 숨을 쉬면서 어찌어찌 참았다.

"어제는, 내가 해야만 하는 일을 했어……."

사쿠타는 그렇게 말하면서 몸을 일으켰다. 그리고 자신을 올려다보는 리오의 두 손을 잡더니, 잡아당겼다. 리오는 어찌어찌 일어났지만, 손을 놓으면 또 주저앉아버릴 것만 같았다. 사쿠타는 그런 리오를 의자에 앉혔다.

그 후, 사쿠타는 자신이 한 일을 되짚어보듯, 이야기를 시작했다.

사쿠타는 며칠 후의 미래를 체험했다.

그리고 그것은 자신이 일으킨 사춘기 증후군이었다.

자신이 약해빠진 탓에, 과거를 돌이킬 기회를 얻었다…….

그리고 사쿠타는 결심했다.

자신의 결심이 자아내는 의미를 포함해, 사쿠타는 리오에게 전부 이야기해줬다.

있는 그대로, 솔직하게 리오에게 전했다.

리오는 끝까지 아무 말 없이 이야기를 듣고 있었다. 때때로 숨소리를 내기는 했다. 하지만, 사쿠타가 이야기를 편하게 이을 수 있도록 맞장구를 쳐준 것에 가까웠다.

리오는 이야기를 끝까지 들은 후에도 입을 열지 않았다.

비커에 물을 담아서 철망에 놓더니, 알코올램프에 불을 붙였다. 그리고 물이 끓을 때까지 기다린 후, 인스턴트커피를 끓였다.

리오는 자신이 마실 커피를 평소 애용하는 머그잔에 따랐지만, 사쿠타는 여전히 방금 물을 끓이는데 쓴 비커로 커피를 마셔야 했다. 두 사람은 진한 커피를 한 모금 마셨다.

쓴맛이 입안에 퍼져나가더니, 코를 통해 몸 밖으로 빠져나갔다. 목을 타고 지나가는 따뜻한 기운을 느끼며 안도하고 있을 때, 리오가 드디어 입을 열었다.

"그랬구나."

그녀는 짤막하게 대답했다.

사쿠타의 행동을 긍정하지도, 부정하지도 않았다. 격려나 위로도 하지 않았다. 그저, 이해했다는 사실을 사쿠타에게 전하기 위해 그렇게 말한 것이다. 사쿠타는 그런 리오가 내

심 고마웠다.

그리고 쓰디쓴 커피를 다 마실 때까지, 사쿠타와 리오는 아무 말도 하지 않았다.

두 사람 다 이 상황에서 무슨 말을 해야 할지 짐작조차 되지 않았다. 전해야 할 말은 이미 전부 리오에게 전했다. 사쿠타가 할 말은 이제 없다.

그렇기에, 비커에 든 커피를 다 마신 사쿠타가 몸을 일으켰다.

"아즈사가와."

"응?"

"나는 아즈사가와가 살아있어서 정말 다행이라고 생각해."

"……."

"진심으로 다행이라고 생각해."

"……그렇구나."

사쿠타는 그렇게 대답할 수밖에 없었다. 이렇게 말해주는…… 이렇게 생각해주는 리오에게 보답하고 싶다는 마음이 가슴 속에서 샘솟고 있지만, 그 마음을 말로 표현하려 했다간, 울음을 터뜨릴 것 같아서 참았다.

"내가 할 말은 그게 다야."

리오는 무뚝뚝하게 그렇게 말하더니, 창밖을 쳐다보았다. 그런 그녀의 눈길이 뭔가를 눈치챘다.

"……저 사람, 사쿠라지마 선배 맞지?"

의자에서 일어선 리오가 창가로 향했다. 그리고 잠금장치를 열더니, 창문을 열었다.

차가운 바람이 안으로 흘러들어왔다.

사쿠타는 리오의 옆에 서더니, 그녀와 함께 운동장을 쳐다보았다.

운동장은 새하얀 눈으로 뒤덮여 있었다.

작년에는 이렇게 눈이 내리지 않았다. 그래서 사쿠타는 미네가하라 고교의 교정이 눈으로 뒤덮인 광경은 오늘 처음 보았다.

눈 때문에 야구부와 축구부의 연습은 중단됐는지, 넓은 운동장에는 사람이 딱 한 명만 있었다.

그 사람은 바로 마이였다.

그녀는 그 누구의 발자국도 남아있지 않은 새하얀 운동장을 한 걸음씩 신중하게 나아가고 있었다. 눈 때문에 발을 헛디뎌 휘청거리면서도, 양손으로 균형을 잡으면서 한가운데에 도착했다. 그런 마이는 왠지 즐거워보였다.

마이는 몸을 웅크리더니, 눈을 만졌다.

"사쿠라지마 선배, 대체 뭐하는 거야?"

리오는 소박하기 그지없는 의문을 입에 담았다.

옆에 있던 사쿠타는 창문틀에 발을 얹었다.

"영차."

그리고 그렇게 외치면서 창틀을 뛰어넘더니, 밖으로 나갔다.

"아즈사가와?"

"눈사람을 만드는 거야."

"뭐?"

리오는 영문을 모르겠다는 반응을 보였다.

"후타바도 같이 만들래?"

사쿠타가 그렇게 말하자, 리오는 근처에 있는 사쿠타와 운동장에 있는 마이를 번갈아 쳐다보았다. 그리고 그녀는 뭔가를 납득한 것처럼 미소를 지었다.

"추우니까 됐어."

그렇게 말한 리오는 창문을 닫았다. 그녀가 유리 너머에서 무슨 말을 했지만, 잘 들리지 않았다.

하지만 무슨 말을 한 건지는 표정만 봐도 알 수 있었다.

—방해하고 싶지 않으니까 관둘래.

아마 그런 말을 한 것이리라.

2

사쿠타와 마이는 잔뜩 시간을 들여 총 세 개의 눈사람을 만들었다. 80센티미터 남짓 되는 눈사람 두 개는 사쿠타와 마이가 경쟁하듯 만든 것이며, 사쿠타의 키만 한 가장 큰 눈사람은 둘이서 눈공을 굴려서 만들었다.

이렇게 크니 둘이서 머리 부분을 몸통 부분에 올리는 것은 불가능했고, 결국 물리실험실에 있는 리오를 불러서 도와달라고 했다. 하지만 셋이서도 직경 70센티미터 정도 되는 눈을 들어 올릴 수가 없었기에, 부활동 도중에 휴식을 취하고 있던 유마까지 불러와 넷이서 힘을 합쳐 눈사람을 완성했다.

딱히 별다른 의미가 있는 것은 아니다. 무리라면 포기하면 됐겠지만, 완성된 거대한 눈사람을 보니, 불가사의한 달성감이 느껴졌다.

눈사람은 건물 입구 옆에서 학생들을 지켜보고 있었다.

그런 눈사람을 스마트폰 카메라로 찍고 있는 마이 또한 왠지 만족스러운 표정을 짓고 있었다.

학교를 나선 마이는 열차 안에서 방금 찍은 사진을 살펴보더니, 즐거워하면서 사쿠타에게 한 장 한 장 보여줬다.

사쿠타와 마이와 눈사람이 함께 찍힌 사진. 유마, 리오와 함께 찍은 사진도 잔뜩 있었다. 별다른 의미는 없지만, 사진들은 하나같이 괜찮은 분위기를 지니고 있었다…….

"왠지 고등학생이 된 것 같네."

엄연한 고등학생인 마이는 모순되는 발언을 했다. 하지만 사쿠타 또한 그 의견에 동의하고, 동감했다.

"맞아요."

고등학생이라는 이미지에 딱 맞는 짓이라는 느낌이 들었다. 청춘 드라마에 나와도 이상하지 않을 것 같은 추억의

한 페이지다. 그런 모습이 사진 안에 담겨 있었다.

사진을 한 장 한 장 살펴보는 사이, 사쿠타와 마이를 태운 열차가 후지사와 역에 도착했다.

개찰구를 나서고 JR 역사로 이어지는 연결통로를 걷고 있을 때, 사쿠타는 갑자기 발걸음을 멈췄다.

마이 또한 뒤늦게 그 사실을 눈치채고 마이를 돌아보았다.

"사쿠타?"

"저 개……."

사쿠타의 눈은 통로 구석에서 몸을 웅크리고 있는 대형견을 향하고 있었다. 래브라도 리트리버 같았다.

그 개의 옆에는 연녹색 스태프 점퍼를 걸친 40대 여성과 20대 여성이 길을 가는 사람들에게서 맹도견 육성을 위한 모금을 부탁하고 있었다.

사쿠타는 예전에도 이 자리에서 모금 활동을 하고 있는 저 사람들을 본 적이 있었다. 통로 구석에서 몸을 웅크리고 있는 래브라도 리트리버도 봤다.

하지만 이렇게 멈춰선 것은 오늘이 처음이다.

사쿠타는 지갑 안에 있던 잔돈을 전부 꺼냈다. 전부 다 합치니 200엔 정도 되었다.

그는 그것을 쥐고 40대 여성에게 다가가더니…….

"저기, 받아주세요."

……하고 말했다.

"협력해주셔서 감사합니다."

사쿠타는 자신을 향해 내밀어진 모금함에 200엔 정도 되는 동전들을 넣었다.

"어머, 많네요."

그 여성은 빙긋 미소 지었다.

"소리만 요란하지 금액은 얼마 안 돼요."

사쿠타가 쓴웃음을 짓자…….

"관심을 가져준 것만으로도 감사해요."

그녀는 진심어린 표정으로 그렇게 말했다. 사쿠타의 뒤편에서는 수많은 이들이 그저 가던 길을 계속 가고 있었다.

"이 애도 기뻐하네요."

옆에 있던 리트리버는 커다란 꼬리를 좌우로 한 번 흔들며 동그란 눈동자로 사쿠타를 올려다보고 있었다. 그 순수한 눈을 보자, 사쿠타는 왠지 죄책감이 느껴졌다.

순수한 선의로 모금을 하자고 생각한 게 아닌 것이다.

사쿠타는 그 점을 자각하고 있었다.

마이와 함께 살아가는 길을 선택했다. 쇼코의 미래를 선택하지 않았다.

모금을 하게 된 이유는 그 선택에서 비롯된 죄책감 때문이었다.

착한 일을 했으니까 용서해줬으면 한다.

착한 일을 했으니까 어린 쇼코의 병을 고쳐줬으면 한다.

공평하지 않은 교환조건이지만, 어딘가에서 이 모습을 보고 있을 신에게 호소한 것이다.

옆에서는 마이도 모금을 하고 있었다.

"어, 거짓말…… 본인?!"

20대 여성은 『사쿠라지마 마이』를 알아보더니, 악수를 요청했다. 마이는 그 악수를 받아줬다.

"이 애를 쓰다듬어도 될까요?"

"예. 착한 아이니까 칭찬해 주세요."

마이는 리트리버의 머리를 쓰다듬어줬다. 그러자 리트리버는 눈을 감으며 기분 좋은 듯한 표정을 짓고 있었다.

"어, 저 사람은……."

주위에 있는 이들이 『사쿠라지마 마이』를 알아보기 시작했을 즈음, 사쿠타와 마이는 맹도견의 곁에서 떨어졌다. 그리고 JR 역사에 들어가더니, 역의 반대편으로 향했다. 곧 그들은 사람들 사이에 몸을 숨겼다.

"마음이 복잡하네."

앞을 바라보며 걸음을 옮기던 마이가 그렇게 말했다. 그것이 사쿠타에게 한 말인지는 알 수 없었다. 어쩌면 단순한 혼잣말일지도 모른다.

"맞아요."

마이가 동의를 원하는 것 같지는 않지만, 사쿠타는 대답을 했다. 마이와 같은 심정이었던 것이다.

누군가의 도움을 필요로 하는 사람이 있다. 얼굴도 모르고, 만나본 적도 없는 사람이다. 그래서 지금까지는 남의 일처럼 여겼다. 눈에 들어오더라도, 자신과는 상관없다고 생각하며 개의치 않았다.

하지만, 심장 제공자를 기다릴 수밖에 없는 어린 쇼코와 만나고, 인연을 맺으면서, 앞으로는 그럴 수 없다는 사실을 깨달았다. 곤란한 상황에 처한 사람, 도움을 필요로 하는 사람은 어쩌면 미래의 자신일지도 모른다는 사실을, 사쿠타는 쇼코와 만나고 안 것이다.

그래서 마이는 마음이 복잡하다고 말했다. 쇼코가 위중한 병에 걸렸기 때문에, 사쿠타와 마이는 이 감정을 깨달을 수 있었던 것이다……. 눈치채서 기쁘기는 하지만, 쇼코를 생각하니 마냥 기뻐할 수는 없었다. 그래서 마음이 복잡한 것이다.

하지만 사람은 이런 형태로만 이 감정을 깨달을 수 있을 거라고 생각한다.

더 간단히 깨닫는다면, 저 리트리버 또한 묵묵히 자기 갈 길을 가는 사람들을 저 동그란 눈망울로 쳐다보지 않아도 될 것이다.

장기 기증자 또한 더 많아질지도 모른다. 어린 쇼코는 더 빨리 수술을 받고, 이미 건강을 되찾았을지도 모른다.

하지만 세상은 그렇게 간단하지 않았다.

자신도 모르는 사이에, 눈치챌 기회도 얻지 못한 채, 그저 흘러가버리고 마는 것이다. 그리고 흘러갔다는 사실조차 모른다.

그건 누군가의 잘못이 아니다. 누군가의 탓도 아니다. 그저, 인간은 그렇게 편리하게 만들어져 있지 않은 것이다. 사쿠타 또한 당사자가 되고서야 눈치챘다.

누구나 이제부터 해야만 할 일, 하고 싶은 일이 있으며…… 그것을 하기 위해 최선을 다하고, 열중하며, 몰두한다.

내일까지 해야 하는 숙제와 일이 있을지도 모른다. 친구들과의 이야기에 끼기 위해 봐야만 하는 동영상이 있을지도 모른다. 메시지에 꼭 답장을 해야 할지도 모른다. 저녁거리를 사러 외출해야 할지도 모른다. 방을 청소하지 않으면 부모님에게 혼날지도 모른다.

목숨에 비하면, 전부 사소한 문제다. 하지만 당사자에게 있어서는 큰 문제도 작은 문제도 아니며, 무시할 수 없는 문제로서 각자의 마음속에 존재한다. 인간이란 생물은 우선 그런 것과 마주해야만 한다.

다들 타인을 배려할 수 있게 된다면, 오히려 그게 더 무서울 것 같았다. 70억 명이 70억 명을 생각하면서 살다 보면 피곤할 뿐만 아니라, 너무 바빠서 머리가 제대로 돌아가지 않을 것이다.

그러니, 사쿠타는 사쿠타가 할 수 있는 일, 해야만 하는 일을 할 것이다.

과도한 기대는 하지 않으며, 그리고 절망 또한 하지 않으며…….

그것만 알면, 어찌어찌 해나갈 수 있다.

그리고 이 순간에 해야 할 일은 정해져 있다.

"저기, 마이 씨."

사쿠타는 걸음을 멈추더니, 마이에게 말을 걸었다.

"응?"

"돌아가기 전에 할 일이 있는데요."

"쇼코 양 병문안을 가려는 거지? 나도 같이 갈게."

사쿠타와 함께 멈춰서 있던 마이가 앞장서듯 걸음을 내디뎠다. 사쿠타가 옆에 서자, 마이는 자연스럽게 그와 손을 맞잡았다.

사쿠타는 301호실이라고 적힌 병실의 문에 노크를 했지만, 대답이 들려오지 않았다.

"……들어갈게."

사쿠타는 그렇게 말한 후, 슬라이드식 문을 열었다.

어둑어둑한 병실 안은 정적으로 가득 차 있었다. 정적이 소리가 되어 들려왔다. 소그마한 냉장고가 돌아가는 소리가 들렸다. 귀 안쪽에 울려퍼지는 듯한 소리가 들렸다. 자신의 발소리와, 옷깃 스치는 소리, 그리고 숨소리가 명확하게 들렸다.

불은 켜지지 않았고, 커튼도 쳐졌다. 침묵을 지키는 이 방 안의 공기는 왠지 오래된 듯한 분위기를 자아내고 있었다. 마치 이 병실이 과거에 고립되어 있는 것만 같았다.

쇼코는 침대 위에 없었다. 지금은 중환자실에 있을 것이다. 특별한 일이 없는 한, 가족 이외에는 쇼코를 면회할 수 없다.

아무도 없는 병실에는 쇼코 대신 깨끗하게 래핑이 된 상자 세 개, 그리고 리본이 묶인 곰 인형이 놓여 있었다. 부모님과 이 병원 사람들이 쇼코에게 준 크리스마스 선물인 것 같았다.

"깜빡했네."

사쿠타는 어제까지 12월 25일을 살아서 맞이할 수 있을지도 알지 못했다. 마이의 죽음을 경험할 때까지는 오늘을 맞이하지 못할 거라고 생각했다. 그래서 선물까지는 생각이 미치지 않았고, 그럴 여유도 없었다.

"쇼코 양, 빨리 건강해졌으면 좋겠네."

마이는 쓰러진 곰 인형을 베갯머리에 앉혀뒀다.

"동감이에요……."

건강을 되찾아서 퇴원한다면, 하야테를 데리고 또 사쿠타의 집에 놀러와 줬으면 한다. 나스노와 하야테를 씻기려다 물을 뒤집어쓰는 것 같은 그런 별것 아닌 일들을 하며 웃을 수 있다면 정말 기쁘겠다는 생각이 들었다.

쇼코가 수술을 받을 기회를 자기 손으로 없애놓고, 이런 생각을 하는 것은 염치없는 짓일지도 모른다. 쇼코가 건강해지기를 바라는 것 또한 이기적인 생각이라는 것은 알고 있다.

하지만, 관둘 수 없다.

누가 무슨 소리를 하더라도 관둘 수 없다.

쇼코의 병이 낫기를 진심으로 바라고 있다. 기원하고 있다.

오늘도, 눈사람을 만들면서 사쿠타는 기원했다.

—마키노하라 양을 구해주세요.

……하고 말이다.

이것 또한 사쿠타의 진심어린 마음이다. 쇼코의 생명을 구할 수 있다면 구하고 싶다. 사쿠타에게는 쇼코를 구할 수단도 있었다. 하지만, 그것은 사쿠타가 절대 취할 수 없는 수단이었다. 그 수단을 사용하면 마이를 행복하게 해줄 수가 없는 것이다.

그런 마이는 사이드 테이블에 놓인 무언가를 쳐다보고 있었다.

"마이 씨?"

"이거 좀 봐."

마이가 사쿠타에게 보여준 것은 한 장의 종이였다. 학교에서 나눠줄 법한 갈색 프린트 용지였다. 전에도 몇 번 본 적이 있는 『장래 스케줄』 프린트다.

어린 쇼코가 초등학교 4학년 때, 수업 시간에 쓴 것이다. 하지만 병 때문에 미래가 막히고 만 쇼코는 차마 끝까지 적지 못했다고 말했다.

심장 이식 수술을 받지 못하면 중학교 졸업 때까지도 살기 어려울지 모른다고 의사 선생님에게 들었으니, 그러는 것도 당연했다.

고등학생이 된 자신, 대학생이 된 자신…… 어른이 된 자신을, 쇼코는 상상할 수가 없었다.

사쿠타는 그 『장래 스케줄』 프린트를 쳐다보았다. 그리고 거기에 적힌 내용을 읽어보았다.

"……어?"

바로 그 순간, 사쿠타는 위화감을 느꼈다.

이상했다.

프린트에 적힌 내용이 사쿠타의 기억하는 것보다 줄어 있었다.

그 프린트에는 중학생 때까지의 장래 스케줄까지만 연필로 적혀 있었다. 중학교 졸업 직전까지만 적혀 있었던 것이다.

일전에 사쿠타가 봤을 때는 대학생 때까지 적혀 있었으며, 쇼코는 그것 때문에 사쿠타와 상의를 했다. 자기가 적지 않았던 내용이 적혀 있다면서…….

그것은 쇼코의 착각이 아니었다. 사쿠타가 처음에 이 프린트를 봤을 때는 고등학생 항목까지만 적혀 있었다. 하지만 그 후에 다시 봤을 때는 대학생 항목까지 적혀있었던 것이다.

그리고 그 흔적은 지금 사쿠타가 보고 있는 프린트에 고스란히 남아 있었다.

대학생 란까지 적혀 있었지만, 지우개로 지운 것이다. 아직 희미하게 글자가 남아 있었으며, 읽을 수도 있었다.

—중학교 졸업.

—바다가 보이는 고등학교에 입학!(미네가하라 고교에 다니고 싶어!)

—운명의 남성과 만남.

—힘차게 고등학교를 졸업!

—대학에 입학.

—운명의 남성과 재회.

—과감하게 고백!

사쿠타는 지우개로 지운 듯한 내용이 전부 눈에 익었다.

하지만 왜 지워진 것인지는 알 수가 없었다.

무슨 일이 일어난 건지도 모르겠다.

하지만 지워진 문자를 본 사쿠타는 쇼코의 미래가 지워진 듯한 느낌이 들면서 가슴이 옥죄어 들었다. 매일같이 씩씩하게 웃고 있던 어린 쇼코의 모습이 머릿속에 떠올랐다. 부모님과 사쿠타가 걱정하지 않도록, 불안을 미소로 감추던 그 모습이……. 조그마한 몸으로 불안과 싸우던 쇼코를 떠올리자, 안타까운 마음이 사쿠타의 눈물샘을 가득 채웠다. 그리고 눈물샘을 가득 채운 그 감정이 금방이라도 흘러나올 것만 같았다. 하지만 이것이 사쿠타가 선택한 미래다. 마이의 앞에서…… 쇼코의 병실에서 울 수는 없다.

"마실 걸 사올게요."

사쿠타는 그렇게 말하면서 마이에게 프린트를 넘겨준 후, 혼자서 병실을 나섰다.

사쿠타는 고개를 살며시 든 채 아무도 없는 복도를 걸었다.

형광등이 두 개씩 설치되어 있는 천장이 눈에 들어왔다.

이유 없이 그 숫자를 세다보니, 눈물이 멎었다. 엘리베이터를 타고 1층으로 내려온 사쿠타는 가능한 한 먼 곳에 있는 자동판매기를 향해 걸어갔다.

매점 옆에 있는 자판기 코너에 도착했을 즈음에는 사쿠타의 마음이 꽤 진정되었다.

그는 지갑에서 천 엔짜리 지폐를 꺼내 삽입구에 넣었다.

사쿠타는 우선 마이가 마실 따뜻한 밀크티를 골랐다.

그리고 자신이 마실 파란색 라벨이 붙은 스포츠 드링크를 샀다. 500밀리리터 페트병이 덜컹 하는 소리를 내며 굴러나왔다.

마이는 자기 몫도 사온 사쿠타를 칭찬해줄까. 자기가 광고를 맡았던 스포츠 드링크를 사온 사쿠타를 보고 웃음을 터뜨릴까. 사쿠타는 마이의 반응을 상상하면서 자동판매기에서 음료를 꺼내려 했다.

하지만 그 순간, 그의 손등에 무언가가 떨어졌다.

"어?"

느닷없이 그런 일이 벌어지자, 사쿠타는 엉뚱한 소리를 냈다. 무심코 손을 뒤집어 보면서 그게 뭔지 확인했다. 그러는 사이, 투명한 물방울이 사쿠타의 손에 떨어졌다.

그 뒤를 이어 몸속 깊은 곳이 안도감에 가까운 감정으로 가득 차는 것이 느껴졌다. 마이를 위해 음료수를 사고, 그녀가 광고를 찍었던 스포츠 드링크를 샀을 뿐인데……. 병실에 있을 마이의 반응을 좀 기대했을 뿐인데……. 그런 흔한 일상이, 사쿠타에게 조그마한 행복을 안겨주며 눈물을 흘리게 했다.

자신이 이것을 흔한 일상이라 느낄 수 있다는 사실에 눈물이 났다. 상냥하게 몰려오는 따뜻한 감정이 어느새 사쿠타의 몸을 감쌌다. 이런 걸 견딜 수 있을 리가 없다. 행복의 눈물이 멎지를 않았다. 참을 수가 없다. 참을 필요도 없는 것이다…….

사쿠타는 페트병을 꺼내지도 못한 채, 자판기에 기대듯 몸을 웅크렸다. 그리고 어깨를 부들부들 떨며 울었다. 남에게 걱정을 끼칠 수도 없기에, 목소리를 죽인 채…… 온몸을 감싼 상냥함이 진정될 때까지 기다릴 수밖에 없었다.

사쿠타는 그제야 눈치챘다.

그것은 매우 단순한 대답이었다.

"나는, 이미 행복하구나……."

이런 식으로 울 수 있는 인간이 되었으니까…….

그 사실 때문에, 또 눈물이 났다.

"나는…… 이미…… 행복해……!"

목소리가 갈라질 대로 갈라졌지만, 그래도 사쿠타는 자기 자신에게 말해주고 싶었다. 몇 번이든 말해주고 싶었다.

자신의 곁에 있는 사소한 행복을 눈치챈다.

이미 움켜쥐고 있는 사소한 행복을 눈치챈다.

그것이야말로, 행복이라는 사실을…… 사쿠타는 몇 번이든 자기 자신에게 말해주고 싶었다.

도중에 잠시 딴 곳에 들렀던 사쿠타가 301호실의 병실에 돌아와 보니, 병실을 나서고 어느새 30분 넘게 지났다.

사쿠타는 밀크티와 스포츠드링크, 그리고 한손으로 들 수 있는 사이즈의 조그마한 눈사람을 들고 있었다.

"자, 마이 씨 몫이에요."

사쿠타는 우선 마이에게 밀크티를 건넸다. 완전히 식어버렸지만, 그리고 돌아오는데 한참 걸렸지만, 마이는 아무 말도 하지 않았다. 그저 사쿠타의 손을 쳐다보며…….

"쇼코 양에게 주는 크리스마스 선물이야?"

……하고, 눈사람에 관해서만 물어봤다. 사쿠타의 얼굴을 보면 그가 울었다는 걸 대번에 알 수 있을 것이다. 하지만 그녀는 눈치채지 못한 척을 하고 있었다.

눈사람은 텅 비어 있는 냉동고에 넣어뒀다. 일단 『눈사람 들어있음』이라고 적은 메모지를 냉동고에 붙여뒀다. 아무 것도 모르는 쇼코의 어머니와 간호사가 냉동고를 열어보고 놀라기라도 하면 안 되니까 말이다.

마이가 밀크티를 한 모금 마시자, 사쿠타도 페트병의 뚜껑을 열었다. 뚜둑 하는 소리가 들렸다. 눈으로 수분을 꽤나 흘렸기 때문인지, 단숨에 절반 정도 마셔버렸다.

"나한테서 받고 싶은 상은 없어?"

마이는 약간 어이없다는 듯한 표정을 지으며 물었다.

"쭉 함께 있어주세요."

"그런 걸로 괜찮은 거야?"

마이는 왠지 재미있다는 듯이 웃음을 흘렸다.

3

병원을 나선 사쿠타와 마이는 집으로 돌아가는 길에 슈퍼마켓에 들렀다. 병원을 나선 직후…….

"아, 냉장고에 아무 것도 없었어."

마이가 문뜩 생각난 것처럼 그렇게 말했던 것이다.

며칠 동안 먹을 식재료를 두 봉투에 나눠서 담은 후, 커다란 봉투는 사쿠타가, 조그마한 봉투는 마이가 들었다. 그리고 두 사람은 남은 손을 맞잡고 집으로 향했다.

맨션 앞에 도착하자, 마이는 자연스러운 발걸음으로 사쿠타를 따라오더니, 함께 엘리베이터를 탔다. 이대로 사쿠타의 집에 갈 생각인 것 같았다. 사쿠타는 딱히 거절할 이유가 없었기에 그저 잠자코 있었다.

이대로 가면 저녁에는 마이가 직접 만든 음식을 맛볼 수 있을 것 같았다.

사쿠타는 들뜬 마음을 품으며 현관문을 열었다. 바로 그 순간, 사쿠타는 마이를 집에 데려온 것을 약간 후회했다.

눈에 익은 이 집의 현관에는 눈에 익지 않은 신발이 놓여 있었다. 현관에 대충 벗어둔 것은 아침까지는 없었던 카에데의 신발이었다. 그 외에도 신발이 하나 있었는데…… 그것은 현관 한편에 단정하게 놓여 있었다.

"아, 오빠. 돌아왔구나."

양말을 신은 채 복도 바닥을 미끄러지듯 걷는 발소리가 다가왔다.

현관에 나온 사람은 바로 여동생인 카에데다. 어깨에 닿을락 말락하는 머리카락이 아직 신선한 느낌을 자아내고 있었다. 그러고 보니 미용실에 다녀오고 4, 5일밖에 지나지 않았다. 게다가 카에데는 이틀 전에 조부모님의 집에 갔으니, 저 머리 모양에 익숙해질 만큼 함께 시간을 보내지 못했다.

"마이 씨, 어서 오세요."

"실례할게."

카에데를 향해 그렇게 말한 마이 또한 현관에 놓인 구두를 신경 쓰고 있는 눈치였다. 집안에서는 다른 누군가의 기척이 느껴졌다. 그리고 그게 누구일지는 말할 필요도 없었다. 카에데를 이 집까지 데려다주러 온 사쿠타의 아버지가 틀림없는 것이다.

사쿠타는 신발을 벗으려고 하는 마이를 말릴지 말지 한순간 고민했다.

이런 상황에 맞닥뜨리자 될 대로 되라는 생각이 들었으며, 따로 살고 있는 아버지에게 오늘 이 자리에서 마이를 소개하는 것도 나쁘지 않겠다는 생각이 들었다. 괜한 걱정거리를 늘릴 필요도 없으니, 쓸데없이 미룰 이유가 없다.

솔직히 말하자면, 그저 부끄러울 뿐이다. 그게 가장 큰 문제점인 것이다…….

"아빠, 오빠가 돌아왔어."

카에데의 목소리가 집 안에서 울려 퍼졌다.

그리고 소리가 들리더니, 거실 쪽에서 아버지가 모습을 드러냈다.

"사쿠타, 어서 오렴."

아버지는 차분한 목소리로 그렇게 말했다. 그리고 아버지를 향해 고개를 숙이는 마이의 모습이 언뜻 눈에 들어왔다. 아버지 또한 그런 마이를 향해 인사를 건네고 있었다.

"으음, 마이 씨…… 우리 아버지예요."

나는 우선 마이에게 아버지를 소개했다.

"그리고 아버지. 이 사람이 바로 나와 사귀고 있는 사쿠라지마 마이 양입니다."

사쿠타는 어떤 식으로 말하는 게 올바른지 모르기에, 무심결에 존댓말로 아버지에게 마이를 소개했다.

두 사람은 초면이 아니다. 이미 이 세상에는 없는 『카에데』로 인해 이런저런 일이 있었을 때, 병원에서 우연히 마주친 적이 있는 것이다. 연예인인 『사쿠라지마 마이』가 자식들의 집에 왔는데도, 아버지는 딱히 놀라지 않았다.

"아들이…… 사쿠타가 항상 신세를 지고 있습니다."

"저야말로 인사가 늦어진데다, 이렇게 갑작스럽게 찾아와서 죄송해요."

"아뇨. 바쁘실 테니……."

"그렇지 않아요."

"……."

"……."

두 사람의 대화는 갑자기 끊어졌다.

"이런 일에는 영 익숙해지지 않는구나."

아버지는 난처하다는 듯이 쓴웃음을 지었다.

"아빠, 정신 좀 차려."

카에데가 아버지의 팔꿈치를 잡아당기며 그렇게 말했다.

"하지만 텔레비전을 통해 본 적이 있는 아가씨가 눈앞에 있는 것도 불가사의한 느낌이라서 말이야. 게다가 사쿠타와 사귀고 있다니……."

"정말, 보는 내가 다 부끄럽네."

"카에데도 처음에는 주눅이 들었잖아?"

"그러기는 했지만……."

"사쿠타."

마이는 낮은 목소리로 사쿠타의 이름을 부르며 그의 등을 손으로 두드렸다.

"오늘은 이만 돌아갈게."

"아, 그럴 필요 없습니다. 슬슬 가봐야 하거든요."

아버지는 그 말이 사실이라는 것처럼 한손에 가방을 들고 있었다.

"너희 엄마를 오랫동안 혼자 둘 수 없으니 말이야."

그 말은 사쿠타에게 한 말이었다. 그래도 그 말의 의미 자체는 마이에게도 전해졌을 것이다. 꽤 오래전의 일이기는 하지만 카에데가 집단 괴롭힘을 당해 사춘기 증후군에 걸린 바람에, 어머니가 자식을 키울 자신을 잃으면서 정신적인 병에 걸렸다는 걸 사쿠타가 마이에게 이야기해준 적이 있는 것이다.

사쿠타는 방금 벗은 신발을 다시 신었다.

"1층까지 마중할게."

"아니, 괜찮단다."

아버지는 그렇게 말했지만, 사쿠타는 못 들은 척 하면서 집밖으로 나갔다. 마이도 따라왔다. 현관 안에서 아버지를 향해 손을 흔들고 있는 카에데를 남겨둔 후, 세 사람은 엘리베이터에 탔다.

엘리베이터는 한 번도 멈추지 않고 1층까지 내려갔다. 아까 통과했던 오토록 문이 열리더니, 맨션 앞 도로에 도착하고서야 그들은 멈춰 섰다.

사쿠타의 아버지는 사쿠타를 한 번 쳐다본 후, 마이를 향해 고개를 돌렸다.

"자식과 떨어져서 살고 있는 내가 할 말은 아닙니다만…… 어머니와 카에데를 위해 지금 같은 생활을 받아들여준 사쿠타는 남을 배려할 줄 아는 아이라고 생각합니다."

사쿠타는 아버지의 입에서 느닷없이 나온 말을 듣더니 갑자기 부끄러워졌다. 마이 앞에서 그런 소리를 하지 말라고 외치며 말리고 싶을 지경이었다. 하지만 아버지의 진지한 표정이 눈에 들어오자, 사쿠타는 입을 다물 수밖에 없었다.

"사쿠타에게 얼마나 큰 짐을 떠맡겼는지는 나도 압니다. 뻔뻔한 소리지만, 앞으로도 사쿠타의 곁을 지켜주세요."

"예."
마이는 주저 없이 대답했다.
"하지만 저도 사쿠타의 곁에 있고 싶답니다."
마이는 상냥한 어조로 사쿠타의 아버지를 향해 그렇게 말했다.
그러자 아버지는 안심한 듯한 표정을 지었다. 볼의 긴장이 풀렸다. 사쿠타는 아버지의 저런 표정을 처음 보았다. 「이런 표정도 지을 줄 아는 구나」 하고 생각하며 놀라는 한편으로 사쿠타 본인 또한 안심했다. 마이 덕분에 아버지를 안심시킬 수 있었던 것이다.
"그럼……."
"새해가 되면 아버지한테 인사하러 갈게."
사쿠타는 작별 인사 삼아 그렇게 말하면서 멀어져가는 아버지의 등을 쳐다보았다. 아무래도 역 인근의 주차장에 차를 세워두고 온 것 같았다.
곧 아버지의 등이 시야에서 사라졌다.
바로 그때…….
"하아."
마이는 온몸에서 힘이 쭉 빠져나간 듯한 반응을 보였다.
"긴장됐어……."
"마이 씨도 긴장할 때가 있네요."
"사쿠타는 나를 뭐라고 생각하는 거야?"

"머지 않은 장래의 내 아내?"

"그렇게 되기 위해서라도, 사쿠타의 아버지에게 미움을 받을 수는 없단 말이야."

사쿠타가 농담 하듯 그렇게 말하자, 마이는 가벼운 어조로 말을 이었다.

"연예인이라는 이유만으로 못마땅하게 여기는 사람도 있거든."

"보아하니 우리 아버지는 딱히 그러는 것 같지 않았어요."

"역시 사쿠타의 아버지네."

뭐가 「역시」인지는 모르겠지만, 가족 이야기를 계속 하는 것도 영 멋쩍었기에 사쿠타는 화제를 바꾸기로 했다.

"다음에 마이 씨의 부모님에게도 인사를 드리러 가야겠네요."

"그럴 필요 없어."

마이는 노골적으로 부정하면서 맨션 안으로 들어갔다. 하지만 열쇠가 없으면 못 들어가기에 사쿠타가 마음을 놓고 있을 때, 마이는 자동문을 예비용 열쇠로 열었다. 마이는 어제 사쿠타가 준 열쇠를 가지고 있었던 것이다.

허둥지둥 마이를 쫓아간 사쿠타는 엘리베이터에서 그녀를 따라잡았다.

마이는 자신과 사이가 좋지 않은 부모님…… 특히 어머니에 대해서 이야기를 나누는 게 싫은 것 같았다.

"저기 말이죠."

"……."

마이는 엘리베이터 안에서 전광 패널만 쳐다보고 있었다.

"마이 씨가, 사고를 당했던…… 이곳과는 다른 미래에서……."

사쿠타는 심박수가 상승하는 것을 느끼면서도 계속 말을 이었다.

"……병원에 뛰어온 마이 씨의 어머니는 엄청 필사적이셨어요. 「딸을 구해주세요」 하고 몇 번이나 외치셨죠……."

"……."

마이는 아무 말도 하지 않았다.

"나도 몇 대나 맞았어요. 마이 씨를 살려내라면서……."

"나를 소중히 여긴다는 건 알아."

"……."

"하지만 지금은 사쿠타에 관한 잔소리를 듣고 싶지 않아. 그러니까 다음에 만나게 해줄게."

"예."

엘리베이터에서 도착을 알리는 벨 소리가 흘러나왔다.

현관문을 열고 안에 들어가 보니, 카에데가 나스노를 데리고 일부러 현관으로 나왔다. 뭔가 볼일이 있는지, 두 사람이 돌아오기만 기다리고 있었던 것 같은 눈치였다.

"오빠."

사쿠타의 곁으로 온 카에데의 표정에는 긴장감이 어려 있었다.

"왜?"

"지금 시간 좀 있어?"

"마이 씨에게 어리광을 부리느라 바빠."

"그게 무슨 소리야?"

"그건 내 인생의 전부라고…… 아얏."

마이가 사쿠타의 뒤통수를 때렸다. 그리고 「세면대 좀 쓸게」 하고 말하면서 집안으로 들어갔다.

"그런데, 무슨 일이야?"

사쿠타는 어쩔 수 없이 카에데를 쳐다보았다.

"오빠한테 부탁할 게 있어."

"용돈 올려달라는 거야?"

"아냐."

"그거 다행이네."

"뭐, 올려주면 좋겠지만 말이야."

"인마, 우리 집은 현재 재정난이라고."

"내일부터 같이 연습을 해줬으면 해."

카에데는 퉁명한 표정을 지으며 그렇게 말했다.

"아, 그거 말이구나. 알았어."

"진짜로 알긴 한 거야?"

카에데가 미심쩍은 눈빛으로 사쿠타를 쳐다보았다.

"학교 말하는 거지?"

"으, 응."

카에데는 사쿠타가 이해 못했을 거라고 생각하고 있었던 건지 뜻밖이라는 표정을 지었다.

"3학기부터 가기로 했잖아."

"맞아."

카에데는 그 말을 듣고 힘차게 고개를 끄덕였다.

그것은 카에데가 『카에데』와 한 약속 같은 것이다.

"내일부터 부탁할게."

"교복이나 준비해둬."

"이미 해뒀어~."

카에데는 어린애 취급하지 말라는 듯한 투로 그렇게 말했다. 그럼 어린애처럼 볼을 부풀리지 않는 편이 좋을 텐데 말이다.

"그럼 내일 봐."

"응!"

카에데는 힘차게 대답하더니, 나스노와 함께 거실로 돌아갔다. 약간 긴장한 카에데의 등을 쳐다보면서, 사쿠타는 내일 할일이 생겼다는 사실에 충실감에 가까운 감정을 느꼈다.

오늘이 끝나면 내일이 된다.

내일은, 내일의 할 일이 있다.

그렇게 하루하루가 흘러가며, 미래를 향해 다가가는 것이다.

내일 무슨 일이 기다리고 있든, 갈 수밖에 없다. 사쿠타는 내일이 존재하는 미래를 선택했으니까…… 어른 쇼코에게 받은 목숨으로 살아나갈 것이다.

4

카에데와 약속한 것처럼, 사쿠타는 다음날부터 그녀가 학교에 가는 연습에 어울려줬다. 첫날에는 교복을 입고, 맨션 주위를 한 바퀴 돌아봤으며, 다음날부터 카에데가 다닐 중학교를 향해 걸어갔다.

겨울방학의 통학로에는 교복을 입은 중학생이 없어서 오히려 더 눈에 띈다는 사실을 카에데는 신경 썼지만, 그녀는 매일 조금씩 학교와 자신 사이의 거리를 줄여나갔다.

사흘째에는 학교 부지를 둘러싼 녹색 네트가 보이는 곳까지 갔다. 부활동을 하기 위해 등교한 학생과 마주친 바람에 허둥지둥 후퇴하기는 했지만, 카에데는 사쿠타가 예상했던 것보다 훨씬 빠르게 중학교에 다가가고 있었다.

이대로 가면 3학기에 등교를 한다는 목표를 달성할 가능성도 충분히 있었다.

12월 29일 오후에는 카에데에게 기분전환을 시켜주기 위해, 사쿠타는 그녀를 데리고 열차로 우에노에 갔다.

"중학생이나 되어서 오빠와 동물원에 가는 게 부끄러워."

카에데는 열차 안에서 내키지 않는다는 기색으로 그렇게 말했지만, 동물원에 도착하자…….

"오빠! 판다야, 판다! 대나무를 먹고 있어!"

……가족들과 함께 놀러온 초등학생보다 더 흥분했다.

집에 돌아가는 길에는 동물원 매점에서 파는 판다 봉제인형을 사달라고 할 지경이었다.

"오빠, 봉제인형이 너무 귀여워."

"그래? 다행이네."

"정말 귀여워."

"집에 있잖아."

"귀여운데……."

"중3이나 되어서 봉제인형을 사달라고 오빠에게 사달라고 하는 건 좀 그렇지 않아?"

"마음은 중1이란 말이야."

결국 안 그래도 가볍던 사쿠타의 지갑은 슬슬 하늘도 날 수 있을 것 같을 만큼 가벼워졌다. 토모에에게 빚도 졌으니, 이제 사치는 엄금이다.

그런 주머니 사정을 호전시키기 위해…… 꼭 그런 것은 아니지만, 사쿠타는 올해 말까지 아르바이트 양을 최대한 늘렸다.

연말에는 사람들이 몰린다는 이유로 점장이 부탁을 한 것이지만, 사쿠타는 거절하지 않았다. 딱히 볼일이 있는 것도 아니고, 몸을 움직이는 편이 여러모로 마음이 편했다.

30일에는 토모에와 같은 시간대에 일을 하게 되었고, 그날…… 사쿠타가 미래에서 왔던 12월 24일 이후로 그녀와 처음 만났다.

사쿠타는 휴식 시간에 일전에 빌린 3천 엔을 돌려줬다.

"선배, 이제 괜찮은 거야?"

토모에는 당연하다는 듯이 그때 일을 언급했다.

"지갑을 탈탈 털어서 마련한 3천 엔이니까, 이걸 주고 나면 처량하게 새해를 맞이하게 될 거야."

"아니, 그게 아니라…… 선배는 어느 쪽 선배야?"

"양쪽 다야. 합체했거든."

"……."

"그러니까, 진짜로 괜찮아. 걱정을 끼쳐서 미안해."

"선배가…… 괜찮다면, 다행이지만……."

말과는 다르게, 토모에의 표정은 좋지 않았다. 그녀는 불만을 표시하듯 입술을 삐죽 내밀었다.

"그런 표정 좀 짓지 마."

"나도 선배에게 도움이 되고 싶단 말이야."

토모에는 더욱 삐치면서 귀여운 소리를 했다.

"코가는 모르겠지만, 이번 MVP는 바로 너야."

그건 엄연한 사실이다.

토모에가 없었다면, 사쿠타는 미래에서 돌아온 후에도 아무 것도 하지 못했을 것이다. 손가락만 빨며 최악의 사태를 지켜볼 수밖에 없는…… 그런 지옥 같은 상황에 처했을지도 모른다. 상상만 해도 식은땀이 났다.

"코가, 정말 고마워."

"나는 아무 것도 안했잖아."

"답례 삼아, 그 3천 엔으로 파르페라도 사먹어."

"아, 응. 고마…… 어, 내가 빌려줬다 돌려받은 돈이니까, 결국 내 돈이잖아!"

"사소한 건 신경 쓰지 마."

"3천 엔은 하나도 사소하지 않아."

"……."

"왜, 왜 갑자기 입을 다무는 거야?"

"코가가 있으니 아르바이트도 즐겁네."

토모에와 평소처럼 이야기를 나누다보니, 무심코 입에서 본심이 흘러나왔다. 사쿠타는 토모에를 따뜻한 눈길로 쳐다보았다. 방심했다간 또 눈동자가 촉촉이 젖을 것만 같았다.

"선배, 정말 괜찮은 거야?"

토모에는 걱정스러운 표정으로 사쿠타를 올려다보았다. 여자 후배가 이런 표정을 계속 짓게 할 수는 없기에…….

"괜찮지 않을지도 몰라. 배가 아프니까, 잠시만 홀을 맡아 줘."

사쿠타는 대충 거짓말을 한 후, 화장실에 틀어박혔다.

그리고 아르바이트를 끝내고 집으로 돌아간 사쿠타는 매일같이 저녁을 만들어주러 오는 마이가 차린 저녁 식탁 앞에 앉았다.

오늘은 사쿠타, 카에데, 마이만이 아니라, 언니를 따라온 노도카도 함께 식사를 하기로 했다. 노도카는 시스콤 증상이 더 심각해졌는지, 이 날은 마이가 요리를 만드는 와중에도 언니의 곁에 붙어 있으려고 했다.

사쿠타가 이유를 묻자…….

"오늘 아침에 불길한 꿈을 꿨대."

……하고 마이가 대답했다.

"불길한 꿈?"

"알려주기 싫어."

노도카는 퉁명한 어조로 그렇게 말하더니, 결국 알려주지 않았다.

사쿠타는 양파의 껍질을 벗기면서 마이에게 눈짓으로 물어보았다.

"내가 교통사고를 당하는 꿈을 꿨다네."

"……."

사쿠타가 말을 잇지 못한 것은, 그가 그런 상황을 경험한 적이 있기 때문이다. 꿈이라고 해도, 좋은 꿈은 절대 아니었다. 특히 마이를 진심으로 따르는 노도카에게 있어서는…….

"뭐, 어쩔 수 없지. 오늘만은 내 마이 씨에게 어리광을 부리는 걸 허락해줄게."

"사쿠타에게 허락 받을 필요 없거든? 사쿠타의 것이 아니잖아."

그 후, 어찌어찌 기운을 되찾은 노도카와 함께 넷이서 저녁을 먹었다.

"토요하마도 저녁 얻어먹으러 오지 말고, 요리를 배워서 직접 해먹어."

"나는 사쿠타를 감시하러 온 거야."

"마이 씨는 네 엄마가 아니라고."

"사쿠타도 매일같이 언니가 만든 밥을 먹잖아. 언니는 사쿠타의 엄마가 아니라구~."

"뭐, 내 미래의 아내이기는 하지만 말이야."

"오빠와 마이 씨가 결혼하면, 노도카 씨는 오빠한테 있어 처제가 되는 거지?"

카에데는 고기 감자조림의 감자를 먹으면서 소박한 질문을 입에 담았다.

"……."

노도카는 그 말을 듣더니 젓가락질을 멈췄다.

"이런 오렌지족 같은 처제는 사양하고 싶은데 말이야."

"오렌지족 같은 한물 간 소리나 해대는 형부는 완전 사양이야."

"……."

"왜 그래?"

"토요하마에게 형부라고 불리는 것도 괜찮을 것 같아서 말이야."

"죽어."

"죽으라는 소리 하지 마. 괜히 슬퍼진다고."

사쿠타는 카에데를 따라하듯 마이가 만든 고기 감자조림을 맛봤다. 바로 그때, 마이가 사쿠타를 힐끔 쳐다보았다. 노도카가 방금 한 말에 반응한 사쿠타가 신경 쓰이는 것 같았다.

"저기, 크리스마스 때 무슨 일이 있었던 거지?"

노도카는 사쿠타와 마이의 반응을 보고 착각을 했는지 그런 질문을 던졌다.

"노도카가 생각하는 그런 일은 일어나지 않았어."

마이는 태연하게 그렇게 말했다.

"나, 나는 아무 생각도 안 했는데…… 자, 잘 먹었습니다!"

노도카는 도망치듯 자신의 식기를 싱크대에 가져다뒀다.

"사실대로 말하자면, 토요하마가 상상하는 것보다 더 엄청난 일이 벌어졌지."

"오, 오빠, 그게 정말이야?!"

"거짓말 하지 마."

마이가 사쿠타의 발을 몰래 밟았다.

이렇게, 이 날의 밤도 깊어갔다.

이렇게, 사쿠타는 하루하루를 보냈다.

하루하루를 확인하듯, 천천히…….

하지만, 가능한 한 자연스럽게…….

별것 아닌 일로 웃고, 장난치고, 마이에게 혼나고, 리오가 질리게 만들고, 토모에를 놀리고, 카에데 앞에서 시치미를 떼고, 노도카를 화나게 하고, 유마에게 비웃음을 사는…… 사쿠타에게 있어서는 지금까지와 다름없는 나날이다.

그런 나날 속에서 불현듯 눈물을 흘리고 싶은 충동이 찾아오면, 그것과 함께 하며 나아갔다. 문뜩, 삶에 대한 감사의 마음을 깨달았다. 하루하루가 평온하면 할수록, 쇼코를 향한 죄책감이 밀려왔다. 어린 쇼코를 구해달라며 신에게 애원했다. 자신을 뒤흔드는 감정에, 사쿠타는 농락당하기만 했다.

한번 삼켜져버리면 아무 것도 할 수 없다. 감정의 파도가 가시기만 빌 수밖에 없다.

하지만 언젠가 넘어설 수 있을 거라고 생각하며…….

분명, 이런 나날을 반복하다보면, 올해도 끝날 것이다.

내년이 되면, 조금은 뭔가가 달라질지도 모른다.

겨울방학이 끝나고, 3학기가 시작되어서, 카에데도 중학교에 다니게 되면…… 순식간에 1월이 지나갈 것이다.

2월의 밸런타인에는 마이에게서 초콜릿을 받고…… 3월이 되면, 마이는 미네가하라 고교를 졸업한다.

사쿠타의 의지와는 상관없이, 시간의 흐름은 흘러간다.

사쿠타의 처지는 개의치 않으며, 계절은 흘러가고, 이윽고 봄이 찾아올 것이다.

그것을 막을 방법은 없다.

사쿠타가 그런 생각을 하게 된 바로 그때였다.

한 통의 전화가 걸려왔다…….

12월 31일. 선달 그믐날.

이날도 카에데의 『학교에 가는 연습』에 어울려주기 위해, 사쿠타는 아침 7시에 일어났다. 세수를 하고, 아침을 먹은 후, 카에데가 교복을 갈아입고 방에서 나올 때까지 기다리고 있을 때, 집전화기가 울렸다.

사쿠타는 거실 구석에 놓인 전화기 쪽으로 이동했다.

그리고 수화기를 향해 손을 뻗던 사쿠타는 움직임을 멈췄다.

"오빠?"

옷을 갈아입고 온 카에데가 전화를 받지 않는 사쿠타를 쳐다보며 고개를 갸웃거렸다. 사쿠타는 그 말에 답하지 못한 채, 전화기의 디스플레이를 쳐다보고 있었다. 거기에 표시된 전화번호가 눈에 익었다. 쇼코의 핸드폰 번호다.

바로 그때, 사쿠타의 머릿속에는 두 가지 가능성이 떠올랐다.

하나는 좋은 일…….

그리고 다른 하나는 나쁜 일…….

"……."

사쿠타는 숨을 천천히 내쉰 후, 수화기를 들었다.

"여보세요?"

"아…… 이른 아침에 연락을 해서 미안해요. 저는 마키노하라라고 하는데……."

수화기에서는 성인 여성의 목소리가 흘러나왔다.

"마키노하라 양의 어머니시군요. 아, 저예요."

"아, 집에 있었군요. 갑작스럽게 연락을 해서 미안해요."

상대방의 말을 들으면 들을수록, 심장이 격렬하게 떨렸다.

"아뇨……."

말을 입에 담을 때마다, 목이 옥죄어드는 것처럼 숨이 막혔다.

"쇼코의 핸드폰에서…… 전화번호를 발견해서요."

"그랬군요."

사쿠타는 짤막한 맞장구 외에는 아무 말도 할 수가 없었다. 「무슨 일이 생긴 건가요」 라는 말은 목 깊숙한 곳에서 나오지 않았다. 핵심을 건드리는 걸 혀마저 두려워하고 있었다. 사쿠타의 온몸이 공포에 질려 있었다.

어디를 쳐다봐야 좋을지 모르겠다는 듯이 흔들리던 사쿠타의 시선이 시계를 향했다. 아직 아침 8시 반도 되지 않았다. 쇼코의 어머니가 말한 것처럼 남의 집에 전화를 걸기에는 이른 시간이다. 이렇게 이른 시간에 전화를 한 데에는 그만한 이유가 있을 것이다.

"쇼코를 만나주지 않겠어요?"

"……."

"부탁이에요."

쇼코의 어머니는 떨리는 목소리로 그렇게 말했다. 그렇기에, 사쿠타는 더는 그 말을 입에 담는 것을 미룰 수가 없었다.

"무슨 일이 생긴 건가요?"

사쿠타는 가시덤불에 몸을 던지는 듯한 심정으로 수화기 너머의 상대에게 물었다. 입술이 떨리고 있었다. 수화기를 쥔 손도 떨렸으며, 벽에 닿아있던 전화기 선이 귀에 거슬리는 소리를 자아내고 있었다.

"더는……."

쇼코의 어머니는 단 두 글자를 입에 담더니, 더는 말을 잇지 못했다.

"……쇼코가, 더는……!"

상대방의 목소리는 눈물에 젖어 있었다. 사랑하는 딸의 이름은, 깊은 슬픔과 한탄에 젖어 있었다.

그 순간, 사쿠타는 귀를 틀어막고 싶다는 심정에 휩싸였다. 쇼코를 생각하는 어머니의 고통이 사쿠타의 온몸을 뒤흔들었다. 마음이 하염없이 아팠다. 가슴 속이 으스러지고 있는 것만 같았다.

그런데도 수화기를 놓지 않은 것은, 사쿠타가 지금 할 수 있는 것은 이 말을 끝까지 듣는 것뿐이기 때문이다…….

"더는…… 버틸 수…… 없다고, 의사 선생님이…… 그래서, 쇼코에게…… 미안해요."

얼마나 심각한 상황인지는 상대방의 흐느낌만으로도 알 수 있었다. 그렇기에, 사쿠타에게는 망설일 여지조차 없었다.

"알았습니다. 금방 갈게요."

사쿠타는 단호한 어조로 그렇게 말했다.

"고마워요……. 미안해요……."

"병원에서 뵐게요."

사쿠타는 살며시 수화기를 내려놓았다. 쇼코의 어머니를 최대한 자극하고 싶지 않았다. 최대한 상대방을 배려해야만 했다.

누구보다도 쇼코를 소중히 해온 사람이자, 누구보다도 쇼코의 병을 치료해달라고 하늘에 기도한 사람……. 그렇기 때문에, 지금은 그 누구보다도 약한 사람일 테니까…….

"오빠?"

카에데는 걱정스러운 얼굴로 사쿠타를 쳐다보았다. 그녀의 눈동자에 비친 자신을 쳐다본 사쿠타는 자신의 볼이 젖어있다는 걸 눈치챘다.

"카에데, 미안해. 나, 지금 바로 병원에 가봐야 해. 오늘은 연습을 쉬어도 될까?"

"응. 그건 괜찮은데……."

카에데는 사쿠타야말로 괜찮은지 물어보는 듯한 눈빛으로 그를 쳐다보았다.

사쿠타는 괜찮다는 듯이 볼을 손으로 훔쳤다. 그리고 그는 다시 수화기를 들더니, 외우고 있는 전화번호를 입력했다. 몇 번이나 걸었기 때문에, 손가락도 자연스럽게 움직였다.

귀에 댄 수화기에서 신호음이 흘러나왔다.

신호가 몇 번 가는지 세다 보니, 세 번째 신호 소리가 중간에 끊기면서 상대방이 전화를 받았다.

"아즈사가와?"

수화기에서 리오의 차분한 목소리가 흘러나왔다.

"나 때문에 깬 거야?"

"매일 아침 일곱 시에는 일어나."

겨울방학인데도 기상시간이 변함없는 건 정말 리오다웠다.

"……쇼코 양한테 무슨 일이 생긴 거야?"

리오는 사쿠타가 용건을 말하기도 전에 그렇게 말했다.

쇼코의 병을 알기에, 이렇게 이른 시간대에 연락을 받고 그녀에게 무슨 일이 생긴 거라고 생각한 것이다. 사쿠타 또한 그게 자연스러운 반응이라고 생각했다.

"방금 마키노하라 양의 어머니한테서 전화가 왔어."

"그랬구나."

"오래 버틸 수 없을 것 같대……."

"아즈사가와, 병원에 갈 거지?"

"지금 바로 출발할 거야."

"그럼 나도 갈게."

"응."

"나중에 보자."

리오는 용건은 그게 다라고 생각한 건지 전화를 끊으려 했다.

"저기, 후타바."

바로 그때, 사쿠타가 리오에게 말을 걸었다.

사쿠타는 아직 진짜 용건을 입에 담지 않았다. 사쿠타가 마이보다 리오에게 먼저 전화를 건 이유는 확인해야 할 것이 있기 때문이다.

"왜?"

리오는 경계심이 어린 목소리로 그렇게 말했다.

그 말을 들은 순간, 사쿠타의 마음은 아주 조금 가벼워졌다. 리오에게서 느껴진 긴장 덕분이다. 이제부터 사쿠타가 하려는 말이 망상이 아니라는 걸, 리오의 반응을 보며 확신할 수 있었다.

"방법이 딱 하나 있는 거지?"

"……."

리오는 희미하게 숨을 삼켰다. 귀를 기울이지 않으면 들을 수 없을 만큼 희미한 소리였다. 반응은 그게 전부였으며,

리오는 아무 말도 하지 않았다.

"그저 희박한 가능성에 불과한, 도박 같은 방법일지도 모르지만 말이야."

"……."

"아직, 마키노하라 양을 구할 수 있을지도 모르는 거지?"

사쿠타는 애원하는 심정으로 수화기 너머에 있는 리오에게 물었다.

"……."

리오는 여전히 아무 말도 하지 않았다.

"마이 씨를 구할 때까지는 거기에 온통 정신이 팔려서 눈치채지 못했어. 하지만 마키노하라 양의 사춘기 증후군은 지금도 계속되고 있는 거지? 병실에서 『장래 스케줄』 프린트를 보고 눈치챘어."

"……."

"게다가 중학교 졸업 이후는 지워져 있었어. 누군가가 지우개로 지운 것처럼 연필 자국이 남아 있었지."

기계적으로 지운 게 아니라, 인간의 체온이 느껴질 것 같은 변화였다. 누군가가 손으로 직접 지웠다. 그런 인상을 받았다.

"그러니, 그걸 쓰고 지우는 사람은 역시 마키노하라 양인 거지? 아마, 이 프린트를 받은 당시…… 초등학교 4학년인 마키노하라 양이 말이야."

"……."

아무 말 없는 리오의 숨결에 긴장감이 어렸다. 무슨 말을 하려다 멈추는 기색이 몇 번이나 느껴졌다. 아마 사쿠타가 핵심에서 벗어나게 하고 싶은 것이리라. 하지만 그가 이미 핵심을 거론하고 있기에 이러지도 저러지도 못하는 것이다.

"그 프린트에 글자를 쓰고 지우는 3년 전의 마키노하라 양이…… 장래가 불안해서 사춘기 증후군을 일으킨 거야. 그렇지?"

"아즈사가와. 네가 지금 무슨 소리를 하는 건지 알고 있는 거야?"

리오가 겨우 입에 담은 것은 질문이었다. 아니, 확인이라고 해야 할 것이다.

"지금 우리가 있는 곳은『현재』가 아니라『미래』라는 말이야."

"……."

"그러니까『현재』의…… 초등학교 4학년인 마키노하라 양을 구한다면,『지금』의 중학교 1학년인 마키노하라 양도 구할 수 있지 않을까?"

"아즈사가와."

리오는 말을 걸듯 그의 이름을 입에 담았다.

"아직 가능성은 있는 거지?"

"그건『방법』도 아니고,『가능성』이라고 할 수 있는 것도 아냐.”

“…….”

“아즈사가와가 하는 말은 그저 소망에 지나지 않아.”

“매몰차네.”

“지금 바로 쇼코 양이 이식 수술을 받기를 바라는 것과 별반 다르지 않아.”

“후타바가 그렇게 생각한다면 아마 맞겠지…….”

“『쇼코 씨』가 미래에서 올 수 있었던 것도, 아즈사가와가 나흘 후에 올 수 있었던 것도, 아마 그건 사춘기 증후군을 일으킨 본인이기 때문일 거야. 원래 하나였던 의식이 둘로 나눠진 후, 시간을 다르게 인식한 결과인 거지. 중환자실에 있는 쇼코 양이 과거에 돌아간다고, 자기 자신을 구할 수 있을 거라고 생각해?”

“중환자실에 들어가 있지 않더라도 힘들 거야.”

중학교 1학년인 여자애에게 심장 이식이 필요한 자기 자신을 구할 수 있을 거라고는 사쿠타도 생각하지 않는다. 고등학교 2학년인 사쿠타에게도 불가능한 것이다. 어른 또한 마찬가지다. 그래서 쇼코의 부모님은 괴로워하고 있는 것이다.

“쇼코 양의 병은 다시 과거로 간다고 해서 개선될 가능성은 낮아. 3년 전으로 되돌아가더라도, 획기적인 치료수단을 찾아낼 수 있을 리도 없어. 그저 시간이 3년 동안 흘러서 지금 이 순간에 도달할 뿐이야.”

"마키노하라 양의 사춘기 증후군을 해소한다면 달라지지 않을까?"

"같은 사춘기 증후군을 경험한 아즈사가와는 미래에서 자기가 했던 일을 기억하고 있지? 그래도 마찬가지야. 쇼코 양이 자신의 미래를 알더라도, 그녀에게는 자신의 병을 치료할 수단이 없어. 그것만은 어떻게 할 수가 없는 거야. 그래서 쇼코 씨도 그러지 않았던 거겠지."

리오의 말은 틀림없다.

"교통사고를 피하는 것과는 달라."

그 말이 틀림없다고 생각한다. 그래도 사쿠타는 절망에 사로잡힌 채 침묵하지 않았다. 그는 희망을 찾기 위해 입을 열었다.

"저기, 후타바."

"……."

"토요하마가 말이야. 마이 씨가 사고를 당하는 꿈을 꿨대……. 이건 사춘기 증후군으로 내가 체험했던 나흘간의 미래와 관련이 있지 않을까? 그렇다면, 당사자가 아닌 이들에게도 기억이 남아있을 가능성이—."

"아즈사가와, 그건 소망에 지나지 않다고 내가 말했잖아."

"……."

리오는 그 말을 부정했다. 하지만 사쿠타는 그 이유를 알고 있었다.

"비슷한 꿈이라면 나도 꿨어."

"……."

"아즈사가와의 사춘기 증후군이 해소된 후…… 상심한 아즈사가와를 우리 집에 데려오는 꿈……."

"그럼……."

"하지만 설령 3년 전의 아즈사가와에게 현재의 아즈사가와가 지닌 기억의 단편이 전해지더라도, 아무것도 달라지지 않아. 달라질 리가 없어."

"뭐, 이상한 꿈을 꿨다고 생각하고 말겠지."

당사자라는 생각이 없으면, 무엇을 보든 개의치 않고 지나간다. 사쿠타도 그건 이해할 수 있었다.

"설령 그 꿈을 신경 쓰게 되더라도, 근본적인 문제가 남아 있어. 3년 전의 아즈사가와는 쇼코 양의 병을 고칠 수 없어."

그 점은 지금이든, 3년 전이든 달라지지 않는다.

"그리고 아즈사가와."

리오의 목소리 톤이 낮아졌다.

"기적이 일어나 과거를 바꿔서, 쇼코 양이 병을 극복하더라도…… 아즈사가와는 그렇게 되어도 정말 괜찮은 거야?"

사쿠타는 그 질문이 무슨 뜻인지 이해했다.

"마키노하라 양이 건강해지는 건 잘된 일이잖아."

이해했기에, 시치미를 뗐다.

"이 이야기를 하는 걸 보면, 아즈사가와는 알고 있을 거야. 과거를 바꾼다는 게 어떤 의미인지를 말이야."

하지만 리오는 사쿠타가 시치미를 떼게 두지 않았다.

"……그래."

"초등학교 4학년인 쇼코 양이 미래에 대한 불안을 극복해서, 사춘기 증후군이 일어나지 않게 되면…… 당연히 쇼코 씨도 존재하지 못할 거야."

"알아."

"아즈사가와는 아무 것도 몰라."

리오는 조용히 부정했다. 희미하게 떨리는 그 목소리에서는 사쿠타가 몰라줬으면 하는 리오의 마음이 전해져왔다.

"쇼코 씨가 없으면, 아즈사가와는 2년 전에 시치리가하마 해안에서 쇼코 씨와 만나지도 못할 거야."

"그렇겠지."

"쇼코 씨와 만나지 않는다면, 아즈사가와는 쇼코 씨를 동경하지 않을 거야."

"응."

"쇼코 씨를 따라서 미네가하라 고교에 입학하지도 않겠지."

"그럴 거야."

"나나 쿠니미와 만나는 일도 없을 거야."

"……응."

"사쿠라지마 선배와도 마주칠 일 없는 인생을 살게 되는 거야."

물론 사쿠타는 그것도 이해했다.

"아즈사가와는 그래도 괜찮다는 거야?"

"괜찮을 리가 없잖아."

그렇다. 괜찮을 리가 없다.

"마이 씨와 만나지 못하는 인생 따위는 인생이라고 할 수 없어."

"그렇다면……."

"후타바나 쿠니미와 만나지 않는 학창시절도 솔직히 말해 싫어."

토모에나 노도카도 마찬가지다. 2년 전에 쇼코와 만났기에, 지금의 사쿠타가 존재할 수 있다. 그 발단이 된 과거가 바뀐다면, 미래는 바뀌고 마는 것이다. 사쿠타의 심장을 이식받은 어른 쇼코가 이곳에 존재하지 않는 것처럼…….

"그러니까, 나는 이 가능성을 눈치챘으면서도, 며칠 동안 눈치채지 못한 척 했어. 누구라도 좋으니 마키노하라 양을 구해달라고 빌면서……."

"아즈사가와……."

"그래도 역시 남한테 맡기기만 해서야 일이 뜻대로 풀릴 리가 없어."

전혀 웃기지 않는 상황인데도, 사쿠타는 소리 내어 웃었다. 그렇게 해서, 겁쟁이인 자기 자신을 잊으려 했다.

"아즈사가와는 사쿠라지마 선배와 함께하는 미래를 선택

했잖아.”

“그때는 그걸 선택했어……. 이 가능성을 눈치채지 못했기 때문에 선택할 수 있었던 거야. 내가 사고를 당해서 마키노하라 양의 미래를 지킬 것인가, 사고를 피해서 마이 씨와 함께 하는 미래를 고를 것인가……. 둘 중 하나를 고를 수밖에 없다고 생각했거든.”

“……이제부터 전부 시작되는데, 겨우 사쿠라지마 선배와 행복해지려 하는데…… 왜 아즈사가와는 그 행복을 포기하는 거야?”

“눈치챘으니 어쩔 수 없어. 아직 방법이 있을지도 모른다는 걸 알아버렸더니, 눈치채지 못한 척을 하는 게 너무 힘들더라고.”

“아즈사가와는 이기지 못하는 승부는 하지 않는 녀석이라고 생각했어.”

“맞아. 이길 수 있는 승부만 해.”

“있을지 없을지도 모르는 조그마한 가능성을 위해, 오늘까지 쌓아온 소중한 추억을 전부 걸고 도박을 하려고 하는 인간이 할 말은 아니네. 애초에 아즈사가와는 이 이야기를 사쿠라지마 선배에게 할 수 있겠어?”

“그게 문제야. 마이 씨가 우는 모습을 보면 마음이 무진장 약해지거든.”

5

리오와 통화를 마친 후, 사쿠타는 마이에게 전화를 걸었다.

쇼코의 어머니에게서 연락이 왔다고 말하자…….

"알았어. 나도 지금 바로 나갈 테니까, 밖에서 기다려."

……하고 말하며 전화를 끊었다.

사쿠타는 카에데에게 집을 봐달라고 부탁하고 집으로 나섰다. 그리고 마이는 5분도 채 흐르기 전에 맞은편 맨션에서 나왔다.

"가자."

두 사람은 고개를 끄덕인 후, 걸음을 내디뎠다. 평소보다 걸음이 빠르지만, 마이는 뒤처지지 않고 따라왔다.

대로로 가자, 병원 쪽으로 향하는 버스가 뒤편에서 다가오는 광경이 눈에 들어왔다.

"저걸 타자."

약간 떨어져 있는 곳에 있는 버스 정류장까지 뛰어난 사쿠타와 마이는 가운데에 있는 승차구를 통해 버스에 탔다. 섣달 그믐날이라 학교와 회사가 쉬어서 그런지, 버스에는 사람이 적었다. 가장 뒤편에 있는 긴 좌석이 비어 있었기에, 사쿠타는 마이를 그 좌석 안쪽에 앉히고, 자신은 그 옆에 앉았다.

문이 닫히자, 버스는 깜빡이를 켜면서 천천히 달리기 시작했다.

바로 그때, 사쿠타는 자연스럽게 입을 열었다.

"저기, 마이 씨."

"왜?"

"나는 역시 마키노하라 양을 구하고 싶어요."

사쿠타는 앞을 바라보며 단호한 어조로 그렇게 말했다. 목소리는 크지 않고 차분했다. 그런 그 목소리에는 사쿠타의 의지만이 어려 있었다. 사쿠타의 생각이 마이에게 명확하게 전해지도록 말이다.

"응."

마이의 목소리 또한 차분했다. 그녀가 희미하게 고개를 끄덕이는 모습이 사쿠타의 눈에 언뜻 보였다. 그저 그게 전부였다. 놀라지도, 동요하지도 않았으며, 사쿠타의 뜻을 물어보지도 않았다. 그리고 당황하기는 커녕…….

"사쿠타가 그러고 싶으면, 그렇게 해."

……하고 약간 뜸을 두며 말했다.

"마이 씨……?"

사쿠타는 아직 아무 말도 하지 않았다. 방금 그 발언이 단순한 소망이 아니라는 걸, 사쿠타는 아직 마이에게 말하지 않았다. 하지만 마이는 전부 다 알고 있는 것 같았다.

"쇼코 양의 병실에서 본 『장래 스케줄』 프린트…… 그걸 쓰거나 지우는 사람은 쇼코 양이지? 사춘기 증후군이 발병

했던…… 아니, 지금도 발병 중인 초등학교 4학년 쇼코 양 말이야."

마이는 그걸 깨달았다는 사실에 놀라지 않은 것은 아니다. 하지만, 덕분에 마이가 이렇게 차분한 태도를 취하고 있다는 사실을 납득할 수 있었다.

"그러니까, 과거를 바꿔도 돼."

마이는 시트 위에 올려놓은 사쿠타의 손에 자신의 손을 포갰다. 두 사람 사이에는 포개진 손이 존재했다. 앞좌석 때문에 주위에 있는 사람들에게는 그 손이 보이지 않았다.

"사쿠타는 매일 혼자가 되면 울잖아."

"이틀에 한 번만 울었어요."

"거짓말만 한다니깐."

마이는 사쿠타의 거짓말을 단번에 꿰뚫어봤다. 하지만 그 거짓말도 의미가 있었으며, 이 허세에도 의미가 있었다. 마이를 웃게 했으니까 말이다.

"혹시 내가 엉엉 울며 매달리면, 사쿠타는 마음을 바꿀 거야?"

"나는 마이 씨의 부탁에 약하니까요."

"그럼 더욱 부탁을 하면 안 되겠네. 사쿠타는 오늘 자기가 한 선택을 평생 후회할 거잖아."

"……."

"쇼코 양을 구할 수 있었을지도 모른다고 생각하며 살아가는 건 힘들 거야."

"예."

"그래도 시간이 흐르면 점점 그 마음도 열어질 거야. 우는 횟수도 시간이 흐를 수록 줄겠지. 사쿠타와 함께한다면 분명 극복할 수 있어."

"예. 그런 삶도 괜찮을 것 같아요."

"하지만, 그 날…… 크리스마스이브에 방송국 대기실에서 약속했잖아. 둘이서 함께 행복해지자고 말이야."

"예."

잊을 수 있을 리가 없다. 그것은 지금의 사쿠타를 지탱하고 있는 말인 것이다.

"그 약속을 지키기 위해, 조금 멀리 둘러가는 것뿐이야."

"아주 조금만요."

"전부 다 잊은 후, 다시 처음부터 시작할 뿐이야."

"그래요. 겨우 그뿐이에요."

"그러니까, 다시 한 번 사쿠타와 만나서……."

"예."

"다시 한 번 사랑에 빠지고……."

"예."

"다시 한 빈 사쿠타에게 고백을 받는 거야."

"반드시, 마이 씨를 찾아낼게요."

맞잡은 손을 통해 마이의 온기가 느껴졌다. 그녀의 존재가 손바닥을 통해 느껴졌다.

"그러면, 둘이서 함께 행복해질 수 있을 거야."

마이는 사쿠타를 쳐다보면서 상냥한 미소를 지었다.

"약속할게요."

사쿠타는 마이와 맞잡은 손에 약간 힘을 줬다. 마이는 간지럽다는 듯이 웃음을 흘렸다.

이윽고, 버스는 병원 앞 정류장에 섰다.

사쿠타와 마이는 손을 맞잡은 채 버스에서 내렸다.

병원에 도착하자, 입구 근처에서 낯이 익은 간호사 누님이 기다리고 있었다. 쇼코가 있는 중환자실은 간단히 들어갈 수 없는 장소이기에, 쇼코의 어머니에게 부탁을 받고 여기서 사쿠타를 기다리고 있는 것이리라.

"사쿠타는 갔다 와."

"마이 씨는요?"

"병실…… 장래 스케줄 프린트가 필요하잖아?"

"아, 맞다."

쇼코의 사춘기 증후군을 해소할 열쇠라면, 그것뿐이다.

"그럼 마이 씨. 부탁드릴게요."

마이와 헤어진 사쿠타는 간호사 누님을 따라갔다.

중환자실은 외부에서 절대 들어갈 수 없는 건물 안쪽에 있다. 입원환자 뿐만 아니라, 의사와 간호사도 거의 지나다

니지 않는 조용한 복도 안쪽에 있다.

인기척이 전혀 느껴지지 않을 즈음, 사쿠타는 자동문을 두 개 통과했다. 그리고 면회인이 옷을 갈아입는 준비실에 들어갔다. 사쿠타는 그곳에서 일전에 중환자실에 왔을 때와 마찬가지로 앞치마처럼 생긴 겉옷을 입고, 급식 당번이 쓸 법한 모자를 눌러썼다. 그리고 전용 슬리퍼로 갈아 신었다. 손도 매뉴얼에 따라 깨끗하게 씻었다.

그 후, 체크를 한 간호사 누님이 오케이라고 하고 나서야 안으로 들어갈 수 있게 되었다.

사쿠타는 준비실 안쪽에 있는 문을 통과했다. 하지만 그곳은 아직 쇼코가 있는 중환자실이 아니다. 청결하고 정돈된 통로가 존재했다. 오른쪽에 존재하는 유리 벽 너머에 개인 병실이 존재했다.

앞장서던 간호사 누님이 멈춰 섰다. 그리고 사쿠타는 유리 너머에 있는 낯익은 얼굴을 발견했다. 사쿠타와 마찬가지로 겉옷과 모자를 쓴 사람은 쇼코의 아버지와 어머니다. 시선이 마주치자, 두 사람은 인사를 했다. 사쿠타 또한 두 사람을 향해 인사를 건넸다.

일주일 전에는 병실에 들어갈 수 없었다. 하지만 오늘은 달랐다.

"들어가렴."

간호사 누님이 그렇게 말하자, 사쿠타는 중환자실 안으로 들어갔다.

독특한 정적이 사쿠타를 감싸 안았다.

들리는 것은 의료기기가 내는 소리뿐이다. 냉장고에서 날 법한 진동음도 들렸고, 펌프가 뭔가를 빨아올리는 소리도 들렸다. 그 무기질적인 소리가 실내의 정적을 더욱 돋보이게 했다. 의료기기가 내는 소리가 정적을 자아내고 있는 것만 같았다.

그 기계들에 둘러싸인 침대 위에 쇼코가 누워 있었다. 눈을 감고 있었다.

"쇼코, 아즈사가와 씨가 와줬단다."

쇼코의 어머니는 떨리는 목소리로 그렇게 말하며 딸의 어깨를 만졌다.

그러자, 쇼코가 눈을 반쯤 떴다. 처음에는 천장을 멍하니 올려다보더니, 곧 부모님의 얼굴을 쳐다보았다.

"마키노하라 양."

사쿠타는 결국 그녀를 불렀다.

이리저리 흔들리던 시선이 그제야 사쿠타를 향했다.

"사쿠타 씨……."

산소마스크 너머에서 쇼코의 목소리가 들렸다. 그녀는 뭔가를 원하듯 조그마한 손을 살며시 들어올렸다.

그 모습을 본 쇼코의 어머니가 사쿠타에게 자리를 양보해줬다.

"응, 나야."

무슨 말을 하면 좋을지 짐작조차 되지 않았다. 하지만 몸이 멋대로 움직이더니, 사쿠타는 쇼코의 손을 양손으로 감싸 쥐었다. 그 손에는 힘이 거의 들어가 있지 않았다. 그 손은 너무나도 작고, 손가락 또한 가늘어서…… 이렇게 계속 만지고 있다간, 곧 녹아서 없어져버리는 것은 아닐까 하는 불안마저 느껴졌다.

"사쿠타 씨에게 이런 모습을 보여주고 싶지는 않았어요……."

"왜?"

"그게, 기계에 둘러싸인……."

"마키노하라 양은 정말 멋져."

"그건 여자애에게 칭찬삼아 할 말이 아니에요."

쇼코의 표정에 희미한 미소가 어렸다.

쇼코는 다른 한손으로 산소마스크를 벗었다.

사쿠타는 이래도 괜찮은 것인지 간호사 누님에게 눈짓으로 물었다. 그러자 간호사 누님은 「괜찮아요」 하고 말하며 조용히 고개를 끄덕였다.

쇼코는 그 투명한 마스크를 침대에 걸치듯 설치된 테이블 위에 놓았다. 중학교에서 쓰이는 교과서와 조그마한 필통, 그리고 연필 하나가 그 테이블 위에 굴러다니고 있었다.

"공부를 하고 있구나."

"몸이 좋은 때만 조금씩요."

"쇼코, 우리는 잠시 밖에 나가있을게."

쇼코의 어머니가 그렇게 말했다. 그리고 쇼코의 부모님과 간호사 누님은 사쿠타에게 눈짓으로 인사를 건넨 후, 일단 중환자실 병실을 나섰다.

중환자실 안에는 사쿠타와 쇼코, 단둘만이 있었다.

"……."

사쿠타는 쇼코에게 무슨 말을 해야 할지 감이 오지 않았다. 규칙적으로 소리를 내고 있는 의료기기가 자아내는 분위기에 마음이 삼켜져 갔다. 긴장감이 사쿠타의 몸을 옥죄어 들어가는 것만 같았다. 발치에서 기어 올라오는 바닥 모를 공포에 몸이 휘감겼다.

"약속을 지켜줬군요."

"응?"

"매일 문병을 왔었다고 엄마가 말했어요."

"아르바이트 때문에 못 온 날도 있어."

사쿠타가 멋쩍은 듯이 그렇게 말하자, 쇼코는 살며시 웃었다.

"고마워요……."

"저기, 마키노하라 양."

"예."

"너한테 들려줄 이야기가 있어."

이런 상황인 쇼코에게 할 이야기인지 아닌지 판단이 서지 않았다. 하지만 이게 마지막 기회다. 쇼코는 그 정도로 위중한 상태인 것이다. 중환자실의 분위기가 사쿠타에게 그 사실을 가르쳐줬다. 쇼코를 둘러싼 사람들의 표정에 그렇게 쓰여 있었던 것이다.

"전에 이야기했던 『장래 스케줄』 프린트 말인데……."

"……."

"마키노하라 양이 쓰지도 않았는데, 내용이 늘어나 있었다는 거 말이야."

"사쿠타 씨. 저는……."

쇼코는 사쿠타에게서 눈을 떼더니, 먼 곳을 쳐다보았다. 마치 천장 너머에 펼쳐져 있는 하늘을 올려다보는 것만 같았다.

"저는 쭉 꿈을 꾸고 있었어요……."

"마키노하라 양?"

"불가사의한 꿈이었어요……."

쇼코는 추억을 이야기하듯 온화한 표정을 지으며 말을 이었다.

"고등학생이 된 제가 시치리가하마 해안에서 연하인 사쿠타 씨를 위로하기도 하고, 놀리기도 했어요……."

"……."

이야기가 옆길로 샜지만, 사쿠타는 쇼코의 말을 막지 않았다. 쇼코가 이야기하는 내용을 사쿠타도 알고 있는 것이다……. 그것은 사쿠타가 절대 잊을 수 없는 기억이다.

"대학생이 된 제가 사쿠타 씨의 집에서 머물며, 밥도 만들고, 청소도 하고, 나스노를 목욕시키기도 하는 꿈을 꿨어요."

아마 이것은 우연의 일치가 아닐 것이다. 어른 쇼코가 꿈에서 본 고등학생인 쇼코는 사쿠타의 첫사랑 상대인 쇼코가. 대학생인 쇼코는 11월 말부터 크리스마스이브까지 사쿠타의 집에 기거한 쇼코가 틀림없다.

"매일 아침에 일어나면, 사쿠타 씨에게 좋은 아침이에요, 이라고 인사를 했고…… 사쿠타 씨가 외출할 때는 현관에서 배웅하며 다녀오세요, 하고 말했죠……."

"……."

"사쿠타 씨가 돌아오면 앞치마 차림으로 어서 오세요, 하고 말하며 마중하기도 했고…… 밤에는 안녕히 주무세요, 하고 말하며 하루를 끝냈어요. 그리고 또 아침이 오면 좋은 아침이에요, 하고 인사를 했죠. ……왠지 신혼부부 같아서 즐거웠어요."

"마키노하라 양."

"때때로 같이 외출하기도 했어요."

"꿈이 아냐……."

"제가 바다가 보이는 결혼식장에서 웨딩드레스를 입자, 사쿠타 씨는 멋쩍어 하면서 저한테 예쁘다고 말해줬어요……."

"마키노하라 양……."

"꿈이기는 해도, 사쿠타 씨와 그런 시간을 보내서 즐거웠어요."

"저기…… 그건 전부, 진짜로 있었던 일이야."

"정말 즐거웠어요……."

쇼코는 만족한 표정으로 미소 지었다.

그녀는 어느새 상냥한 눈길로 사쿠타를 쳐다보고 있었다.

"알고 있어요, 사쿠타 군."

쇼코는 누군가를 흉내 내듯 장난기 넘치는 목소리로 그렇게 말했다.

"마키노하라 양?"

"전부, 알아요. 그게 진짜 미래라는 것도…… 지금이 진짜 미래라는 것도, 전부 알아요."

"그래. 맞아……. 그러니, 과거를 바꾸면 마키노하라 양이 살 수 있는 길을 찾을 수 있을지도 몰라."

그것은 헛된 기대에 지나지 않다는 것은 알고 있다. 제로에 가까운 확률이라는 것은 사쿠타 또한 잘 알고 있다.

"하지만, 안 돼요."

쇼코는 사쿠타의 말을 듣더니, 천천히 고개를 저었다.

"왜……."

"과거로 되돌아가더라도, 제 병을 고치는 건 어려울 거라고 생각해요."

"그렇지 않아. 분명 방법이……."

"하지만 과거로 되돌아간다면, 사쿠타 씨가 지금 느끼고 있는 슬픔으로부터 구원해줄 수 있을 거라고 생각해요."

"무슨 소리를……."

"전부, 알아요."

"……."

"제가, 사쿠타 씨를 괴롭힌 거군요."

"아냐. 마키노하라 양은 아무 잘못 없어."

"제가 미래를 두려워한 나머지, 사춘기 증후군에 걸린 탓에…… 저와 사쿠타 씨는 만나고 만 거예요."

"그렇지 않아. 나는 마키노하라 양과 쇼코 씨를 만난 걸, 단 한 번도, 단 한순간도 후회한 적 없어. 두 사람과 보낸 시간은 전부 나에게 있어 소중한 보물이야. 만약 두 사람을 만나지 못했다면 나는 지금의 내가 되지 못했을 거야."

전하고 싶은 마음이라면 얼마든지 있다. 더욱 크고, 힘찬 목소리로 외치고 싶을 지경이다. 하지만 중환자실에 누워 있는 쇼코 앞에서 그런 짓을 할 수는 없었다. 결국 사쿠타는 마지막까지 온화한 목소리로 말을 이을 수밖에 없었다.

"사쿠타 씨는 지금까지 최선을 다했어요."

"……."

"그러니까, 이제 괜찮아요."

눈동자에 눈물이 가득 맺힌 쇼코가 그렇게 말했다.

"마키노하라 양……?"

"제가, 만들어낼게요……. 저와 사쿠타 씨가 만나지 않는 미래를……."

"무슨 소리를……."

"제가 없어지더라도, 사쿠타 씨가 슬퍼하지 않는 미래에 도달하기 위해…… 사쿠타 씨가 행복해지는 미래를, 제가……."

"아냐…… 아냐……. 내가 하고 싶은 말은 그런 게 아냐……."

이제 사쿠타의 목소리가 들리지 않는 것인지, 쇼코의 눈동자에는 천장만이 공허하게 비치고 있었다. 희미하게 움직이고 있는 입에서는 작디작은 목소리만이 흘러나오고 있었다.

사쿠타가 아무리 말을 건네도, 쇼코에게는 그 말이 전해지지 않았다.

"그렇지 않아, 마키노하라 양!"

사쿠타의 목소리는 닿지 않았다.

"다른 사람이 아니라, 마키노하라 양 본인을 위해 그러면 돼……."

사쿠타의 마음은 이제 쇼코에게 닿지 않았다.

"그러니까, 사쿠타 씨는, 아무 걱정 할 필요 없어요……."

"아냐……."

"전부, 저한테 맡겨주세요……."

"그렇지 않아……."

"반드시, 사쿠타 씨를 행복하게…… 해줄 테니까……."

“너 자신을 소중히 여기면 돼!”

바로 그때, 쇼코의 손에서 힘이 빠졌다.

“마키노하라 양……?”

“……”

쇼코는 대답하지 않았다. 아무 목소리도 들리지 않았다.

“누, 누가 좀 와보세요!”

사쿠타는 허둥지둥 고함을 질렀다.

곧 흰색 가운을 걸친 의사와 간호사 누님이 들어오더니, 쇼코의 상태를 확인했다.

“걱정할 필요 없습니다. 지금은 잠시 잠들었을 뿐이에요.”

의사는 쇼코의 상태를 체크하더니, 그렇게 말했다.

하지만 사쿠타는 안심할 수가 없었다. 『지금은』이라는 말의 의미가 사쿠타의 마음을 짓누르고 있었던 것이다. 마음을 진정시킬 수가 없었다. 쇼코가 말한 결의가, 사쿠타의 몸 속 깊은 곳을 뒤흔들고 있었다.

이곳에 올 때까지, 사쿠타는 쇼코를 구할 생각만으로 머릿속이 가득 차 있었다. 위중한 병을 안고 태어난 쇼코는 구원받아 마땅하다고 생각했다. 지금도 그 생각에는 변함이 없다. 하지만, 쇼코는 이런 상황에서도 사쿠타를 걱정했다. 사쿠타를 구하겠냐고 말한 것이다.

“마키노하라 양은…… 자기 걱정만 하면 돼…….”

사쿠타는 가슴속에서 넘쳐 나오는 마음을 충동적으로 토

했다.

“자기 자신을 가장 소중하게 여기면 돼…….”

눈물을 참고, 어깨를 부르르 떨면서…….

“잠시 나가죠.”

간호사 누님이 사쿠타를 향해 그렇게 말했다.

그는 그 말에 순순히 따랐다. 지금 사쿠타가 이 자리에서 할 수 있는 일은 아무 것도 없다. 이곳에 남아있어본들 방해만 될 것이다.

사쿠타는 무균실을 나섰다. 유리창 너머로 쇼코를 다시 한 번 쳐다보았다. 전혀 삶에 만족하지 못했을 텐데, 더 살고 싶을 텐데…… 쇼코는 기쁜 일이라도 있었던 듯이 미소를 머금은 채 잠자고 있었다.

사쿠타는 그 모습을 더는 볼 수가 없는지 도망치듯 준비실로 향했다. 그는 겉옷과 모자를 벗어서 전용 쓰레기통에 버렸다.

“무슨 일이 있으면 바로 말해줄게.”

사쿠타는 등 뒤에서 들려온 간호사 누님의 말을 듣고 고개를 끄덕인 후, 준비실을 나섰다.

그리고 들어갈 때와 마찬가지로 두 개의 자동문을 통과했다.

준비실 앞 복도에서는 마이와 리오가 기다리고 있었다.

“사쿠타.”

"마이 씨……."

"쇼코 양은 어때?"

"지금은 자고 있어요."

"그렇구나."

마이는 안타까워하듯 시선을 돌렸다.

"사쿠라지마 선배, 아즈사가와에게 그걸 보여주세요."

리오는 마이가 들고 있는 프린트를 쳐다보며 그렇게 말했다.

"사쿠타, 이걸 봐."

마이는 프린트를 펼쳐서 사쿠타에게 보여줬다.

"……윽?!"

그 프린트를 본 순간, 경악과 의문이 한꺼번에 몰려왔다.

"어째서……."

프린트에는 새로운 내용이 적혀 있었다. 지금까지 한 번도 본 적이 없는 내용이…….

중학교 졸업이나, 고등학교 입학 같은 내용이 아니었다.

그것은 장래 스케줄이라고 하기에는 너무나도 추상적인 내용이었다.

하지만 이것들보다 장래 스케줄에 더 어울리는 내용은 존재하지 않을 것이다. 사쿠타는 생각조차 나지 않았다. 그것은 마음을 솔직하게 표현한 듯한 말이었다…….

프린트의 빈 칸을 전부 채우려는 듯이…….

—『고마워』

—『힘내』

—『사랑해』를 소중히 여기며 살아간다.

……하고, 조그마하지만 힘찬 글씨체로 적혀 있었다.

어른 쇼코가 사쿠타에게 가르쳐준 3대 좋아하는 말.

그리고 사쿠타가 어린 쇼코에게 가르쳐준 3대 좋아하는 말이었다.

그리고 프린트의 가장 아래쪽에는…….

—언젠가, 상냥한 사람이 되고 싶어요.

……라는 말이 마지막으로 적혀 있었다.

"……이게 뭐야."

프린트에 무언가가 떨어졌다. 그것은 종이에 스며들더니, 『4학년 1반 마키노하라 쇼코』라는 글자를 흐릿하게 만들었다.

사쿠타는 그것이 자신의 눈물이라는 사실을 깨달았으면서도, 눈물을 참을 수가 없었다.

"왜……."

"아까 중환자실에서 나온 쇼코 양의 어머니에게 물어봤는데…… 쇼코가 어제 갑자기 숙제를 하고 싶다고 말했대."

"나는 어쩌면 좋지?"

사쿠타는 애원하는 듯한 심정으로 리오를 쳐다보았다.

"어떻게 하면, 마키노하라 양을 구할 수 있는 거냐고……!"

"……."

리오는 어두운 표정을 지은 채 아무 말도 하지 않았다.

"마키노하라 양은, 전부 알고 있었어……. 쇼코 씨에 관한 것도, 자신에 관한 것도…… 과거를 바꿀 수 있을지도 모른다는 것도…… 알면서…… 알면서도, 이번에는 나와 만나지 않을 작정인 거야……. 그러면, 자신이 없어지더라도, 내가 슬퍼하지 않을 거라면서……. 그게 무슨 소리냐고……!"

한 줄기 희망. 과거를 바꿀 가능성. 쇼코는 그것은 자신을 위해서가 아니라, 사쿠타를 위해 쓰려 하고 있었다…….

"미안해, 아즈사가와……."

고개를 들어보니, 리오는 침통한 표정으로 사쿠타를 쳐다보고 있었다.

"내가 생각난 건 이 방법뿐이야."

리오는 연필 한 자루를 내밀었다. 채점용 빨강 연필이었다.

"……뭐?"

"사쿠타…… 쇼코 양은 정말 최선을 다했어."

마이는 사쿠타의 등에 손을 댔다.

"……."

"그러니까, 사쿠타가 쇼코 양의 숙제를 끝내줘."

"윽?!"

"사쿠타가, 최선을 다한 쇼코 양을 칭찬해줘."

"나는……."

사쿠타는 붉은색 연필을 향해 떨리는 손가락을 내밀었다. 하지만 제대로 쥘 수가 없었다. 그래도, 이를 악물면서 손가락에 힘을 줬다. 그리고 억지로 눈물을 참았다.

사쿠타는 복도에 설치된 벤치 의자의 옆에 있는 낮은 테이블에 프린트를 펼쳐놓았다.

그 후로는 망설이지 않았다.

눈물이 샘솟는 것을 느끼면서도, 사쿠타는 미소를 지으면서 초등학교에서 숙제를 참 잘했다는 의미로 쓰이는 꽃모양 마크를 그렸다. 커다란…… 이 세상에서 가장 큰 꽃 모양 마크를 그리려는 듯이, 프린트 용지 전체에, 한여름에 핀 해바라기 같은 꽃 모양 마크를 그렸다.

사쿠타가 그것을 그리고 고개를 들어보니, 마이도 울고 있었다. 리오도 울고 있었다. 환하게 웃는 얼굴로 눈물을 흘리고 있었다.

제야의 종소리가 들렸다.

이날, 사쿠타 일행은 특별히 병원에 묵는 게 허락됐다.

중환자실 앞 복도. 벽 쪽에 놓인 벤치 의자 위에서, 모포를 덮은 채 시간이 지나기만 기다리고 있었다.

쇼코의 부모님은 일반병동에 있는 쇼코의 병실에서 자라고 했지만, 조금이라도 더 쇼코의 곁에 있고 싶었기에, 이곳에서 자기로 했다.

모포는 간호사 누님이 추울 거라면서 가져다준 것이다.

사쿠타는 마이와 함께 모포를 걸친 채, 벤치에 앉아 있었다. 옆에 있는 의자에는 리오, 그리고 뒤늦게 이곳에 온 유마가 앉아있었다.

다들 아무 말 없이 가만히 있었다.

"새해가 되었네."

유마가 혼잣말을 하듯 그렇게 중얼거렸다. 불이 꺼진 어둑어둑한 복도에서는 스마트폰의 액정 화면만이 반짝이고 있었다.

아무도 「새해 복 많이 받으세요」라는 말을 하지 않았다.

이곳에는 새해를 맞이한 것을 축하하려는 기분이 눈곱만큼도 존재하지 않았다.

쇼코의 생명을 앗아가려 하는 시간이 더는 흘러가지 않았으면 좋겠다고 기도하는 듯한 정적만이 이 공간을 떠다니고 있었다…….

이윽고, 근처에 있는 절에서 들려오던 종소리도 멎었다.

복도에는 그 어떤 소리도 존재하지 않았다. 때때로 누군가가 자세를 바꾸려는 듯이 몸을 꿈틀거리는 소리만 들렸다.

그리고 사쿠타의 귀에는 어깨가 맞닿은 마이의 숨소리만이 들렸다.

눈을 감은 마이가 사쿠타의 어깨에 기대앉아 있었다.

고개를 돌려보니, 리오는 무릎을 끌어안은 채 자고 있었고, 사쿠타는 몸을 앞으로 굽힌 자세로 조용히 자고 있었다.

창밖에 펼쳐진 하늘은 새하얬다.

곧 아침이 오려는 것 같았다.

새해의 새로운 아침이다.

사쿠타는 아직 모습을 드러내지 않은 태양에게 쇼코가 무사하게 해달라고 빌었다.

그리고 다음 순간, 사쿠타의 의식이 흐려지기 시작했다.

그리고 중환자실로 이어지는 자동문이 열리는 소리가 한참 떨어진 곳에서 들려온 듯한 느낌이 들었다.

—쇼코 양이…….

누군가의 목소리가 들린 듯한 느낌이 들었다.

하지만 사쿠타의 의식은 이미 꿈나라를 향해 여행을 떠나고 말았다.

—꿈을 꿨다.

그곳은 처음 보는 학교의 교실이었다.

거기에는 조그마한 책상이 놓여 있었다.

초등학교다.

3, 4학년 정도로 보이는 아동들이 수업을 받고 있었다.

다들 책상 앞에서 열심히 뭔가를 적고 있었다.

프린트에 뭔가를 적고 있었다.

사쿠타는 그 아이들 사이에서 아는 이를 발견했다.

등을 꼿꼿이 세우고 자리에 앉아있는 조그마한 체구의 소녀였다.

그녀는 연필로 프린트에 열심히 글자를 적고 있었다.

표정은 진지했으며, 왠지 생기가 넘쳐 보였다.

저 소녀의 이름을 떠올리고 싶었지만, 생각이 나지 않았다.

그녀의 이름을 아는 듯한 느낌이 들었지만, 아무리 생각을 해도 이름이 떠오르지 않았다.

"선생님, 다 썼어요!"

교실 한가운데에 있는 남학생이 힘차게 손을 들었다.

"저도요."

"나도 다했어요."

교실 곳곳에서 학생들이 손을 들었다.

학생들의 목소리로 교실이 술렁대는 가운데, 그녀는 끝까지 프린트에 글자를 썼다. 좀처럼 끝나지 않는 것 같았다. 다른 아이들은 이미 작성을 마치고 놀고 있는데 말이다…….

선생님이 그 소녀에게 다가갔다.

그리고 몸을 굽히더니…….

"쓸 수 있는 데까지만 써도 된단다."

……하고 상냥한 목소리로 말했다.

곧 그 소녀는 고개를 들었다.

그녀는 왠지 자기 자신을 자랑스러워하는 표정을 짓고 있었다.

그리고 그녀는 프린트를 양손으로 들더니…….

"다 썼어요."

……선생님에게 그 프린트를 보여주며 환한 미소를 지었다.

제4장

상냥함과 상냥함이 손을 맞잡으며

1

몸이 흔들렸다.

엎드린 채 자고 있을 때, 누군가가 등을 손으로 흔들어대고 있었다.

—으음, 아침이구나.

머릿속이 깨어나자…….

"오빠, 아침이야."

머리 뒤편에서 목소리가 들려왔다.

눈을 반쯤 뜨고 침대 옆에 놓인 시계를 향해 손을 뻗었다. 겨울 특유의 차가운 공기가 피부를 통해 느껴졌다. 덮고 있던 이불 밖으로 나갈 기력이 점점 사그라졌다. 평생 이 이불 안에 있고 싶다는 마음이 싹텄다.

현재 시각은 여덟 시.

실내 기온은 15도.

날짜는 1월 6일이다.

"카에데, 아직 겨울방학이라고."

오늘은 방학 마지막 날이며, 내일부터 3학기가 시작된다. 시계를 향해 뻗었던 손을 다시 이불 안에 넣은 후, 초콜릿 소라빵이 초콜릿 부분이 된 심정으로 이불을 몸에 둘렀다.

"오늘 아홉 시부터 아르바이트를 한다고 말한 사람은 바로 오빠잖아."

"그럼 카에데가 나 대신 일하러 가줘."

"나중에 부끄러워서 죽으려고 할 사람은 바로 오빠일걸? 여동생이 대신 일하러 가면 이상한 소문이 돌게 뻔하잖아……."

"괜찮아."

"뭐가 말이야?"

"나한테 그 정도는 아무 것도 아니거든."

"나는 싫어. 잠 다 깼으면 이불 밖으로 나오라구."

카에데는 세게 흔들어댔다.

"아직 자고 있어."

"잠 다 깼잖아."

"쳇, 들켰군."

뭐, 이렇게 평범하게 이야기를 나누면 누구든 눈치챌 것이다.

사쿠타는 어쩔 수 없이 몸을 일으켰다. 침대 위에 앉자, 아직 방 안에 있는 카에데와 시선이 마주쳤다. 카에데가 다니는 중학교도 오늘까지 겨울방학인데도, 그녀는 교복을 입고 있었다.

"카에데가 교복을 입은 모습도 이제 눈에 익었네."

"그, 그래?"

예전에 다니던 학교에서 집단 괴롭힘을 당한 바람에 카에데는 오랫동안 등교 거부를 했지만, 3학년 3학기를 목전에 두고서야 드디어 학교에 등교를 할 마음의 준비가 됐다.

겨울방학 동안 사쿠타와 함께 연습을 한 성과 또한 충분히 있었다. 드디어 내일부터 중학교 교문까지 혼자 갔다가, 혼자 돌아오는 것이다.

오늘은 최종 연습을 하겠다며, 카에데는 어젯밤부터 의욕을 불태우고 있었다.

"카에데는 이제부터 연습할 거야?"

"이미 연습을 하고 왔어."

"정말?"

"응."

"학교까지 갔다가 온 거야?"

"응……. 아직 엄청 긴장됐지만 말이야."

아직 허세를 부리는 느낌이 들었지만, 카에데는 웃고 있었다. 자기 자신이 자랑스럽다는 듯이 웃고 있었다.

"카에데가 자립해줘서, 이 오라비는 정말 기뻐."

"예, 옛날 옛적에 자립했다구~."

카에데는 볼을 부풀리면서 항의했다.

"일주일 전만 해도 내 등 뒤에 숨어서 통학로를 걷던 애가 할 말은 아닌 것 같네."

"그, 그런 옛날 일은 이미 잊었어."

그렇게 말하면서 고개를 돌리는 모습은 아직 어린애 같았다. 게다가 바로 이 타이밍에 가에데의 배에서 「꼬르륵」 하는 소리가 들렸다.

"아침은?"

"아직 안 먹었어."

"그랬겠지."

"오빠가 자고 있어서 안 먹은 거야."

카에데는 마치 사쿠타가 잘못했다는 투로 그렇게 말했다. 카에데는 딱히 「오빠와 같이 먹고 싶으니까」…… 같은 기분 나쁜 이유를 든 것이 아니다. 그저 요리를 전혀 못하는 것 뿐이다. 아침 식사 정도는 대충 해먹어도 되는데 말이다.

"자립이라는 건 대체 뭘까."

사쿠타는 혼잣말이 방 안에 울려 퍼졌다.

"오빠, 배고프니까 빨리 일어나."

카에데는 사쿠타의 지적을 못 들은 척 하면서 그의 팔을 잡아당겼다.

몸을 일으킨 사쿠타는 침대 밖으로 나가더니, 여동생이 고대하고 있는 아침 식사를 만들기 위해서 부엌으로 향했다.

"잘 먹겠습니다."

오늘 아침 식사 메뉴는 토스트기로 구운 토스트, 그리고 프라이팬으로 구운 햄에그와 소시지다. 그리고 얇게 자른 토마토와 잘게 찢은 양상추를 더했다.

딱히 만들기 어렵지 않은 실로 간단한 메뉴다. 이 정도는 카에데도 얼마든지 만들 수 있을 것이다.

"잘 먹었습니다."

"맛있게 먹어줘서 감사합니다."

사쿠타는 아침 식사를 마친 후, 식기를 씻어서 정리해뒀다.

그리고 세수를 하고, 양치질을 한 다음, 머리를 정돈한 후, 옷을 갈아입었다.

"그럼 아르바이트하러 갔다 올게."

"응. 잘 갔다 와."

사쿠타는 카에데에게 배웅을 받으면서 집을 나섰다.

엘리베이터를 타고 1층으로 내려갔다. 건물 앞의 도로로 나간 사쿠타는 우연히 아는 이와 마주쳤다.

"아, 사쿠타."

그녀는 맞은편 맨션에서 나온 사람은 눈부신 금발을 양쪽 사이드로 모아 묶은 여고생이다. 아침인데도 철저하게 화장을 했다.

"좋은 아침."

사쿠타에게 아침 인사를 건넨 사람은 바로 토요하마 노도카다. 그녀는 조그마한 캐리어백을 끌고 있었다.

"좋은 아침. 그럼 먼저 갈게."

사쿠타는 가볍게 손을 흔들며 인사를 건넨 후, 역을 향해 걸었다. 그가 아르바이트를 하는 패밀리 레스토랑은 역 근처에 있다.

"어? 아, 잠깐만."

노도카는 캐리어백을 끌면서 허둥지둥 사쿠타를 쫓아갔다. 부츠의 굽이 지면과 부딪치는 소리가 연이어 들리더니,

그녀는 곧 사쿠타의 옆에 섰다.
"왜 먼저 가는 거야?"
"같이 가자는 약속 같은 건 한 적 없잖아."
"하지는 않았지만, 그래도 이런 상황에서는 같이 가는 게 정상이라구! 사쿠타도 역 쪽으로 가지? 그런데 왜 아침부터 집을 나서는 거야? 아직 겨울방학이 안 끝났잖아."
노도카는 시끄럽게 떠들어댔다.
"겨울방학이라 아르바이트를 하러 가는 거야."
사쿠타는 옆에 있는 노도카를 힐끔 쳐다보았다.
"토요하마는 가출하는 거야?"
금발, 화려한 날라리 화장, 캐리어백이라는 3종 세트가 갖춰져서 그런지 영락없이 가출소녀 같아 보였다. 뉴스 특별 프로그램 『밤거리를 배회하는 가출 여고생들』 같은 느낌이다.
"이미 가출은 했어."
"아~, 맞다. 그랬지."
노도카는 어머니와 마찰을 빚은 나머지 이미 가출을 했다. 지금은 이복 언니인 마이의 맨션에서 살고 있다. 지금으로부터 석 달 전, 가을에 있었던 일이다.
노도카는 사쿠타와 걸음을 맞추기 위해 바쁘게 걸었다. 캐리어백의 바퀴가 쉴 새 없이 소리를 내며 굴러갔다.
"내가 끌 테니까 줘봐."

사쿠타가 캐리어백을 향해 손을 내밀자…….

"아, 응."

노도카는 약간 놀라면서 캐리어백의 손잡이를 사쿠타에게 넘겼다.

"고마워."

외모와의 갭 때문인지 노도카의 이런 솔직한 면이 묘하게 부각됐다.

"안에 뭐가 든 거야?"

캐리어백은 그렇게 무겁지는 않았다.

"사이타마에 있는 쇼핑몰에서 미니 라이브를 해."

노도카는 라이브에 필요한 짐이라는 뜻으로 방금 그 말을 한 것 같았다. 겉모습이 꽤나 화려한 노도카는 『스위트 불릿』이라는 아이돌 그룹의 일원으로서 연예계에서 활동하고 있다.

토요일에는 각지를 돌면서 열정적으로 라이브 활동을 하고 있다. 사쿠타는 노도카의 스케줄에 대해 대충 들으면서 그녀와 함께 역으로 향했다.

아직 아침 통근 시간대인 후지사와 역에는 양복 차림의 회사원으로 넘쳐났다. 역에 들어가는 사람, 역에서 나오는 사람, 환승하는 사람들이 바삐 걸음을 옮기고 있었다.

사쿠타는 JR의 개찰구 앞에서 멈춰서더니…….

"그럼 라이브 열심히 해."

……하고 말하며 캐리어백의 손잡이를 노도카에게 넘겨줬다.

"응. 고마워. 아, 맞다."

노도카는 아르바이트를 하러 가려 하는 사쿠타를 불러 세웠다.

"응?"

"다음 달에 하는 밸런타인 라이브에 와."

"왜?"

"내가 센터인 곡을 부르거든."

"왜?"

"돌아가는 길에 좋아하는 멤버한테서 초콜릿을 받을 수 있어."

"그럼 그 팬티 안 입었다는 리더한테 달라고 해야겠네."

일전에 라이브를 보러 갔을 때, 「아이돌은 팬티를 안 입거든?!」이라는 말을 했던 멤버가 있었다. 이름은 히로카와 우즈키였던 것으로 기억한다. 다른 멤버의 이름은 기억이 나지 않지만, 그 발언이 워낙 강렬했기에 리더는 기억하고 있다. 외모 또한 슬렌더한 모델 체형이라 마이와 비슷했다. 그래서 아직 기억하고 있는 것일지도 모른다.

"왜 내가 아니란 딴 애한테 받으려는 건데?"

"토요하마는 평범하게 의리 초콜릿을 줘."

"뭐?"

"처제 초콜릿 삼아서 말이야."

"무슨 소리를 하는 건지 모르겠네. 그리고 나는 아직 사쿠타의 처제가 아니거든?"

"어차피 그렇게 될 거니까, 너무 개의치 말라고."

"사쿠타는 언니에게 차일지도 모른다는 생각 같은 건 안 하는 거야?"

"그런 생각을 해봤자 하나도 즐겁지 않잖아."

"하아……."

노도카는 땅이 꺼져라 한숨을 내쉬었다.

"뭐, 됐어. 언니는 라이브를 보러 와주기로 이미 약속했거든."

"그럼 나도 가야지."

"전 좌석 지정석에 티켓 한 장 당 6500엔."

"돈 받는 거야? 가족이니까 공짜로 줘."

6500엔은 사쿠타에게 있어서 꽤나 큰 금액이다.

"형부라는 사람이 무대에 서는 처제를 위해 그 정도 금액도 못 내는 거야?"

"……."

"……."

노도카는 사쿠타를 놀릴 생각으로 방금 그 말을 한 거겠지만, 그녀의 얼굴은 점점 붉어졌다. 귀와 목덜미는 물론이고 손가락 끝까지 새빨개졌다.

"이쪽 쳐다보지 마! 그럼 갈게!"

노도카는 일방적으로 그렇게 말하더니, 개찰구 안으로 들어갔다. 도망치는 듯한 그녀의 등이 시야에서 사라질 때까지, 사쿠타는 미래의 형부로서 그녀를 배웅했다.

"누군가의 형부가 되는 것도 나쁘지 않은걸."

그런 말을 중얼거리면서…….

2

"좋은 아침입니다."

오픈 전인 패밀리 레스토랑 안에는 아직 불이 꺼져 있으며, 난방도 방금 켰는지 건물 밖보다 그나마 나은 정도였다.

사쿠타는 일단 웨이터복으로 갈아입기 위해 안쪽으로 향했다.

휴게실에 놓인 로커 너머가 남자들의 탈의실이다.

사쿠타가 그곳에 도착했을 때, 옷을 다 갈아입은 키가 큰 사람이 로커 뒤편에서 나왔다.

"안녕."

눈이 마주치자마자 인사를 건넨 사람은 사쿠타와 같은 학교에 다니는 친구인 쿠니미 유마다.

"안녕."

사쿠타는 그런 유마와 교대하듯 로커 뒤편으로 향하더니, 「으으, 추워」 하고 중얼거리면서 웨이터복으로 갈아입었다.

"사쿠타가 아침에 아르바이트를 하러 오다니, 신기한걸."

"그러는 너야말로 부활동은 어쩐 거야?"

"오늘은 오후부터 연습을 하거든."

"부활동 전에 아르바이트를 하러 온 거야? 너, 제정신 맞아?"

"다음 달에 카미사토의 생일이 있어."

카미사토는 유마가 사귀고 있는 같은 학년 카미사토 사키를 말하는 것이다. 사쿠타와 같은 반이며, 그를 눈엣가시로 여겼다.

"너 대체 애인한테 얼마나 투자하는 거야?"

"말도 안 되는 소리 마. 그렇게 비싼 걸 사려는 건 아니라고."

"중요한 건 마음 아냐?"

"사쿠라지마 선배의 생일을 당일에 안 녀석한테 그런 소리를 듣고 싶지 않아."

유마는 껄껄 웃었다.

"게다가 촬영지인 카나자와까지 「생일 축하해요」라는 말을 하러 신칸센 막차를 타고 갔잖아? 사쿠타야말로 제정신이 아니라고."

유마는 아직 웃고 있었다. 하지만 그 사건은 웃어넘길 만한 일이 아니었다.

"그때, 돌아오는 차비를 사쿠라지마 선배에게 빌렸다고 하지 않았어? 카나자와까지 가는데 얼마나 들었어?"

"왕복 3만 엔. 플러스 숙박비……."

"사쿠타가 나보다 애인한테 더 투자할 거야."

"추억은 돈으로 환산할 수 없다고 하잖아."

"그래도 지출은 현실이라고."

"그래서 이런 아침부터 아르바이트를 하는 거야."

사쿠타는 앞치마 끈을 묶으면서 로커 뒤편에서 나왔다.

"그럼 열심히 일해볼까요."

원형 의자에 앉아서 기다리고 있던 유마가 자리에서 일어나더니, 자신과 사쿠타의 타임카드를 찍은 후 휴게실을 나섰다. 사쿠타 또한 어쩔 수 없이 유마의 뒤를 따랐다.

가능하면 겨울방학 동안 번 아르바이트 비용으로 마이에게 진 빚을 갚고 싶었다.

"사쿠타, 장래에 기둥서방만은 되지 마."

"전업 남편은 어떻게 생각해?"

"그건 사쿠라지마 선배와 의논해서 정해."

"그렇게 할게."

런치 타임이 본격적으로 시작되는 정오가 되자, 혼자서 아르바이트를 마친 유마는 사쿠타를 남겨두고 농구부 연습을 하러 갔다.

"그럼 뒷일을 부탁할게."

"이 매정한 놈."

유마와 교대하듯 아르바이트를 하러 온 사람은 같은 학교에 다니는 한 학년 후배, 코가 토모에다. 키가 152센티미터에 아담한 체구인 그녀는 몸집에 걸맞은 쇼트 보브 헤어스타일을 했으며, 귀여운 느낌의 가벼운 화장도 했다.

"어? 선배, 오늘은 오전부터 아르바이트를 하는 구나."

웨이트리스복으로 갈아입은 토모에는 매장으로 나와서 사쿠타를 발견하더니, 그에게 말을 걸었다.

"코가는 중역 출근이야? 좋겠네."

"정오부터 일하기로 했을 뿐이야!"

"……."

"왜, 왜 남의 얼굴을 빤히 쳐다보는 거야?"

"아니, 그게……."

"그게?"

"아~, 뭐, 됐어. 관둘래."

"뭐?"

"말하면 섬세하지 못하다는 소리나 들을 게 뻔하니까, 그냥 내 마음에 담아둘래."

"섬세하지 못하다는 들을 소리를 마음에 담아두기만 하는 게 더 싫거든?!"

"그럼, 말하겠는데…… 코가 너, 얼굴 부은 거 아냐?"

"윽, 역시 그래?"

토모에는 손으로 얼굴을 가리려 했다.

"정월에 떡을 많이 먹은 덕분에 떡처럼 쫄깃한 피부를 손에 넣었구나."

"선배, 완전 짜증난대이! 그리고 빤히 쳐다보지 마!"

"복숭아 엉덩이 다음은 떡 피부구나. 점점 더 여성스러워지는 걸."

"반드시 살 뺄 거야! 그때는 사과해."

토모에는 볼을 부풀린 채 항의했다. 하지만 괜히 더 얼굴이 동글동글해 보일 거라고 생각한 건지, 토모에는 허둥지둥 볼에 넣은 바람을 뺐다.

"네가 살을 빼면 치즈 햄버그를 사주지."

"칼로리 말고 딴 걸로 성의를 보여."

"그럼 코가가 보는 앞에서 치즈 햄버그를 맛있게 먹어주면 되겠네."

"상상만 해도 짜증나니까, 치즈 햄버그는 내가 먹을래."

"그럼 현재 몇 킬로이며, 몇 킬로까지 뺐을 때 내가 한턱 쏘면 되는 건데?"

"으음, 사십…… 그걸 어떻게 가르쳐줘!"

"아무한테도 말 안 할게."

"선배한테는 절대 가르쳐주고 싶지 않아! 쓸데없는 소리 하지 말고 열심히 일이나 해!"

"예이예이. 코가도 다이어트 하지 말고 접객이나 열심히 해."

"지금은 다이어트 안 해!"

토모에는 툴툴거리면서 주문을 받으러 갔다. 하지만 손님

앞에서는 환한 미소를 지었다.

"정말 정신없는 녀석이네."

사쿠타도 이제 다시 일을 시작하려던 순간, 마침 손님이 가게에 들어왔다.

"어서 오십시오."

사쿠타는 메뉴판을 들고 손님을 맞이했다.

패밀리 레스토랑을 찾은 그 손님은 낯이 익었다.

입구에 서있는 이는 사쿠타의 친구인 후타바 리오였다. 아직 겨울방학인데도 교복을 입고 있었다.

"후타바가 웬일로 여기에 다 온 거야? 쿠니미라면 없어."

"부활동을 하러 간 거지? 아까 역에서 마주쳤어."

"그럼 후타바는 부활동을 끝내고 학교에서 돌아오는 길이구나."

리오가 소속된 과학부는 부원이 리오 한 명 뿐이기 때문에 과학부가 유지되기 위해서는 활동 실적이 필요하다고 한다. 그래서 리오는 매일같이 실험을 하며 하루하루를 보내야 했다.

사쿠타는 일단 리오를 자리로 안내했다.

"메뉴를 정하시면 버튼을 눌러 주세요."

사쿠타는 매뉴얼에 따라 접대를 한 후, 다른 곳으로 향하려 했다.

"기다려. 지금 바로 주문하겠어."

"그러시죠."

사쿠타는 주문용 단말을 앞치마 호주머니에서 꺼냈다.

"이 농후 카르보나라로 할게."

리오는 파스타의 이름이 나열되어 있는 페이지에서 가장 위에 있는 메뉴를 손가락으로 가리켰다.

"예. 농후 카르보나라 1인분이군요."

"……미안한데, 역시 이걸로 할래."

리오는 채소가 잔뜩 들어간 토마토 파스타를 손가락으로 가리켰다.

"200킬로 칼로리 적은 파스타군요."

"……."

사쿠타는 정확한 표현을 사용했을 뿐인데, 리오는 그를 노려보았다.

"요즘 여자애들 사이에서 다이어트가 유행하는 거야?"

사쿠타는 몇 분 전에 토모에와 다이어트에 관한 이야기를 했었다.

"유행하긴 할 거야. 정월 직후니까 말이야."

"후타바는 겨울방학 전과 딱히 달라진 것 같지는 않은데?"

언뜻 보아하니 딱히 체형이 변한 것 같지는 않았다.

"안 보이는 부분이 변했어."

리오는 작은 목소리로 그렇게 말했다.

"아, 그렇구나."

사쿠타의 시선은 자연스럽게 리오의 교복 상의를 향했다. 풍만한 두 언덕이 블라우스를 압박하고 있었다.

키는 토모에와 비슷하지만, 가슴둘레는 토모에보다 명백하게 컸다. 토모에는 가슴 쪽에 볼륨감이 거의 없다.

"세상은 참 불공평하네."

사쿠타가 리오의 가슴 언저리를 쳐다보며 구구절절한 목소리로 그렇게 말하자, 어느새 스마트폰을 꺼내든 리오가 사진을 찍었다.

"손님, 가게 안에서 촬영은……."

"증거사진이야."

"웬 증거사진?"

"아즈사가와가 엉큼한 눈으로 나를 쳐다봤다고 사쿠라지마 선배에게 보고하기 위한 증거사진."

"저기, 후타바."

"왜?"

"나, 오늘 마이 씨와 데이트를 할 예정이야."

"그래서?"

"혼날 게 뻔하니까, 비밀로 해주세요."

"그런 소리를 왜 웃으면서 하는 거야? 혹시 실은 말해주기를 바라는 거야?"

"뭐, 나는 마이 씨에게 혼나는 것도 좋아하거든."

"역시 아즈사가와는 돼지 꿀꿀이라니깐."

리오는 한숨을 내쉬면서 스마트폰을 집어넣었다.

3

오후 두 시까지 아르바이트를 한 사쿠타는 서둘러 옷을 갈아입은 후, 2시 5분에 패밀리 레스토랑을 나섰다.

"먼저 실례하겠습니다."

"아, 선배. 수고했어~."

아까 리오에게 말했다시피, 사쿠타는 오늘 마이와 즐거운 데이트를 할 예정이다.

좀 늦은 새해 첫 참배를 하러 가기로 한 것이다.

오늘 아침에 노도카를 배웅했던 JR 역사를 지나간 사쿠타는 후지사와 역의 남쪽으로 향했다.

그리고 연결통로를 따라 에노전 후지사와 역으로 향하려던 사쿠타는 도중에 갑자기 걸음을 멈췄다.

모금 활동을 하고 있는 중학생들이 눈에 보였기 때문이다.

사쿠타는 잠시 동안 멈춰 서서 그들의 말에 귀를 기울여 보았다. 그리고 개발도상국에서 학교에 다니지 못하는 가난한 아이들을 지원하기 위해 모금을 하고 있다는 걸 알았다.

사쿠타는 지갑에서 동전을 전부 꺼내더니…….

"자요."

……하고 말하면서 가장 가까운 곳에 있던 남자애가 들고

있는 모금함에 집어넣었다. 그 돈을 다 합치면 300엔 정도 될 것이다.

"감사합니다!"

그 남자애가 듣는 사람이 부끄러울 만큼 큰 목소리로 그렇게 외치자, 사쿠타는 도망치듯 이 자리를 벗어났다. 주위에 있던 사람들에게 위선자라고 여겨지고 싶지는 않았다.

사쿠타는 그대로 오다큐 백화점에 인접한 에노전 후지사와 역으로 걸어가더니, 개찰구의 기계에 교통카드를 댔다.

마침 카마쿠라 방면으로 가는 열차가 플랫폼에 들어오고 있었다.

이 노선의 출발역이기에, 선로는 플랫폼의 중간까지만 존재했다.

녹색과 크림색 열차를 쳐다보며 왼편으로 가던 사쿠타는 아무도 없는 차량에 탑승했다.

출발 시각이 되자, 열차는 천천히 달리기 시작했다.

열차는 가속 도중인 듯한 페이스로 잠시 동안 달려가더니, 곧 속도를 줄이면서 다음 역인 이시가미 역에 정차했다. 야나기코지, 쿠게누마, 쇼난 해안공원 역에 멈춰선 후, 에노시마 역까지 남하하기 시작했다.

에노시마 역을 출발한 열차는 동쪽에 있는 카마쿠라 방면을 향해 해안가의 선로를 따라 달렸다. 그리고 코시고에 역을 지나, 주택지 사이에 존재하는 좁은 구간을 통과하자,

열차는 해안선을 따라 나아갔다. 한겨울의 맑은 공기와 바다의 깊은 푸른색이 이 계절 특유의 기분 좋은 분위기를 자아냈다.

사쿠타는 그 광경을 멍하니 쳐다보면서 종점인 카마쿠라역까지 열차를 타고 갔다.

플랫폼에 내린 사쿠타가 개찰구를 통과하며 역을 빠져나간 순간…….

"사쿠타."

자신을 부르는 목소리가 들렸다.

마이가 매표소 옆에 서있었다. 머리카락을 땋고, 무도수 안경으로 변장을 했다. 하지만 깔끔하게 화장을 한 그녀는 확연하게 눈에 띄었다.

"혹시나 해서 말해두겠는데, 사쿠타를 위해서 화장을 한 게 아니라, 촬영용 메이크업이야."

사쿠타의 시선을 통해 그가 무슨 생각을 하고 있는지 눈치챈 마이가 그렇게 말했다.

"에이, 거짓말이라도 나를 위해 화장을 해줬다고 말해주면 좋잖아요."

"화장을 안 지우고 온 것만도 다행으로 여겨."

"나를 위해서 그런 거예요?"

"맞아. 그러니 나한테 할 말이 있지 않아?"

"마이 씨, 엄청 귀여워요. 사랑해요."

마이는 만족했다는 듯이 미소 지었다. 사쿠타는 그런 마이를 더욱 좋아하게 되었다.

"자, 가자."

마이는 사쿠타의 손을 잡아끌며 걸음을 옮겼다.

사쿠타와 마이는 역으로부터 걸어서 10분 정도 거리에 있는 츠루가오카 하치만 궁에 갔다. 새해 첫날에는 어른조차 미아가 될 정도로 수많은 이들이 참배를 하러 오는 곳이다. 그 뿐만 아니라 정월 연휴가 끝난 후에도 입장제한을 할 때도 있다고 한다.

그렇게 사람이 붐비는 곳에 마이를 데리고 갈 수도 없기에, 사쿠타는 1월 6일에야 그녀와 함께 새해 첫 참배를 하러 온 것이다.

두 사람은 붉은 기둥으로 된 입구를 지나 자갈이 깔린 널찍한 참배길을 걸었다. 곧 물을 받아둔 곳이 눈에 들어왔다. 그 물로 왼손, 오른손을 씻은 후, 오른손에 받은 물로 입을 헹궜다. 그리고 마지막으로 물을 푸는 바가지를 세워서 손잡이 부분에 물을 흘렸다.

사쿠타가 대충 하려고 하자, 마이는 올바른 방식을 가르쳐줬다.

"마이 씨는 이런 걸 잘 아네요."

"연기 때문에 배웠어."

마이에게 이런저런 이야기를 들으면서 나아가다 보니, 올려다봐야 할 만큼 높은 계단이 보였다. 이 계단 위에 본당이 있다.

두 사람은 계단을 한 칸씩 올라갔다.

본당에 도착한 사쿠타는 새전함에 돈을 넣기 위해 지갑을 열어보았다.

"아……."

지갑 안에 동전이 하나도 없었다.

"왜 그래?"

"마이 씨, 동전 좀 빌려줘요."

"뭐?"

마이는 어이없다는 표정을 지었다.

"후지사와 역에서 모금을 했거든요."

"아하."

마이는 그 말만 듣고 납득했다.

"사쿠타의 취미에 뭐라 할 생각은 없지만……."

말과는 달리, 자신의 지갑을 연 마이에게서는 불만이 느껴졌다.

"딱히 취미는 아니에요."

사쿠타는 예전부터 계속 그래왔다.

처음은 난치병 지원을 목적으로 한 의료 관련 모금이었던 걸로 기억한다. 아마 3년 전이었을 것이다. 그 이후로 딱히 명확한 이유가 있지는 않지만, 모금 활동을 하는 이들이 보이면 지갑 안의 동전을 전부 줬다.

“그 탓에 얼마 전에는 점심 사먹을 돈이 없었던 건 어디 사는 누구였더라?”

“덕분에 마이 씨의 도시락을 나눠먹을 수 있어서 나는 최고였다고요. 「아~」도 해줬잖아요. 역시 좋은 일을 하면 좋은 일이 생긴다니까요.”

“말은 정말 잘한다니깐. 아, 맞다.”

“응?”

“사쿠타, 지폐는 있어?”

“천 엔짜리라면 있는데요.”

아무리 사쿠타라도 동전만 들고 데이트를 하러 오지는 않았다. 뭐, 천 엔이 전 재산이지만 말이다…….

사쿠타는 지갑에서 천 엔짜리 지폐를 꺼내서 마이에게 보여줬다.

그러자 마이는 재빨리 손을 뻗어서 그 천 엔짜리 지폐를 빼앗았다.

“아, 마이 씨!”

게다가 마이는 그대로 본당을 향해 걸어갔다.

“동전이 없으면 이 지폐를 넣으면 되겠네.”

마이는 새전함 앞에 서더니 「원래는 봉투에 담아서 넣어야 하지만……」 하고 중얼거리며 천 엔 지폐를 새전함에 넣었다.

"아~!"

사쿠타가 비명을 지르는 가운데, 마이는 아름다운 자세로 두 번 예를 표하고, 두 번 박수 친 후, 또 한 번 예를 표했다.

"자아, 사쿠타도 빨리 해."

돌아오지 않을 천 엔짜리 지폐에 대해 더 생각해봤자 의미가 없다. 사쿠타 또한 마이의 옆에 서서 신을 향해 합장을 했다.

"……."

사쿠타는 신에게 중요한 보고를 했다. 그리고 겸사겸사 부탁도 몇 개 해뒀다.

뜻밖의 지출이 발생한 참배가 끝난 후, 사쿠타와 마이는 부적 같은 걸 파는 곳 옆에 있는 계단을 통해 내려갔다.

"천 엔 어치 소원을 빌었어?"

"마이 씨를 꼭 행복하게 해주겠다고 신에게 보고는 해뒀어요."

"정말 못 말린다니깐."

마이는 웃음을 터뜨렸다.

"그리고 올해는 이상한 일에 덜 휘말리게 해달라는 부탁도 했어요."

"이상한 일…… 하지만 그 덕분에 나와 사쿠타는 만난 거잖아."

"야생 바니걸은 한 명이면 족하니까요."

작년 봄, 도서관에서 마이와 마주쳤다. 그리고 여름 방학 직전에는 소악마 소동에 휘말렸고, 여름 방학에는 리오가 두 명으로 분열됐으며, 2학기가 시작되자마자 마이와 노도카의 모습이 뒤바뀌는 사건이 벌어졌다. 가을의 막바지에는 『카에데』가 『카에데(花楓)』로 되돌아가는 일도 벌어졌던 것이다.

작년에는 너무 많은 일들이 벌어졌으니, 올해는 좀 빈도가 줄어들었으면 좋겠다는 생각이 들었다.

"아~, 그리고 지갑이 텅텅 비었으니까, 오늘은 마이 씨가 우리 집에 와서 요리를 해줬으면 좋겠다고 빌었어요."

사쿠타는 은근슬쩍 그렇게 말하면서 옆에 있는 마이를 쳐다보았다.

"알았어. 사쿠타의 집에 가서 요리를 해줄게."

"좋았어~."

"뭐가 먹고 싶어?"

"마이 씨가 손으로 직접 빚어서 만든 햄버그요."

"사쿠타가 다진 고기를 빚는 걸 도와준다면 만들어줄게."

"그럼 의미가 없는 거 아니에요?"

"사소한 건 신경 쓰지 마."

"그게 가장 중요한 점이라고요."

참배를 마치고 돌아가기 위해, 카마쿠라 역에서 열차를 탄 사쿠타와 마이는 도중에 시치리가하마 역에서 내렸다.

노선이 하나뿐인 조그마한 역의 간이 개찰기에 교통카드를 댄 후, 네다섯 계단을 내려가자, 역 앞의 도로가 펼쳐졌다.

짧은 다리를 건너자, 왼편에 있는 미네가하라 고교를 쳐다보았다. 내일부터 3학기가 시작된다. 두 사람은 내일부터 매일같이 학교에 가야만 한다.

일단 지금은 우울한 생각은 하지 않기로 마음먹은 사쿠타가 오른편으로 돌아섰다. 그리고 눈앞에 펼쳐진 바다를 향해 이어지는 내리막길을 걸었다.

좀처럼 신호가 바뀌지 않는 134호선의 횡단보도를 건넌 후, 두 사람은 도로 반대편에 섰다. 그리고 저녁노을이 드리워진 모래사장으로 내려갔다.

모래 때문에 걷기가 힘들었지만, 사쿠타는 마이와 둘이서 물가로 향했다.

겨울의 바닷바람은 차가웠다. 힘찬 파도 소리가 주위의 소음을 지웠다.

드문드문 사람이 있지만, 파도 소리가 사쿠타와 마이만의 세계를 만들어줬다. 그래서 사쿠타는 이 장소를 좋아했다.

"사쿠타는 바다를 정말 좋아하는 구나."

"가장 좋아하는 건 마이 씨지만요."

사쿠타는 포상을 바라며 마이를 쳐다보았지만, 그녀는 딱히 상을 주지 않았다. 그뿐만 아니라 언짢은 분위기에 휩싸여 있었다. 그 이유는 다음 발언을 듣고 눈치챘다.

"꿈에 나온 여고생이 정말 마음에 들었나 보네."

마이는 사쿠타를 시험하듯, 약간 한심하다는 말투로 그렇게 말했다.

"전에 말했죠? 마음에 든 게 아니라…… 왠지 도움을 받은 느낌이 든다고요."

"여기서 그 사람과 몇 번이나 데이트를 했다고 했지?"

"전부 꿈속에서 있었던 일이지만요."

꿈이기 때문에 전부 흐릿했고, 선명하게 기억이 나지 않았다.

그래서, 사쿠타는 그녀의 이름도 알지 못했다.

얼굴도 제대로 기억나지 않았다.

그녀와 나눈 대화도, 어떤 목소리였는지도, 꿈이었기에 명확하게 생각나지는 않았다.

그저 도움을 받은 느낌만은 몸이 기억하고 있었다.

2년 전에도 그랬다. 카에데가 집단 괴롭힘을 당했을 때, 사쿠타가 긍정적으로 생각할 수 있도록 용기를 준 사람이 바로 꿈에 나온 그 여고생이었다.

그 여고생이 미네가하라 고교의 교복을 입었다는 걸 알고…… 사쿠타는 여동생과 단둘이서 생활하게 되었을 때, 이곳으로 이사하기로 마음먹었다.

아련한 기대를 품으면서 말이다.

하지만, 역시 만나지 못했다.

그 여고생은 미네가하라 고교에 없었던 것이다.

"흐음."

마이는 여전히 표정이 좋지 않았다.

"그러는 마이 씨도 이 장소를 좋아하잖아요."

상황이 불리하다고 판단한 사쿠타는 화제를 바꾸려 했다.

"좋아한다기보다, 이 장소에 추억이 어려 있을 뿐이야."

"그 영화는 엄청 인기 있었으니까요."

그것은 마이가 중학생 때 주연을 맡은 영화다.

시치리가하마 해변을 무대로 한 이야기이며, 이 모래사장도 영화에 나왔다. 마이가 맡은 배역은 태어날 때부터 심장병을 앓고 있던 한 소녀였다. 유일한 치료 방법은 심장 이식 수술을 받는 것이다. 하지만 기증자가 나타나지 않았다. 그런 상황에서도 씩씩하게 살아가려 하는 히로인의 모습에, 일본 전체가 눈물지었다. 누구보다 생명의 소중함을 잘 아는 히로인의 존재감은 해외에서도 높이 평가되었으며, 유명한 영화상도 받은 명작이다.

이 영화를 계기로 히로인 여자애가 걸린 병이 세간에 알려지게 되었다. 그리고 장기 이식에 대한 세간의 인식이 변했다. 물론 좋은 쪽으로 말이다.

사쿠타의 지갑에도 녹색으로 된 카드가 한 장 들어 있다.

"추우니까 돌아가자."

마이는 사쿠타가 대답을 하기도 전에 바다를 등지고 서면서 걸음을 옮겼다. 사쿠타는 바로 마이를 쫓아가더니, 옆에서서 그녀의 손을 잡았다.

"사쿠타는 손이 차갑네."

"그래서 손을 좀 녹일까 해요."

"그건 여자가 남자한테 하는 말 아냐?"

마이는 어이없다는 듯한 표정을 지었다. 하지만 그녀는 사쿠타의 손을 뿌리치지는 않았다. 오히려 사쿠타의 상의 호주머니에 맞잡은 손을 집어넣으려 했다. 왠지 간지러웠다.

그런 식으로 장난을 치고 있을 때, 모래사장에서 도로로 이어지는 계단을 어느 가족이 내려오는 모습이 눈에 들어왔다.

30대 중반에서 후반 정도로 보이는 부부가 보였다.

그리고 그 두 사람 사이에는 중학생으로 보이는 소녀가 있었다. 그녀는 환하게 웃으면서 부모님과 이야기를 나누고 있었다. 인상적일 정도로 눈부신 미소였다.

"건강을 해치면 안 되니까 잠시만 있다 돌아가자꾸나."

아버지로 보이는 사람이 물가를 향해 뛰어가는 딸을 향해 그렇게 말했다.

"그래. 아무리 수술을 받았다고 해도 무리하면 안 돼."

어머니로 보이는 사람이 뒤이어 그렇게 말했다.

"차암, 이제 건강해졌으니까 괜찮아."

그 소녀는 부모님을 향해 돌아서더니, 미소를 지으며 손을 흔들었다.

사쿠타는 그 모습을 보더니 그대로 멈춰 섰다.

"사쿠타?"

마이는 의아한 표정을 지으며 사쿠타를 쳐다보았다.

"저 여자애……."

사쿠타는 멍한 목소리로 그렇게 중얼거렸다.

사쿠타는 모래 위에서 뛰어다니고 있는 저 소녀를 본 적이 있는 듯한 느낌이 들었다.

자신을 향해 밀려온 파도로부터 도망치며 저 소녀가 지은 미소를…….

즐거워 보이는 저 웃음소리를…….

움직일 때마다 흔들리는 저 긴 머리카락을…….

하지만, 아무리 머리를 굴려도 생각이 나지 않았다.

이름도…….

어디서 만났는지도…….

전부, 생각이 나지 않았다.

아무리 생각해봐도, 머릿속에 대답은 존재하지 않았다. 대답을 찾을 수가 없었다.

"……아무 것도 아니에요."

그래서 마이를 향해 그렇게 말한 후, 계단을 한 칸 올라갔다.

바로 그때였다.

사쿠타가 의식하기도 전에, 몸이 반응했다.

그가 생각을 하기도 전에, 마음이 움직였다.

사쿠타는 바다 쪽을 돌아보았다.

"마키노하라 양!"

사쿠타는 알지도 못하는 이름을 외쳤다.

그 목소리는 파도 소리에 지지 않을 만큼 컸다.

사쿠타의 목소리는 바닷바람을 타고 먼 곳까지 퍼져나갔다.

그렇게 외친 순간, 그 이름이 생각났다.

상냥함으로 이어지는 소중한 이름…….

따뜻한 모든 기억이, 눈시울이 뜨거워지는 마음과 함께, 사쿠타의 가슴 속에서 되살아났다.

"……."

모래 위에 서있던 소녀는 눈을 동그랗게 떴다.

그녀는 믿기지 않는 광경을 본 것처럼 사쿠타를 쳐다보고 있었다.

하지만 곧 얼굴을 찡그리며 눈물을 흘리더니, 넘쳐 나오는 눈물을 닦으려고도 하지 않으며…….

"예, 사쿠타 씨!"

……하고, 쇼코는 웃으면서 대답했다.

■작가 후기

기획 단계부터 보자면 이 시리즈를 시작하고 3년이나 흘렀습니다.

앞으로 몇 년 동안 이어질지는 모르지만, 사쿠타와 마이, 그리고 많은 이들의 이야기를 독자 여러분께서 앞으로도 계속 읽어주시길 진심으로 기원하겠습니다.

카모시다 하지메

잊을 수 없는 1년이 끝나고—.
사쿠다에게 있어서
다음 권부터 이야기는 새롭게 전개된다!

마이를 찾아낸 5월
토모에와 가짜 커플이 되었던 6월
리오와 진짜 친구가 된 8월
노도카의 성장을 지켜본 9월
카에데의 결의를 받아들인 10월
쇼코의 미래를 바라마지않던 12월

■역자 후기

안녕하십니까. 근로청년 번역가 이승원입니다.

『청춘 돼지는 첫사랑 소녀의 꿈을 꾸지 않는다』를 구매해 주셔서 진심으로 감사드립니다.

정신을 차리고 보니 6월이 되었습니다.

올해는 정말 빠르게 시간이 지나간 것 같네요.

나름 열심히 하루하루를 살았다고 자부합니다만, 시간이 너무 빨리 흐르는 게 느껴진다고나 할까요.

얼마 전까지만 해도 전기장판을 켜야 할 정도로 날씨가 서늘했습니다만, 지금은 선풍기 없이는 잠을 못 잘 것 같을 만큼 덥습니다.

슬슬 올해 여름을 어떻게 보낼지 걱정해야 할 것 같습니다. 작년에 어머니 방에 에어컨을 설치해서 걱정은 좀 덜합니다만…… 그래도 에어컨을 켜는 순간부터 전기세 걱정이 시작되는지라.^^

전기세를 벌기 위해서라도 열심히 일하고 또 일해야겠습니다.

독자 여러분도 여름 잘 보내시길!

그럼 이번 7권에 대해 이야기를 해볼까 합니다. 스포일러가 포함되어 있을 수 있으니, 아직 본문을 읽지 않으신 분께서는 유의해주시길!

이번 7권은 6권에서 내용이 이어지고 있습니다.

6권 마지막의 충격적인 엔딩에서 이어지는 스토리는 사쿠타에게 있어 마이가, 그리고 마이에게 있어 사쿠타가 얼마나 큰 존재인지를 여실히 보여주고 있습니다.

또한 그 두 사람이 진정한 의미에서 행복해지기 위해서는 함께 해야만 한다는 것을 서로에게 각인시켜주고 있습니다.

그렇기에 사쿠타는 자신이 지금까지 걸어온 길과 명백하게 다른 길을 선택하며, 그 결과를 받아들이려 합니다.

하지만…… 그러면서도 사쿠타는 자신의 본질을 잃지 않았습니다. 모두가 행복해질 수 있는 실낱같은 희망이 존재한다면, 그 희망을 쟁취하기 위해 스스럼없이 나아가죠. 그렇기에 마이 또한 항상 사쿠타의 뜻을 존중하고, 함께 행복해지려 한다고 생각합니다.

그리ㄱ 또 한 명의 메인 히로인(?)이라 할 수 있는 마키노하라 쇼코…… 그녀는 사쿠타에게 있어 동경의 대상입니다. 그와 동시에 그녀가 동경하는 존재는 사쿠타죠. 그렇게 서로가 서로를 동경하고, 서로를 위해 헌신하는 두 사람은 닮은꼴이라 할 수 있을지도 모릅니다.

그런 세 주인공이 고뇌하고, 노력한 끝에 쟁취한 미래…… 독자 여러분께서도 감동적인 결말을 충분히 즐기셨기를 진심으로 빕니다!

그럼 이만 줄이겠습니다.

L노벨 편집부 여러분. 항상 재미있는 작품을 맡겨주셔서 감사합니다. 앞으로도 잘 부탁드립니다!

라면을 좋아하는 악우여. 네가 라면 좋아하는 거 알거든? 그래도 사흘 동안 여섯 끼를 라면만 먹는 건 너무하잖아ㅠㅜ ……아, 그래도 두반장 라면 볶음(feat.양배추)은 맛있었어.ㅠㅜ

마지막으로 언제나 제게 버팀목이 되어주시는 어머니와 『청춘 돼지 시리즈』를 읽어주신 모든 분들에게 진심으로 감사드립니다.

새로운 이야기가 시작될 다음 권 역자 후기 코너에서 다시 뵙겠습니다!

2017년 6월 초

역자 이승원 올림

청춘 돼지는 첫사랑 소녀의 꿈을 꾸지 않는다 7

1판 1쇄 발행 2017년 7월 10일
1판 8쇄 발행 2021년 11월 19일

지은이_ Hajime Kamoshida
일러스트_ Keji Mizoguchi
옮긴이_ 이승원

발행인_ 신현호
편집장_ 김승신
편집진행_ 원현선 · 권세라
편집디자인_ 양우연
관리 · 영업_ 김민원 · 조인희

펴낸곳_ (주)디앤씨미디어
등록_ 2002년 4월 25일 제20-260호
주소_ 서울시 구로구 디지털로 26길 111 JnK디지털타워 503호
전화_ 02-333-2513(대표)
팩시밀리_ 02-333-2514
이메일_ lnovellove@naver.com
L노벨 공식 카페_ http://cafe.naver.com/lnovel11

ISBN 979-11-278-4200-0 04830
ISBN 979-11-86906-06-4 (세트)

값 7,000원

© Yomu Mishima 2015
Illustration Tomozo

세븐스 1권

미시마 요무 지음 | 토모조 일러스트 | 이경인 옮김

여신을 숭배하고, 검과 마법이 존재하는 세계에서
영주 귀족의 장남으로 태어난 라이엘은 15세에 집에서 쫓겨난다.
이유는— 여동생 세레스에게 패했기 때문에.
과거에는 천재, 기린아라 칭송을 받던 라이엘은
세레스의 영향으로 서서히 냉대를 받으며 연금 생활을 보냈다.
상처 받은 라이엘은 저택 뜰에 살던 노인에게
구조를 받아 보옥이 달린 목걸이를 받는다.
노인이 선대— 라이엘의 조부에게서 맡아놓은,
【아츠】가 기록된 푸른 옥은 월트가의 가보라고 할 수 있는 것이었다.
역대 당주 7인의 아츠가 기록된 보옥을 받은 라이엘은
그것을 갖고 저택을 나서는데—.

엘프 전생으로 시작한 치트 건국기 1권

츠키요 루이 지음 | GUNP 일러스트 | 김성래 옮김

한 천재 마술사가 기억을 남긴 채 윤회전생을 하는 마술을 완성시켰다.
윤회전생을 거듭하던 그는 서른한 번째 세계에서
엘프 마을에 사는 소년, 시릴로 태어난다.
하지만 마을은 인간들의 지배를 받았고, 엘프들은 늘 학대당했다.
소꿉친구 소녀 루시에를 구하기 위해,
다양한 종족이 공존하는 이상적인 국가를 만들기 위해,
지금 천재 마술사가 나선다!!

몬스터 문고 대상 『최우수상』 수상작.
「소설가가 되자」 대인기 시리즈 드디어 출간!!